AGATHA CHRISTIE COMPLETE COLLECTION
THE CLOCKS

THE CLOCKS

Copyright © 1963 Agatha Christie Limited.
All Rights Reserved.

AGATHA CHRISTIE, POIROT and the Agatha Christie Signature
are registered trademarks of
Agatha Christie Limited in the UK and elsewhere.
All rights reserved.
www.agathachristie.com

Korean Translation Copyright © Minumin 2008, 2013, 2022

Korean translation edition is published by arrangement with
Agatha Christie Limited through Shinwon Agency.

이 책의 한국어판 저작권은 신원 에이전시를 통해
Agatha Christie Limited와 독점 계약한 ㈜민음인에 있습니다.
저작권법에 의해 한국 내에서 보호를 받는 저작물이므로 무단 전재와 무단 복제를 금합니다.

정식 한국어 판 출간에 부쳐

  나는 한국에서 우리 할머니의 작품을 정식으로 출간한다는 소식을 듣고 무척 기뻤다. 할머니가 1920년부터 1970년 무렵까지 오랜 세월에 걸쳐 집필한 작품들은 21세기인 지금 읽어도 신선하고 재미있다. 등장 인물들이 워낙 자연스러워서 요즘 사람들과 다를 바 없고 이들이 등장하는 상황과 장소가 전 세계 사람들의 애정과 향수를 자극하기 때문이다. 한국 독자들은 이번에 새로 나온 정식 한국어 판을 통해 그 동안 접하지 못했던 애거서 크리스티의 일부 작품들을 읽을 수 있을 것이다. 덕분에 한국에 새로운 세대의 애거서 크리스티 팬들이 탄생할지도 모르겠다는 생각을 하면 가슴이 벅차다.
  애거서 크리스티는 대표적인 두 명의 주인공으로 기억되는 작가이다. 14권의 작품에 등장하는 마플 양은 영국의 작은 시골 마을에서 평온한 나날을 보내며 뜨개질과 수다로 소일하는 미혼의 할머니이지만, 놀라운 기억력과 날카로운 두뇌 회전으로 주변에서 벌어진 살인 사건을 해결한다.

그리고 마플 양과 상반되는 성격을 지닌 에르퀼 푸아로는 자신만만하고 콧수염을 포함한 자신의 외모와 벨기에라는 국적에 대한 자부심이 상당하다. 그는 이집트와 이라크를 비롯한 세계 각지에서 수수께끼를 해결하며 『오리엔트 특급 살인 Murder On The Orient Express』, 『나일 강의 죽음 Death On The Nile』, 『애크로이드 살인사건 The Murder Of Roger Ackroyd』 등 애거서 크리스티의 여러 대표작에 모습을 드러낸다.

황금가지의 대담하고 참신한 표지와 전반적인 디자인 덕분에 작품의 성격이 잘 살아난 것 같아 기쁘다. 또한 한국 독자들이 할머니의 원작이 지닌 참된 묘미를 느낄 수 있도록 충실한 번역을 위해 애써 준 점도 높이 사고 싶다.

할머니의 작품이 20세기의 그 어떤 작가들보다 많이 팔리고 있는 이유는 나이와 국적에 상관없이 읽을 수 있는 재미와 감동을 갖추었기 때문이다. 모쪼록 한국 독자들도 황금가지에서 선보이는 애거서 크리스티 작품들을 즐겁게 감상하기를 바란다.

매튜 프리처드
애거서 크리스티의 손자
ACL 이사장

카프리스에서 맛있는 식사를 함께하며

행복한 기억을 간직하게 해 준

나의 오래된 친구 마리오에게

차례

정식 한국어 판 출간에 부쳐 — 5

서장 — 11
1장 : 콜린 램의 이야기 — 19
2장 — 28
3장 — 39
4장 : 콜린 램의 이야기 — 50
5장 — 65
6장 : 콜린 램의 이야기 — 74
7장 — 88
8장 — 103
9장 — 111
10장 — 121
11장 — 136
12장 — 149
13장 : 콜린 램의 이야기 — 168
14장 : 콜린 램의 이야기 — 178

15장 — 199
16장 : 콜린 램의 이야기 — 207
17장 — 217
18장 — 226
19장 — 242
20장 : 콜린 램의 이야기 — 250
21장 — 256
22장 : 콜린 램의 이야기 — 271
23장 : 콜린 램의 이야기 — 280
24장 : 콜린 램의 이야기 — 291
25장 : 콜린 램의 이야기 — 307
26장 — 325
27장 : 콜린 램의 이야기 — 338
28장 : 콜린 램의 이야기 — 345
29장 — 374

서장

9월 9일의 오후는 여느 날과 다름없었다. 그날 발생한 사건과 관련된 사람들 중 재앙을 예견한 사람은 아무도 없었다. (기이한 예감 때문에 온몸을 떤 후에는 언제나 장황하게 이야기를 늘어놓는 윌브러험 크레센트 47번지에 사는 예언가 패커 부인은 예외라고 할 수 있다. 하지만 패커 부인이 사는 47번지는 19번지와 꽤 멀리 떨어져 있는 데다 그곳에서 일어난 일과는 아무런 연관이 없으므로, 그녀는 굳이 이 일을 예견할 필요는 없었다.)

'캐번디시 비서 및 속기 협회'의 회장인 마틴데일 양에게도 9월 9일은 여느 때와 마찬가지로 지루한 날이었다. 평소처럼 전화벨이 울리고 타자기 치는 소리가 딸깍거렸으며, 일거리 또한 다른 때보다 많지도 적지도 않은 수준이었다. 특별히 재미있는 일도 없었다. 2시 35분 전까지 9월 9일은 다른 날과 똑같은 하루였다.

2시 35분에 마틴데일 양은 전화 버튼을 눌렀고, 사무실 밖에 있는 에드나 브렌트는 언제나 그렇듯 질겅질겅 씹던 껌을 입 안으로 밀어 넣느라 숨을 헐떡이며 약간 비음이 섞인 목소리로 전화를 받았다.

"네, 마틴데일 양?"

"에드나…… 내가 전화를 그렇게 받으라고 했던가요? 발음은 분명하게, 그리고 숨을 가라앉히고 차분하게 받으라고 했죠?"

"죄송합니다, 마틴데일 양."

"아까보다 낫군요. 노력만 하면 제대로 할 수 있잖아요. 실라 웨브에게 내 방으로 오라고 해요."

"점심 식사하러 나가서 아직 안 들어왔습니다."

"아."

마틴데일 양은 책상 위에 놓인 시계를 보았다. 2시 36분, 정확히 6분이 지나 있었다. 실라 웨브가 요즘 들어 점점 늦는 걸 보면 기강이 해이해진 모양이다.

"들어오는 즉시 내 방으로 오라고 해요."

"예, 마틴데일 양."

에드나는 입 안에 있던 껌을 혀로 끄집어내 기분 좋게 씹으며 다시 아먼드 레빈이 쓴 『벌거벗은 사랑』을 입력하는 데 몰두했다. 작가가 심혈을 기울여 쓴 에로티시즘에도 에드나는 아무런 흥미를 느끼지 못했다……. 사실 레빈 씨의 독자들은 대다수가 그러했다. 그는 포르노 문학보다 더 지루한 건 없다는 사실을 몸소 입증한 사람으로 유명했다. 선정적인 표지와 도발적인 제목에도 불구하고, 매년

책은 판매량이 떨어졌으며 지난번에 보낸 입력비 또한 제때 주지 않아 청구서를 세 번이나 다시 보내야 했다.

실라 웨브가 약간 숨을 헐떡이며 문을 열고 들어왔다.

"샌디 캣이 널 찾던데."

실라 웨브는 얼굴을 잔뜩 찌푸렸다.

"운도 없지……. 하필이면 늦게 들어온 날 찾을 게 뭐람!"

실라는 머리카락을 정돈하고 수첩과 연필을 손에 든 다음 원장실 문을 두드렸다.

마틴데일 양은 책상 앞에 앉아 실라를 흘끗 올려다보았다. 40대인 마틴데일 양은 유능한 여자였다. 이마 위로 높게 틀어 올린 불그스름한 머리카락과 캐서린이라는 세례명 때문에 그녀의 별명은 샌디 캣이 되었다.

"늦었군요, 웨브 양."

"죄송합니다, 마틴데일 양. 차가 너무 막혀서요."

"이 시간이면 차는 항상 막혀요. 미리 감안했어야죠."

마틴데일 양이 서류철에 붙어 있는 메모지를 보며 말했다.

"펩마시 양에게서 전화가 왔어요. 3시까지 속기사를 보내 달라고 했는데, 특별히 웨브 양을 지목하더군요. 전에도 펩마시 양과 일한 적이 있나요?"

"잘 기억이 나지 않습니다. 어쨌든 최근에는 그런 적이 없습니다."

"주소는 윌브러험 크레센트 19번지예요."

마틴데일 양이 대답을 기다리는 듯 말을 멈추었지만 실라 웨브는 고개를 저었다.

"그곳에 가 본 기억은 없습니다."

마틴데일 양이 책상 위의 시계에 흘끗 시선을 던졌다.

"3시까지니까 지금 가도 충분할 거예요. 오늘 오후에 다른 일도 있나요? 아, 그렇지."

그녀의 눈길이 팔꿈치께에 놓인 예약 표를 따라 내려갔다.

"5시에 컬류 호텔에서 퍼디 교수와 약속이 되어 있으니 그 전에는 돌아와야 해요. 혹시 그때까지 돌아오지 않으면 재닛을 보내지요."

말을 마친 마틴데일 양이 그만 나가 보라는 듯 고개를 까닥하자 실라는 잠자코 사무실을 나왔다.

"뭐 재미있는 일이라도 있어, 실라?"

"매일 똑같지 뭐. 윌브러험 크레센트에 사는 노인네에다, 5시에는 퍼디 교수야······. 끔찍한 고고학 용어들을 또 쳐야 하다니! 정말 가끔은 신나는 일이 좀 생겼으면 좋겠어."

순간 마틴데일 양이 방문을 열었다.

"실라, 여기 요청 사항이 하나 더 있어요. 만약 그 집에 도착했을 때 펩마시 양이 없다면, 빗장을 걸어 놓지 않을 테니 안에 들어가 있으래요. 홀 오른쪽에 있는 방에서 기다려요. 외울 수 있겠어요? 아니면 적어 줘요?"

"외울 수 있습니다."

그러자 마틴데일 양이 방으로 되돌아갔다.

에드나 브렌트는 허리를 굽혀 의자 아래서 꼼지락대더니, 조심스럽게 가늘고 높은 굽이 달린 좀 야한 구두를 들어올리며 투덜댔다.

"이걸 신고 어떻게 집에 가지?"

"아유, 그만 징징대……. 뭔가 방법이 있겠지."

옆에 있던 다른 아가씨들 중 한 명이 이렇게 말하고는 다시 타자를 치기 시작했다.

에드나도 한숨을 쉬고는 타자기에 새 종이를 끼워 넣었다.

욕망이 단숨에 그를 덮쳤다. 그는 하늘하늘한 시폰 원피스를 입고 있는 여자의 가슴을 거칠게 잡아 뜯고 그녀를 소파 위에 쓰러트려 싸.(오타가 난 것 — 옮긴이)

"젠장."

에드나는 짜증을 내며 지우개에 손을 뻗었다.

실라는 핸드백을 집어 들고 사무실을 나섰다.

윌브러험 크레센트가(街)는 1880년 빅토리아 시대의 건축가가 만든 환상적인 거리였다. 현관 양옆으로 반달 모양의 2세대 연립 주택이 있고 정원은 서로 등을 맞댄 채 죽 늘어서 있었다. 하지만 이러한 발상은 이 지역에 익숙하지 않은 사람들에게는 꽤 골치 아픈 것이었다. 외부에서 이곳에 온 사람들은 더 낮은 번지수를 찾을 수 없었고, 이곳의 내부로 먼저 들어선 사람들은 더 높은 번지수를 찾으려면 어디로 가야 할지 몰라 당황했다. 이 거리에 있는 저택들은 정갈하고 깔끔한 데다 발코니가 예술적인 게 아주 훌륭했다. 아직 이 저택들에는 현대화의 물결이 침범하지 않았다. 적어도 외관상으로는 그러했다. 사실 가장 먼저 변화의 물결을 느낄 수 있는 곳은 주방과 욕실이었다.

19번지에 특별한 점은 없었다. 창가에는 깔끔한 커튼이 쳐져 있었고, 놋쇠로 된 정문 손잡이는 반들반들 윤이 났다. 현관문으로 이어지는 길 양쪽으로는 평범한 장미 나무가 심어져 있었다.

실라 웨브는 정문을 열고 현관문으로 걸어 올라가 초인종을 눌렀다. 안에서 대답이 없자 그녀는 잠시 기다렸다가 지시받은 대로 현관문을 열고 안으로 들어섰다. 오른편에 있는 작은 홀의 방문이 열려 있었다. 그녀는 방문 가까이 다가가 문을 똑똑 두드리고 잠시 기다렸다가 방 안으로 들어섰다. 응접실은 평범하고 안락한 분위기이었지만 현대적인 취향을 가진 사람이 보기에는 좀 과하다 싶을 정도로 가구가 많았다. 한 가지 눈에 띄는 것은 수많은 시계였다. 응접실 한구석에는 커다란 괘종시계가, 벽난로 위에는 드레스덴 도자기 시계가, 책상 위에는 은색 휴대용 시계가, 벽난로 근처의 선반에는 금박으로 장식된 작은 시계가, 창가의 테이블 위에는 한쪽 귀퉁이에 금박으로 '로즈메리'라 적힌 낡은 가죽으로 된 여행용 시계가 놓여 있었다.

실라 웨브는 놀란 눈으로 책상 위의 시계를 바라보았다. 시곗바늘은 4시 10분을 조금 넘기고 있었다. 이번에 그녀의 눈길은 벽난로 위로 향했다. 그쪽 시계 또한 마찬가지였다. 그때 머리 위쪽에서 윙하는 소리와 딸각하는 소리가 들리더니 벽에 걸린 뻐꾸기 시계의 작은 문에서 뻐꾸기가 튀어나와 '뻐꾹, 뻐꾹, 뻐꾹' 하고 크게 울어 그녀는 화들짝 놀랐다. 귀에 거슬리는 날카로운 소리에 겁이 날 정도였다. 뻐꾸기는 다시 문안으로 모습을 감추었다.

실라는 피식 웃으며 소파로 걸어가다 흠칫 걸음을 멈추었다.

바닥에 누군가 누워 있었던 것이다. 남자였다. 반쯤 뜬 눈에는 초점이 없었다. 남자의 어두운 회색 양복 앞자락에 눅눅하게 검은 얼룩이 져 있었다. 실라는 반사적으로 허리를 숙여 남자를 살피기 시작했다. 우선 남자의 뺨을 만져 보았다. 차가웠다. 손 또한 마찬가지였다……. 양복 앞자락의 눅눅한 얼룩에 손을 대 본 그녀는 재빨리 손을 떼고 공포에 질린 눈으로 그 얼룩을 바라보았다.

그때 바깥에서 문 열리는 소리가 들려와 실라는 반사적으로 창가로 고개를 돌렸다. 한 여자가 서둘러 현관문으로 향하는 모습이 눈에 들어왔다. 실라는 자신도 모르게 침을 꿀꺽 삼켰다. 목구멍이 바싹 타들어 갔다. 그녀는 그 자리에 못 박힌 듯 움직이지도, 소리를 지르지도 못한 채 멍하니 앞만 보고 서 있었다.

문이 열리면서 키가 큰 노부인이 장바구니를 들고 들어왔다. 곱슬거리는 회색 머리카락은 이마 뒤로 넘겨 틀어 올렸으며, 눈은 커다랗고 아름다운 푸른색이었다. 그 눈은 실라가 아닌 허공을 바라보았다.

실라는 입을 열었지만 간신히 희미한 신음 소리만 나올 뿐이었다. 커다란 푸른 눈이 실라를 향하더니 날카롭게 말했다.

"누가 있어요?"

"저는…… 그게…….."

실라가 더듬거리는 사이 노부인이 재빨리 소파 뒤로 걸어갔다. 실라가 느닷없이 외쳤다.

"안 돼요……. 안 돼요……. 그쪽으로 가시면 그 사람을…… 밟을 거예요……. 그 사람 죽었어요…….."

1장 : 콜린 램의 이야기

I

경찰들이 이야기하는 식으로 표현하면, 나는 9월 9일 오후 2시 59분에 윌브러험 크레센트가를 따라 서쪽으로 걸어가고 있었다. 윌브러험 크레센트는 초행길이었고, 솔직히 길을 찾지 못해 꽤 헤매던 중이었다.

그동안 길을 찾을 때면 언제나 감에 의존했는데 그날은 내 감이 전혀 효과를 발휘하지 못했다. 기분이 그러했다.

내가 찾는 곳은 61번지였지만 그곳을 찾았는가 하면 그렇지 못했다. 신중하게 1번지부터 35번지까지 죽 따라갔지만 35번지에 이르자 윌브러험 크레센트가는 갑자기 끝이 나고 눈앞에는 올버니로(路)가 나타났다. 나는 되돌아갔다. 북쪽에는 집이 전혀 없고 벽뿐이었다. 벽 뒤쪽으로는 현대적인 아파트 단지가 하늘 높이 솟아 있었는데 입구가 보이지 않는 것으로 보아 다른 거리로 나 있는 게 분명했다. 그래서 도움을 청할 수도 없었다.

나는 거리를 되돌아가며 번지수를 올려 보았다. 24번지, 23번지, 22번지, 21번지, 다이애나 로지(아마도 20번지일 것이다. 정문 기둥에 고양이 세수를 하는 오렌지색 고양이가 앉아 있다), 19번지……

순간 19번지에서 문이 열리더니 한 아가씨가 발사된 폭탄처럼 쌩하니 뛰쳐나왔다. 게다가 비명 소리까지 정말 폭탄 같았다. 높고 새된 비명 소리, 마치 인간의 목소리가 아닌 것만 같았다. 정문을 뛰쳐나온 아가씨는 때마침 그 앞으로 지나던 나와 부딪쳐 하마터면 길바닥에 나뒹굴 뻔했다. 그 아가씨는 내 옷깃을 꽉 움켜쥐었다. 절박함이 느껴질 정도였다.

나는 균형을 잡으려 애쓰며 말을 건넸다. 그리고 아가씨를 살짝 흔들었다.

"진정하세요. 이제 진정하세요."

그러자 그녀는 조금 진정한 듯했다. 여전히 날 꽉 붙잡고 있었지만 더 이상 비명은 지르지 않았다. 그 대신 흐느끼듯 숨을 헐떡였다.

내가 그 상황에 명민하게 대처했다고는 할 수 없다. 나는 그 아가씨에게 무슨 문제가 있느냐고 물어보았다. 질문이 바보 같다는 걸 깨달은 나는 다시 물었다.

"무슨 일입니까?"

아가씨는 깊이 심호흡을 하며 뒤를 가리켰다.

"저 안에 있어요!"

"네?"

"바닥에 남자가 있어요……. 죽었는데……. 그 여자가 남자를 밟으려고 했어요."

"누가요? 왜요?"

"아무래도 그 여자 장님인 것 같아요. 그 남자는 피를 흘리고 있었어요."

아가씨는 아래를 내려다보고는 내 옷을 꽉 잡은 두 손 중 하나를 풀었다.

"그리고 저에게도, 제게도 피가 묻었어요."

"그렇군요. 이제 제게도 묻었군요."

나는 코트 소맷자락에 묻은 얼룩을 가리킨 후 한숨을 쉬고 상황을 정리해 보았다.

"저와 함께 집 안으로 들어가서 확인을 해 보는 게 좋겠습니다."

내 말에 아가씨는 몸을 부들부들 떨기 시작했다.

"싫어요……. 싫어요……. 다시는 저 집에 들어가지 않을 거예요."

"물론 그러시겠죠."

주위를 둘러보았다. 기절하기 일보 직전인 아가씨를 앉혀 둘 만한 장소는 마땅치 않았다. 나는 아가씨를 인도로 조심스럽게 부축해 철책에 등을 기대게 해 앉혔다.

"제가 돌아올 때까지 여기 계세요. 오래 걸리지는 않을 겁니다. 이제 괜찮을 거예요. 혹시 속이 울렁거리면 고개를 앞으로 숙여 무릎

사이에 놓으세요.”

"전…… 전 이제 괜찮아요.”

별로 그런지는 모르겠지만 굳이 실랑이하고 싶지 않았다. 나는 아가씨를 안심시키기 위해 어깨를 토닥인 다음 현관으로 이어진 길을 씩씩하게 걸어 올라갔다. 현관문 안으로 들어가서 잠시 복도에서 망설이다 왼쪽에 있는 문안을 들여다보았지만 식당은 텅 비어 있었다. 나는 다시 홀을 가로질러 반대편에 있는 응접실로 들어섰다.

가장 먼저 눈에 들어온 것은 의자에 앉은 회색 머리칼의 노부인이었다. 내가 들어서자 그녀가 날카롭게 고개를 돌리며 물었다.

"누구세요?”

나는 즉시 그녀가 장님이라는 걸 알아차렸다. 그 눈은 정확히 내 쪽을 향해 있었지만 초점은 내 왼쪽 귀 뒤쪽을 향해 있었던 것이다.

나는 불쑥 본론을 꺼냈다.

"한 젊은 아가씨가 거리로 뛰어나와 이 집에 죽은 남자가 있다고 하던데요.”

나는 말을 하는 동안에도 내가 정말 바보 같다는 기분이 들었다. 깔끔한 응접실에서 노부인이 저렇게 차분히 손을 포갠 채 의자에 앉아 있는데 죽은 남자가 있을 리 만무하지 않은가.

그러나 부인은 내 말에 재깍 대답했다.

"소파 뒤에 있어요.”

소파 뒤쪽으로 가 보니 바닥에 쭉 뻗은 두 팔, 초점 없는 멍한 눈, 응고된 핏자국이 눈에 들어왔다.

"어떻게 된 일이죠?"

"모르겠어요."

"하지만…… 이 남자는 누구죠?"

"나도 모르겠어요."

"경찰을 불러야겠습니다. 전화기는 어디 있죠?"

"우리 집에는 전화기가 없어요."

주위를 둘러보던 나는 그 말에 그녀에게 관심을 돌렸다.

"부인께서는 이 집에 사십니까? 부인의 집인가요?"

"그래요."

"어떻게 된 일인지 말씀해 주시겠습니까?"

"물론이에요. 장을 보러 나갔다가 돌아와서…… (나는 응접실 문 근처 의자 위에 장바구니가 놓여 있는 걸 알아챘다.) 이리로 들어왔어요. 순간 응접실 안에 누군가 있다는 걸 알아차렸죠. 눈이 안 보이는 사람들은 주변에 누가 있는지 없는지를 쉽게 알아챕니다. 누가 있냐고 물었어요. 하지만 아무런 대답이 없더군요. 누군가 숨을 헐떡이는 소리밖에 들리지 않았어요. 나는 그 소리가 나는 쪽으로 갔죠. 그런데 갑자기 비명을 지르더군요. 어떤 남자가 죽었고, 내가 그 남자를 밟을 거라는 뭐 그런 말이었어요. 그러더니 누군지 모를 그 사람이 비명을 지르면서 날 지나쳐 밖으로 뛰쳐나가더군요."

나는 고개를 끄덕였다. 둘의 이야기가 정확히 일치했다.

"그래서 어떻게 하셨습니까?"

"아주 조심스럽게 한 걸음씩 옮기는데, 내 발에 뭔가가 와 닿더군요."

"그래서요?"

"무릎을 구부리고 앉았어요. 뭔가가 만져졌죠. 남자 손이었어요. 아주 차가웠고, 맥박이 전혀 뛰지 않더군요. 나는 자리에서 일어나 이곳에 앉아서 기다렸어요. 곧 누군가 올 거라고 생각했어요. 누군 진 몰라도 그 아가씨가 사람을 불렀을 테니까. 집에서 기다리는 편이 좋을 거 같았죠."

나는 부인의 침착함에 감명을 받았다. 그녀는 소리를 지르지도 않았고, 공포에 질려서 비틀대며 집을 뛰쳐나오지도 않았다. 그녀는 침착하게 자리에 앉아 기다렸다. 현명한 행동이지만, 이제는 조치를 취해야 했다.

부인이 질문을 던졌다.

"댁은 누구죠?"

"제 이름은 콜린 램입니다. 우연히 이 앞을 지나던 길이었습니다."

"그 아가씨는 어디 있죠?"

"정문 옆에 두고 왔습니다. 충격을 많이 받아서요. 여기 근처에 공중전화가 있습니까?"

"요 앞길을 따라 45미터 정도 내려가다가 모퉁이 돌기 전에 공중전화 박스가 하나 있어요."

"맞아요. 제가 거길 지나왔던 것이 기억나네요. 가서 경찰을 부르겠습니다. 부인께서는……."

나는 머뭇거렸다.

'부인께서는 집에 남아 계시겠습니까?'라고 해야 할지 '부인께서는 괜찮으시겠습니까?'라고 해야 할지 갈피를 잡을 수 없었다.

다행스럽게도 부인이 내 짐을 덜어 주었다. 그녀가 단호하게 말했다.

"그 아가씨를 집 안으로 데려오는 게 좋겠어요."

"오려고 할지 모르겠습니다."

나는 망설였다.

"물론 이 방은 안 되겠죠. 홀 맞은편 식당으로 데려오세요. 차를 끓여 줄 테니까."

부인은 자리에서 일어나 나에게 다가왔다.

"하지만…… 부인께서 어떻게……."

잠시 부인의 얼굴 위로 희미한 미소가 스쳤다.

"젊은 양반, 14년 전 이 집으로 이사한 다음부터는 내가 직접 식사 준비를 했어요. 눈이 멀었다고 해서 아무것도 못하는 건 아니에요."

"죄송합니다. 제가 어리석었네요. 성함이 어떻게 되시죠?"

"밀리센트 펩마시예요."

나는 현관문을 나섰다. 그 아가씨가 나를 올려다보며 자리에서 일어서려 애썼다.

"전…… 전 이제 괜찮은 것 같아요."

나는 아가씨를 부축하며 쾌활하게 대답했다.

"다행입니다."

"저 안에……. 저 안에 죽은 남자가 있죠, 그렇죠?"

나는 고개를 끄덕였다.

"확실합니다. 전 저 아래 공중전화 박스에 가서 경찰에 전화를 걸어야겠어요. 저라면 집 안에 들어가 기다리겠습니다."

나는 아가씨가 항의하려는 걸 묵살하고 목소리를 높였다.

"들어가서 왼편에 있는 식당에 가 계세요. 펩마시 양께서 차를 준비해 주신답니다."

"그렇다면 그분이 펩마시 양이세요? 시각 장애인이신?"

"예. 그분도 충격을 받았을 텐데 아주 침착하시더군요. 자, 어서요. 제가 안으로 데려다 드리죠. 경찰이 도착할 때까지 차 한잔하는 게 좋을 겁니다."

나는 아가씨의 어깨를 감싸 안고 집 안으로 데려갔다. 그러고는 그녀를 식당 테이블에 편안히 앉힌 뒤, 서둘러 공중전화 박스로 달려갔다.

II

수화기 반대편에서 사무적인 목소리가 들려왔다.
"예, 크로딘 경찰서입니다."
"하드캐슬 경위님 좀 바꿔 주시겠습니까?"
상대방이 조심스럽게 물었다.
"지금 자리에 계신지 잘 모르겠습니다만 누구시죠?"
"콜린 램이라고 전해 주세요."
"잠시만 기다리십시오."

기다리자 잠시 후 딕 하드캐슬의 목소리가 들려왔다.

"콜린? 자네가 전화할 줄은 몰랐어. 지금 어디야?"

"크로딘이야. 정확히 말하면 윌브러험 크레센트. 19번지지. 그곳에 바닥에 쓰러져 죽은 남자가 있어. 내 생각에는 칼에 찔린 것 같아. 사망한 지는 대략 30분쯤 되는 것 같고."

"누가 발견했나? 자네가?"

"아니, 난 그저 그 앞을 지나고 있었어. 그런데 갑자기 그 집에서 한 아가씨가 정신없이 뛰쳐나와서, 하마터면 나까지 넘어질 뻔했지. 그 아가씨 말이 바닥에 죽은 남자가 쓰러져 있고, 눈먼 여자가 그 남자를 밟을 뻔했대."

"자네 지금 장난치는 거 아니야? 응?"

딕이 의심스러운 목소리로 물었다.

"좀 허무맹랑한 이야기 같다는 건 나도 알아. 하지만 내가 직접 확인했어. 눈먼 여자는 그 집 주인인 밀리센트 펩마시 양이야."

"그리고 그 여자가 죽은 남자를 짓밟고 있었다고?"

"그게 아니라 눈이 멀어 바닥에 쓰러진 남자가 있는 줄 몰랐던 것 같아."

"지금 곧 출동하겠네. 거기서 기다려. 그 아가씨는 어떻게 했어?"

"펩마시 양과 함께 차를 마시고 있어."

딕이 아주 평화로운 분위기 같다고 대꾸했다.

2장

윌브러험 크레센트 19번지에서는 경찰들이 조사를 한창 진행하고 있었다. 경찰의, 경찰 사진가, 지문 감식가들은 각각 자신에게 주어진 임무를 수행했다.

마침내 풍성한 눈썹에 감정이 드러나지 않는 얼굴, 모든 일을 지시해 실행시키는, 마치 신과 같은 훤칠한 키의 하드캐슬 경위가 모습을 드러냈다. 그는 경찰의와 간단히 대화를 나눈 후 마지막으로 시신을 한 번 더 살펴보고 세 사람이 빈 찻잔을 앞에 두고 앉아 있는 식당으로 향했다. 펩마시 양과 콜린 램, 갈색 곱슬머리에 커다랗고 겁먹은 눈을 한 늘씬한 아가씨가 조용히 앉아 있었다.

'꽤 예쁘장한 아가씨군.'

하드캐슬 경위는 그렇게 생각하며 펩마시 양에게 인사를 건넸다.

"하드캐슬 경위라고 합니다."

일적으로는 한 번도 마주친 적이 없지만, 그는 펩마시 양을 조금은 알고 있었다. 몇 번 본 적이 있었다. 그녀가 전에 학교 교사였고 장애아들을 보살피는 에런버그 복지관에서 점자를 가르친다는 것도 알고 있었다. 이렇게나 깔끔하고 검소한 집에서 살해당한 남자의 시체가 발견된다니 정말 터무니없는 일 같았다. 하지만 믿을 수 없을 정도로 말도 안 되는 일들도 종종 일어나지 않던가.

"펩마시 양, 정말 끔찍한 일을 당하셨습니다. 큰 충격을 받으셨겠지만, 전 사건의 정확한 정황을 진술받아야 합니다. 처음 시체를 발견한 사람이……."

하드캐슬 경위는 경찰관이 건네준 수첩을 흘끗 바라보며 이어서 말했다.

"실라 웨브 양이라고 들었습니다. 펩마시 양께서 허락하신다면 웨브 양과 단둘이 주방에서 조용히 이야기를 나누고 싶습니다만."

그는 주방과 이어지는 문을 열고 실라가 지나갈 때까지 기다렸다. 사복을 입은 젊은 경관 하나가 포마이카로 마감된 테이블에 앉아 조심스럽게 무언가를 쓰고 있었다.

"이 의자가 편할 것 같군요."

하드캐슬은 등이 높은 현대식 나무 의자를 잡아 빼며 말했다.

실라 웨브는 겁먹은 듯 커다란 눈으로 그를 뚫어지게 바라보며 의자에 앉았다.

하드캐슬은 '잡아먹지 않을 테니 긴장 풀어요, 아가씨.'라는 말이 목구멍까지 올라왔지만 꾹 누른 다음 입을 열었다.

"걱정하실 것 없습니다. 그저 상황을 명확히 파악하려는 것뿐이니까요. 성함이 실라 웨브……. 주소는 어떻게 되십니까?"

"팔머스턴로(路) 14번지예요. 가스 공장 뒤편요."

"네, 그렇죠. 직장에 다니시죠?"

"네, 저는 속기사예요. 마틴데일 양이 운영하는 비서 협회에서 일하고 있어요."

"정확한 명칭이 캐번디시 비서 및 속기 협회 맞습니까?"

"맞아요."

"그곳에서 일한 지는 얼마나 되셨습니까?"

"1년쯤 됐어요. 그러니까, 정확히 10개월째예요."

"그렇군요. 그렇다면 오늘 윌브러헴 크레센트가 19번지에 오게 된 연유를 직접 말씀해 주시겠습니까?"

실라 웨브는 이제 조금 더 자신감을 갖고 이야기를 했다.

"그게, 이렇게 된 거예요. 펩마시 양께서 저희 사무실에 전화를 걸어 3시까지 속기사를 보내 달라고 하셨대요. 점심 식사를 하고 돌아왔을 때 마틴데일 양이 제게 그렇게 말했어요."

"평상시와 똑같았습니까? 그러니까 명단에 올라 있는 순서대로 일을 맡으신 건가요. 아니면 웨브 양께서 직접 선택하셨습니까?"

"그렇진 않아요. 펩마시 양께서 직접 저를 지목하셨어요."

하드캐슬의 눈썹이 움찔했다.

"펩마시 양께서 직접 웨브 양을 지목하셨다? 그렇군요. 전에 일한 적이 있기 때문입니까?"

"아니에요."

실라가 재빨리 대답했다.

"전에는 펩마시 양과 일한 적이 없으시다고요? 확실한가요?"

"오, 그럼요. 확실해요. 펩마시 양은 쉽게 잊을 수 있는 분이 아니잖아요. 그래서 좀 이상해요."

"그렇군요. 일단 그 부분은 넘어가기로 하죠. 이곳에 도착했을 때는 몇 시였습니까?"

"분명 3시 조금 전이었을 거예요. 뻐꾸기시계가……."

실라가 갑자기 말을 멈추었다. 두 눈이 커다래졌다.

"정말 이상해요. 너무 이상해요. 그때는 왜 몰랐을까."

"무얼 말씀입니까, 웨브 양?"

"그러니까, 시계들요."

"시계가 왜요?"

"뻐꾸기시계는 정확히 3시에 울렸지만, 다른 시계들은 전부 1시간 정도 더 빨랐어요. 정말 이상하네요!"

"네, 정말 이상한 일이군요. 그렇다면 시신을 처음 발견한 곳은 어디였습니까?"

"소파 뒤쪽으로 돌아갔을 때요. 그곳에 그 남자가 있었어요. 끔찍했어요, 정말 끔찍했어요……."

"네, 물론 그러셨을 겁니다. 혹시 아는 얼굴이던가요? 전에 본 적이 있는 남자였습니까?"

"오, 아니요."

"확신하십니까? 아시겠지만, 평소와는 좀 달라 보일 수도 있습니다. 잘 생각해 보세요. 정말 한 번도 본 적 없는 얼굴이라고 확신하십니까?"

"네, 분명해요."

"좋습니다. 그렇군요. 그리고 어떻게 하셨습니까?"

"제가 어떻게 했냐고요?"

"네."

"전 아무것도요. 아무것도 어떻게 할 수가 없었어요."

"알겠습니다. 그 남자에게는 손도 대지 않으셨습니까?"

"아니요. 아니요, 만졌어요. 혹시……. 그러니까 혹시라도 해서요……. 하지만 싸늘했어요. 그리고, 그리고 제 손에 피가 묻었죠. 너무 무서웠어요. 찐득한 피가……."

실라가 몸을 떨기 시작했다.

하드캐슬이 친척 아저씨처럼 자상하게 말했다.

"이런, 이런. 이제 다 끝난 일입니다. 잊어버리세요. 이제 다음 질문으로 넘어가죠. 그다음에는 어떤 일이 일어났습니까?"

"모르겠어요. 아, 맞아요. 어떤 여자가 집에 들어왔어요."

"펩마시 양 말씀인가요?"

"네. 그때는 펩마시 양이라는 걸 몰랐어요. '장바구니'를 들고 응접실 안으로 들어왔어요."

실라 웨브는 당시 상황과 어울리지 않는다는 듯 장바구니란 말을 강조했다.

"그래서 웨브 양께서는 뭐라고 하셨습니까?"

"무슨 말을 하지는 않았던 것 같아요……. 하려고 했지만 할 수가 없었어요. 여기가 꽉 막힌 느낌이었으니까요."

실라가 자신의 목을 가리켰다.

하드캐슬이 고개를 끄덕였다.

"그러고 나서……. 그러고 나서 그분이 입을 열었어요. '누가 있어요?'라고. 그리고 소파 뒤쪽으로 걸어왔는데 그때 번뜩 생각이 났어요. 그러다 그걸 밟을지도 모른다고요. 그래서 소리를 질렀어요……. 한번 시작하니까 멈출 수가 없었어요. 그리고 어떻게 됐는지는 모르겠지만 그 방을 빠져나와 현관으로 나갔어요."

"정신없이 말이죠."

하드캐슬은 콜린이 한 말을 떠올렸다.

실라 웨브는 괴롭고 공포에 질린 눈으로 그를 바라보다 예기치 못한 말을 꺼냈다.

"죄송해요."

"죄송하실 필요는 전혀 없습니다. 아주 잘 얘기해 주셨어요. 이젠 더 이상 그 일을 떠올릴 필요는 없습니다. 아, 한 가지만 더 짚고 넘어가죠. 왜 그 방에 계셨죠?"

"왜냐고요?"

실라가 당황한 표정을 지었다.

"네. 이곳에 도착해 초인종을 누르셨겠죠. 아무도 대답하지 않았는데 왜 집 안으로 들어가셨습니까?"

"아, 그거요? 그렇게 하라는 지시를 받았거든요."

"누구에게서요?"

"펩마시 양에게서요."

"하지만 그분과는 이야기를 나눈 적이 없다고 하지 않았나요?"

"네, 맞아요. 마틴데일 양께서 전해 주셨어요……. 집 안에 들어와서 홀 오른편에 있는 응접실에서 기다리라고요."

"그렇군요."

하드캐슬은 생각에 잠긴 채 중얼거렸다.

실라 웨브가 머뭇거리며 입을 열었다.

"이제…… 이제 끝났나요?"

"그런 것 같습니다. 혹시 몇 가지 더 물어봐야 할지도 모르니까, 10분 정도만 더 여기서 기다려 주셨으면 합니다. 그 후에는 제가 경찰차로 집까지 모셔다 드리겠습니다. 가족과 함께 사십니까?"

"부모님은 돌아가셨고, 지금은 고모와 함께 살고 있어요."

"고모님의 성함이 어떻게 되십니까?"

"로턴 부인요."

하드캐슬이 자리에서 일어나 손을 뻗었다.

"정말 감사합니다, 웨브 양. 오늘 밤은 아무 생각 말고 푹 쉬세요. 이런 일을 겪었을 때는 푹 쉬는 게 최고입니다."

실라는 식당으로 향하며 수줍은 듯 미소를 지어 보였다.

"콜린, 웨브 양을 잘 보살펴 주게. 펩마시 양, 번거로우시겠지만 잠시 이쪽으로 와 주시겠습니까?"

하드캐슬이 페마시 양을 안내하려 손을 뻗었다. 하지만 그녀는 쌩하니 그를 지나쳐 손가락 끝으로 벽에 붙어 있는 의자를 확인한 후 뒤로 빼고 앉았다.

하드캐슬이 문을 닫았다. 그가 입을 열기도 전에 밀리센트 페마시가 불쑥 말을 꺼냈다.

"저 젊은이는 누구예요?"

"콜린 램입니다."

"나도 이름은 들었어요. 내 말은 저 젊은이가 누구냐고요. 왜 여기에 와 있는 거죠?"

하드캐슬은 약간 놀란 표정으로 그녀를 바라보았다.

"웨브 양이 비명을 지르며 이 집을 뛰쳐나갔을 때 우연히 이 앞을 지나고 있었습니다. 그래서 집 안으로 들어와 상황을 확인하고 저희에게 전화를 걸었길래 돌아가 기다리라고 했습니다."

"그 젊은이를 콜린이라고 부르시더군요."

"관찰력이 아주 뛰어나시군요, 페마시 양."

관찰력이라고? 그렇게 말하긴 힘들었지만 달리 표현할 방법이 없었다.

"콜린 램은 제 친구입니다. 아주 오랜만에 보는 것이긴 하지만요. 그 친구는 해양생물학자입니다."

"아! 그렇군요."

"자, 페마시 양. 이 놀라운 일에 대해 말씀해 주신다면 정말 감사하겠습니다."

"물론이죠. 하지만 말씀드릴 게 별로 없네요."

"이곳에 사신 지 오래되셨죠?"

"1950년부터 살았어요. 나는 학교 교사예요……. 아니, 교사였죠. 어느 순간부터 시력이 감퇴하기 시작했는데, 머지않아 눈이 멀 거라는 얘기를 듣고 곧바로 눈먼 사람들을 도울 수 있는 브라유 점자와 여러 가지 기술을 배웠어요. 지금은 시각 장애인과 장애아들을 위한 에런버그 복지관에서 일하고 있답니다."

"그러시군요. 그렇다면 오늘 오후에 일어난 사건으로 넘어가 보죠. 오늘 오후에 방문객이 오기로 되어 있었나요?"

"아니요."

"혹시 떠오르는 사람이 있을 수도 있으니까, 죽은 남자의 모습을 설명해 드리죠. 키는 175~180센티미터 정도이고 나이는 대략 60세, 원래는 검은 머리카락이지만 회색으로 셌고, 갈색 눈에 깔끔하게 면도를 한 갸름한 얼굴, 턱은 단단합니다. 영양 상태는 좋지만 뚱뚱하지는 않습니다. 어두운 회색 양복에 손은 고생한 흔적이 전혀 없이 매끈했습니다. 어쩌면 은행원이나 회계사, 변호사, 뭐 그런 직종에 종사한 남자일 수도 있습니다. 혹 떠오르는 사람이 없습니까?"

밀리센트 펩마시는 대답하기 전에 신중하게 생각했다.

"딱히 뭐라고 말씀드리기가 힘드네요. 너무 일반적인 설명이라. 그런 사람은 수도 없이 꼽을 수 있죠. 어쩌다 내가 보거나 만난 사람일 수도 있지만, 잘 아는 사람이 아니라는 건 확실해요."

"최근에 펩마시 양을 찾아뵙겠다는 편지를 받은 적이 있습니까?"

"전혀요."

"좋습니다. 펩마시 양께서는 캐번디시 비서 협회에 전화를 하셔서 속기사를 보내 달라고 부탁하셨고……."

그녀가 끼어들었다.

"잠깐만요. 난 그런 적 없어요."

"캐번디시 비서 협회에 속기사를 부탁하지 않으셨다고요?"

하드캐슬이 눈을 둥그렇게 뜨고 그녀를 바라보았다.

"이 집에는 전화기가 없어요."

"길모퉁이에 공중전화가 있잖습니까."

"예, 물론이에요. 하지만 하드캐슬 경위님, 나는 속기사를 부를 일도 없고 캐번디시라는 곳에 그런 요청을 한 적도 없어요."

"실라 웨브 양을 보내 달라고 부탁하지 않으셨습니까?"

"들어 본 적도 없는 이름이에요."

하드캐슬은 놀란 표정으로 그녀를 뚫어지게 바라보았다.

"현관문을 열어 두셨던데요."

"낮에는 종종 그런답니다."

"아무나 들어올 수 있겠군요."

"이번 사건도 아무나 저지를 수 있었겠군요."

펩마시 양이 냉담하게 대꾸했다.

"펩마시 양, 의사가 확인한 바로는 이 남자는 대략 1시 30분에서 2시 45분 사이에 사망했습니다. 그때에는 어디에 계셨습니까?"

펩마시 양이 곰곰이 생각했다.

"1시 30분이면 집을 나섰거나 외출 준비를 하고 있을 때일 거예요. 뭘 좀 살 게 있어서요."

"정확히 어디에 가셨는지 말씀해 주시겠습니까?"

"어디 보자. 올버니로에 있는 우체국에 가서 소포를 하나 부치고 우표를 산 다음에 가사용품을 사러 갔어요. 예, 필드 앤드 렌이라는 포목상에서 가죽 단추하고 옷핀을 좀 샀어요. 그러고 나서 집으로 돌아왔죠. 정확히 몇 시였는지도 말씀드릴 수 있어요. 내가 정문으로 들어올 때 뻐꾸기시계가 세 번 울렸죠. 밖에서도 들리더군요."

"그렇다면 다른 시계들은 어땠습니까?"

"뭐라고요?"

"다른 시계들은 1시간 가량 더 빠르던데요."

"빠르다고요? 구석에 있는 괘종시계 말씀인가요?"

"그것뿐만이 아닙니다……. 응접실에 있는 다른 시계들도 전부 그렇던데요."

"'다른 시계'라니 무슨 말씀인지 모르겠네요. 응접실에 다른 시계는 없어요."

3장

하드캐슬은 펩마시 양을 뚫어져라 바라보았다.

"이거 왜 이러십니까. 벽난로 위에 놓인 아름다운 드레스덴 도자기 시계와 작은 프랑스 시계, 금박으로 장식된 시계 말입니다. 그리고 은색 휴대용 시계와 아, 그래요, 한쪽 귀퉁이에 '로즈메리'라고 적힌 시계도 있지 않습니까?"

이번에는 펩마시 양이 경위를 뚫어져라 바라보았다.

"경위님, 아무래도 우리 둘 중 하나는 제정신이 아닌 것 같군요. 분명히 말씀드리지만 나에게는 드레스덴 도자기 시계가 없어요. '로즈메리'라는 글씨가 새겨진 시계, 그것도 없어요. 금박으로 장식된 시계도 없고요. 그리고 또 뭐라고 하셨죠?"

"은색 휴대용 시계요."

하드캐슬이 멍하니 대답했다.

"그것 역시 없어요. 내 말을 믿지 못하겠다면 우리 집에 청소하러 오는 가정부에게 물어보세요. 커틴 부인이라고 해요."

하드캐슬 경위는 당황했다. 펩마시 양의 목소리는 조금도 거리낄 것 없다는 듯 당당했다. 하드캐슬은 잠시 머릿속으로 상황을 정리해 보고는 자리에서 일어났다.

"펩마시 양, 괜찮으시다면 저와 함께 옆방으로 가 주시겠습니까?"

"그러지요. 솔직히 저도 그 시계들을 직접 보고 싶네요."

"보신다고요?"

하드캐슬은 자신도 모르게 물었다.

"확인해 본다는 게 더 적절한 표현이겠죠. 경위님, 앞이 안 보이는 사람들도 상황에 맞지 않을지는 몰라도 평범한 사람들과 똑같은 말을 사용한답니다. 내가 그 시계들을 보고 싶다고 말한 건 손가락으로 만져 보고 확인하고 싶다는 뜻이에요."

하드캐슬은 펩마시 양과 함께 주방을 나와 작은 홀을 지나 응접실로 들어섰다. 지문 감식관이 그를 올려다보았다.

"경위님, 이제 거의 끝났습니다. 뭐든 만지셔도 상관없습니다."

하드캐슬은 고개를 끄덕이고 한쪽 귀퉁이에 있는 '로즈메리'라고 쓰인 작은 여행용 시계를 집어 들었다. 그 시계를 펩마시 양의 손 위에 올려놓자, 그녀는 조심스럽게 시계를 만져 보았다.

"평범한 여행용 시계 같군요. 가죽 덮개가 있고요. 내 건 아니에요, 하드캐슬 경위님. 그리고 확실히 말씀드리지만 1시 30분에 제가 집을 나설 때는 분명 이 방에 없었어요."

"감사합니다."

하드캐슬은 시계를 치웠다. 그리고 이번에는 벽난로 위에 있는 작은 드레스덴 시계를 조심스럽게 들어 올렸다.

"조심하십시오. 잘못하면 깨집니다."

하드캐슬이 펩마시 양의 손에 시계를 올려놓으며 말했다.

밀리센트 펩마시는 섬세한 손끝으로 작은 도자기 시계를 더듬었다. 그리고 고개를 저었다.

"아주 아름다운 시계 같군요. 하지만 역시 내 건 아니에요. 이게 어디 있었다고 하셨죠?"

"벽난로 오른쪽입니다."

"원래는 그곳에 도자기로 된 촛대가 한 쌍 있었는데요."

"예, 촛대가 있긴 하지만 한쪽 끝으로 밀려 있습니다."

"그것 말고도 다른 시계가 있다고 하셨죠?"

"두 개가 더 있습니다."

하드캐슬은 드레스덴 도자기 시계를 제자리에 올려놓고, 이번에는 작은 프랑스제 금박 시계를 펩마시 양에게 건넸다. 그녀는 빠르게 시계를 만져 보고는 하드캐슬에게 되돌려 주었다.

"아니에요. 이것 역시 내 게 아니에요."

이번에는 은색 시계였다. 펩마시 양은 그것 역시 만져 보고 아니라며 되돌려 주었다.

"원래 이 방에 있던 시계는 저기 창가 옆 모퉁이에 있는 괘종시계 뿐이에요."

"그렇군요."

"……그리고 문 근처 벽에 걸린 뻐꾸기시계하고요."

하드캐슬은 이제 뭐라고 해야 할지 몰라 당황스러웠다. 상대방이 자신의 눈길을 알아채지 못하리라는 안도감에 그는 눈앞의 여자를 샅샅이 살펴보았다. 그녀는 당황스러운 듯 미간을 살짝 찌푸리고 있었다. 펩마시 양이 날카롭게 말했다.

"이해할 수가 없군요. 정말이지 이해할 수가 없어요."

그녀는 한 손을 뻗어 쉽게 자신의 위치를 파악한 후 소파에 앉았다. 하드캐슬은 문 옆에 서 있는 지문 감식관을 바라보았다.

"이 시계들도 지문 채취를 했나?"

"전부 살펴봤습니다. 금박 시계에서는 지문이 발견되지 않았습니다. 표면이 그래서 지문이 찍히지 않았을 겁니다. 도자기 시계도 마찬가집니다. 하지만 가죽 덮개가 있는 여행용 시계와 은색 시계에 지문이 전혀 남지 않은 건 좀 이상합니다……. 이런 시계에는 지문이 찍히기 마련이거든요. 그나저나 움직이는 시계는 하나도 없고 전부 4시 13분에 맞춰져 있습니다."

"시계 외에는?"

"방 안에서 서너 쌍의 지문이 발견되었는데, 모두 여자의 것입니다. 주머니 속의 소지품들은 테이블 위에 올려놓았습니다."

그는 고개를 돌려 테이블 위에 소복이 쌓인 물건들을 가리켰다. 하드캐슬은 테이블로 다가가 물건들을 살펴보았다. 7파운드 10실링이 들어 있는 지갑 하나, 잔돈 조금, 실크 손수건, 아무런 상표도 붙어 있지 않은 작은 소화제 상자, 그리고 명함이 있었다. 하드캐슬은 몸을 구부려 명함을 들여다보았다.

R. H. 커리
메트로폴리스 앤드 프로빈셜 보험 회사
런던 W2
덴버스가(街) 7번지

하드캐슬은 펩마시 양이 앉아 있는 소파로 되돌아갔다.
"혹시 보험 회사에서 펩마시 양 댁을 방문하기로 되어 있었습니까?"
"보험 회사요? 아니요, 아니에요."
"메트로폴리스 앤드 프로빈셜 보험 회사입니다."
펩마시 양이 고개를 저었다.
"처음 들어 보네요."
"보험을 들려고 하셨던 게 아닙니까?"
"아니에요. 이곳에 지사가 있는 조브 보험 회사에서 화재 보험과 도난 보험을 들었고, 생명 보험은 들지 않았어요. 나는 가족도 없고 가까운 친척도 없으니 굳이 그럴 필요를 못 느꼈죠."
"그렇군요. 혹시 커리라는 이름을 들어 보셨습니까? R. H. 커리 씨요."
하드캐슬은 펩마시 양을 유심히 관찰했다. 하지만 그녀의 얼굴에는 아무런 반응도 나타나지 않았다.
"커리라······."

펩마시 양은 그 이름을 가만히 되뇌어 보고는 고개를 가로저었다.

"평범한 이름은 아니군요. 아니요, 처음 들어 보는 이름이에요. 그게 죽은 남자의 이름인가요?"

"그런 것 같습니다."

펩마시 양이 잠시 망설이다 입을 열었다.

"내가…… 혹시…… 만져 보길…… ."

하드캐슬은 재빨리 그 의미를 알아차렸다.

"그래 주시겠습니까, 펩마시 양? 너무 무리한 부탁을 드리는 건 아닐까요? 이런 쪽은 잘 모르지만, 직접 만져 보신다면 이 사람이 어떻게 생겼는지 제가 말로 설명해 드리는 것보다 더 정확하게 파악할 수 있을 겁니다."

"그래요. 썩 내키는 일은 아니지만 경위님께 도움이 된다면 기꺼이 그렇게 하죠."

"감사합니다. 제가 안내해 드리죠."

하드캐슬은 펩마시 양을 소파 뒤로 안내해 무릎을 꿇고 앉으라고 한 다음 조심스럽게 그녀의 손을 죽은 남자의 얼굴로 가져갔다. 펩마시 양은 아주 침착했으며, 아무런 감정도 보이지 않았다. 그녀의 손가락은 머리카락과 양쪽 귀를 따라 움직이다 왼쪽 귀 뒤편에서 잠시 머물렀고, 다시 콧날과 입, 턱을 따라 내려갔다. 마침내 그녀는 고개를 저으며 자리에서 일어섰다.

"어떻게 생겼는지는 분명히 알겠어요. 하지만 본 적이 있거나 아는 사람은 절대 아니에요."

지문 감식관은 도구를 챙겨 방을 나섰다가, 다시 방 안으로 머리를 들이밀었다.

그가 시체를 가리키며 말했다.

"가지러 왔는데요. 가져가도 될까요?"

"그렇게 해."

하드캐슬 경위가 말했다.

"펩마시 양, 이쪽으로 와서 좀 앉으시겠습니까?"

그는 펩마시 양을 구석에 있는 의자에 앉혔다. 두 남자가 응접실 안으로 들어왔다. 죽은 커리 씨는 신속하고 정확하게 실려 나갔다. 하드캐슬은 정문까지 배웅을 나갔다가 다시 응접실로 돌아왔다. 그는 펩마시 양 근처에 자리를 잡고 앉았다.

"펩마시 양, 이번 사건은 아주 특이합니다. 제가 올바르게 이해했는지 확인하기 위해 주요 사항들을 되짚어 보겠습니다. 만약 제가 틀렸다면 정정해 주세요. 펩마시 양은 오늘 만나기로 한 방문객도 없고, 보험에 관한 문의를 하신 적도 없으며 보험 회사에서 오늘 찾아뵙겠다는 편지를 받은 적도 없습니다. 맞습니까?"

"맞아요."

"펩마시 양은 속기사를 부를 이유가 없었고, 캐번디시 협회에 전화를 걸지도, 3시까지 사람을 보내 달라고 요청하지도 않으셨습니다."

"그것 또한 맞아요."

"대략 1시 30분쯤 집을 나갈 당시 이 응접실에는 뻐꾸기시계와 괘종시계 두 개만 있었습니다. 다른 시계는 없었고요."

펩마시 양은 대답을 하기 전에 곰곰이 생각했다.

"아주 정확히 말하자면, 확신할 수는 없어요. 앞이 보이지 않으니 방 안에 평소와 다른 것이 있는지 있던 것이 없어졌는지 알아챌 수가 없죠. 그러니까 내가 마지막으로 이 방에 있던 물건들을 확인한 것은 오늘 아침 일찍 먼지를 털 때였어요. 가정부들은 대부분 장식물을 조심스럽게 다루지 않는 경향이 있어 이 응접실만은 내가 직접 청소를 하죠."

"오늘 아침에는 집을 비우셨습니까?"

"예. 평소와 마찬가지로 10시에 에런버그 복지관에 갔어요. 12시 15분까지 수업이 있어서요. 수업이 끝나고 나서 12시 45분쯤에 집으로 돌아왔고, 주방에서 스크램블 에그를 만들어 먹고 차 한잔한 다음에 아까도 말했듯이 1시 30분쯤 다시 외출을 했죠. 식사는 주방에서 했기 때문에 이 방에는 들어오지 않았어요."

"알겠습니다. 그렇다면 펩마시 양께서 오늘 아침 10시에 집을 나설 때는 분명 다른 시계가 없었으니, 오전 중에 누군가 시계를 가져다 놨을 가능성이 많군요."

"그거라면 가정부 커틴 부인에게 물어보세요. 보통 10시쯤 와서 12시에 가니까요. 디퍼가(街) 17번지에 살아요."

"고맙습니다. 그렇다면 우리가 알고 있는 사실은 이겁니다. 오늘 중 언젠가 네 개의 시계가 이 집 안에 들어왔습니다. 이 시계들은 전부 4시 13분에 맞춰져 있고요. 혹시 뭔가 생각나는 게 있습니까?"

"4시 13분이라……. 전혀요."

펩마시 양이 고개를 저었다.

"그렇다면 이제 시계 얘기는 그만두고 죽은 남자로 넘어가 보죠. 펩마시 양께서 지시하지 않은 이상 가정부가 그 남자를 집 안으로 들이고, 남자를 집에 혼자 남겨 두고 나가진 않았을 겁니다. 그건 가정부에게 직접 확인할 수 있겠죠. 그 남자는 아마도 어떤 이유로, 그러니까 사업상 또는 개인적인 일로 펩마시 양을 만나러 이곳에 왔습니다. 그리고 1시 30분에서 2시 45분 사이에 칼에 찔려 죽었죠. 하지만 펩마시 양께서는 그 남자분과 약속을 한 일이 없다고 하셨습니다. 어쩌면 그 남자는 보험 관련 일을 하고 있을지도 모릅니다……. 하지만 그 부분 역시 펩마시 양께서는 모르는 일이라고 하셨죠. 집 현관문이 열려 있어 그 남자는 안으로 들어와 펩마시 양을 기다렸습니다. 하지만 왜일까요?"

펩마시 양이 못 참겠다는 듯 말했다.

"정말 말도 안 되는 일이네요. 그렇다면 경위님은 이…… 커리라는 남자가 시계를 가져왔다고 생각하시는 거예요?"

"상자나 가방의 흔적은 아무 데서도 발견하지 못했습니다. 네 개의 시계를 주머니에 넣고 오는 건 불가능한 일입니다. 자, 펩마시 양. 잘 생각해 보십시오. 그 시계들과 관련해서, 아니면 시간, 즉 4시 13분과 관련해서 뭔가 떠오르는 게 없습니까?"

하드캐슬의 질문에 펩마시 양이 고개를 저었다.

"저는 이번 일이 미치광이의 짓이거나 집을 잘못 찾아온 사람의 소행이라고 생각해요. 하지만 그렇다 해도 아무것도 해결이 되질 않죠. 제가 도움을 드릴 부분이 없네요."
 그때 젊은 경찰관 한 명이 응접실 안을 들여다보았다. 하드캐슬은 홀로 나가 그와 함께 정문까지 내려갔다. 그곳에서 경찰관들에게 잠시 이야기를 했다.
 "그 아가씨는 지금 집으로 데려다 줘도 돼. 주소는 팔머스턴로 14번지야."
 그런 후 하드캐슬은 다시 집 안으로 들어와 식당으로 들어갔다. 식당과 주방 사이의 열린 문을 통해 펩마시 양이 분주하게 설거지하는 소리가 들렸다. 하드캐슬은 다가가 문지방에 섰다.
 "펩마시 양, 그 시계들은 제가 가져가야 할 것 같습니다. 영수증을 써 드리죠."
 "그럴 필요 없어요, 경위님. 내 것이 아니니까요······."
 하드캐슬은 실라 웨브를 바라보았다.
 "웨브 양, 이제 집으로 가셔도 좋습니다. 경찰차로 모셔다 드리죠."
 실라와 콜린이 자리에서 일어섰다.
 "콜린, 자네가 차까지 안내해 드리겠나?"
 하드캐슬은 이렇게 말하며 의자 하나를 테이블 가까이로 끌어 당겨 앉아 영수증을 휘갈겨 썼다.
 콜린과 실라는 현관문을 나서 정문으로 향했다. 실라가 갑자기 우뚝 발걸음을 멈추었다.
 "이런, 장갑을 두고 왔네요."
 "제가 가져오죠."

"아니에요. 어디다 뒀는지는 제가 잘 알아요. 이젠 괜찮아요. 경찰들이 그걸 가져갔으니까요."

실라는 집 안으로 뛰어 들어갔다가 잠시 후 되돌아왔다.

"제가 아까는 너무 바보같이 굴었죠. 죄송해요."

"누구라도 마찬가지였을 겁니다."

실라가 막 차에 오를 무렵 하드캐슬이 밖으로 나왔다. 차가 멀어져 가는 걸 바라본 그는 젊은 경찰관에게 말했다.

"응접실에 있는 시계들을 조심해서 포장해 두게. 벽에 있는 뻐꾸기시계와 커다란 괘종시계를 뺀 전부 말이야."

하드캐슬은 몇 가지 더 지시한 후 친구를 바라보았다.

"난 몇 군데 가 볼 데가 있어. 같이 갈 텐가?"

"좋아."

콜린이 대답했다.

4장 : 콜린 램의 이야기

"지금 어딜 가는 거야?"

내가 묻자 딕 하드캐슬은 운전사에게 이렇게 말했다.

"캐번디시 비서 협회로 가 주게. 에스플러네이드(해변 산책로 — 옮긴이) 방향으로 올라가다 보면 오른편의 펠리스가(街)에 있네."

"예, 경위님."

차가 앞으로 나아갔다. 이제는 사람들이 집 근처에 꽤 많이 모여들어 호기심에 찬 눈길로 기웃거렸다. 옆집 다이애나 로지의 정문 기둥 위에는 여전히 오렌지색 고양이 한 마리가 앉아 있었다. 고양이는 세수를 하는 대신 똑바로 앉아서 꼬리를 살랑살랑 흔들며, 고양이들과 낙타에 대한 특권을 가진 인간이라는 종족에 대한 경멸을 한껏 담아 모여 있는 사람들을 지긋이 바라보고 있었다.

"비서 협회, 그다음이 가정부야. 퇴근 시간이 다 되어 가니까. 벌써 4시가 넘었어."

 하드캐슬은 손목시계를 흘끗 바라보며 말했다. 그가 잠시 말을 멈추었다가 덧붙였다.

 "꽤 매력적인 아가씨지?"

 "그래."

 내가 대답하자 하드캐슬이 즐겁다는 듯한 시선을 던졌다.

 "하지만 그 아가씨가 아주 이상한 이야기를 했어. 그 이야기를 빨리 확인하는 게 좋을 거야."

 "설마 그 아가씨가 그랬다고 생각하는 건……."

 갑자기 하드캐슬이 내 말을 잘랐다.

 "난 항상 시신을 발견한 사람들에게 흥미가 있지."

 "하지만 그 아가씨는 겁에 질려 제정신이 아니었어! 자네가 그 아가씨 비명 소리를 들었더라면……."

 다시 한 번 그 친구는 나에게 짓궂은 시선을 던지며 그 아가씨가 아주 매력적이라는 말을 되풀이했다.

 "그나저나 자네는 어쩌다 윌브러험 크레센트에서 어슬렁거리고 있었나? 우아한 빅토리아 시대 건축물에 감탄하고 있었나? 아님 다른 이유가 있었던 거야?"

 "이유가 있었지. 61번지를 찾고 있었는데 보이지가 않잖아. 61번지가 없는 게 아닐까?"

 "물론 있지. 번지수는 88번지까지 아마 있을 거야."

 "하지만 딕, 28번지까지 갔는데 갑자기 윌브러험 크레센트가 끝나 버렸다고."

"초행자들에겐 헷갈리는 길이지. 올버니로로 들어서서 다시 오른쪽으로 꺾으면 월브러험 크레센트의 나머지 반을 찾을 수 있을 거야. 거기 집들은 서로 등지고 있잖아. 정원들도 서로 등지고 있지."

나는 그 친구가 기묘한 지형을 자세히 설명하는 걸 들으며 고개를 끄덕였다.

"그렇군. 런던에 있는 광장과 정원들처럼 말이지? 온슬로우 광장도 그렇잖아. 아니면 카도간이나. 광장 한쪽으로 내려가다 보면 갑자기 궁이나 정원이 나와서 택시 운전사들도 길을 못 찾고 헤맬 때가 많지. 어쨌든 61번지가 있긴 있군. 그곳에 누가 사는지 아나?"

"61번지? 어디 보자……. 그래, 건축업자인 블랜드가 살 거야."

나는 한숨을 쉬며 말했다.

"아, 이런. 이거 곤란하게 됐는데."

"왜, 건축업자인 줄 몰랐어?"

"그래. 건축업자일 거라곤 생각도 못 했어. 혹시……. 그 집에 최근에 이사 온 거 아니야? 막 새로 사업을 시작했다거나?"

"블랜드는 여기가 고향일걸. 이 지역 출신인 건 분명해……. 건축업을 한 지도 꽤 됐지."

"그것참 실망스럽군."

"게다가 최악의 건축업자지. 얼마나 형편없는 자재들을 쓰는지. 겉보기에는 멀쩡한 것 같지만, 일단 들어가서 살아 보면 죄다 허술하기 이를 데 없거나 엉터리인 집을 만들지. 가끔씩은 정말 아슬아슬하다니까. 순 사기꾼이지. 그래도 용케 빠져나가."

하드캐슬이 유쾌한 듯 말했다.

"딕, 날 떠보려 해도 소용없어. 내가 찾는 남자는 절대 그런 사람이 아닐 거야."

"블랜드는 1년 전에 엄청난 돈을 벌었지……. 아니, 그 사람 아내가 벌었다고 해야겠군. 블랜드 부인은 캐나다 사람인데 전쟁 중에 이리로 건너왔다가 블랜드를 만났어. 여자 쪽 가족들은 결혼을 반대했는데, 그럼에도 불구하고 블랜드와 결혼을 감행하자 의절해 버렸지. 그리고 작년에 여자 쪽 종조부가 돌아가셨는데, 하나밖에 없는 아들이 전쟁 중에 비행기 사곤지 뭔지로 죽고 없어 상속자는 블랜드 부인뿐이라 그녀에게 재산을 남겼지. 그리고 덕분에 블랜드는 파산을 면했고 말이야."

"블랜드 씨에 대해 꽤 많은 걸 알고 있는 모양이군."

"아…… 그거야 내국세 세입청에서는 하룻밤에 부자가 된 남자에게 관심을 가지게 마련이니까. 부정한 수단으로 돈을 번 건 아닌지 확인하는 거야. 블랜드도 확인해 봤지만 아무런 이상이 없었어."

"어쨌든 난 갑자기 부자가 된 남자에게는 관심이 없어. 내가 찾고 있는 건 그런 게 아니야."

"아니야? 자넨 그런 일을 했잖아, 아니었나?"

내가 고개를 끄덕였다.

"그럼 끝난 거야? 아니면…… 아직 안 끝난 건가?"

"얘기하자면 길어. 예정대로 저녁을 함께 먹는 건가, 아니면 사건을 먼저 조사하고 다음으로 미루는 건가?"

나는 말을 얼버무렸다.

"아니야, 예정대로 할 수 있을 거야. 지금으로서는 수사대를 가동시키는 게 우선이니까. 커리 씨에 대한 모든 걸 알아내야지. 일단 그 사람이 누구고 무얼 하는 사람인지를 알아낸다면, 누가 그 사람을 제거하고 싶어 했는지 알아낼 가능성도 높아질 테니까."

하드캐슬이 창밖을 내다보았다.

"다 왔군."

캐번디시 비서 및 속기 협회는 큰 상점가, 더 크게는 팰리스가에 위치해 있었다. 그 거리에 있는 다른 건물들과 마찬가지로 빅토리아 건축 양식을 따라 지은 건물이었다. 오른쪽의 비슷한 건물에는 전설적인 예술 사진작가 에드윈 글렌의 작품이 걸려 있었다. '어린이 사진, 웨딩 사진 전문.' 이러한 문구를 입증하듯 쇼윈도에는 갓난아기부터 6세 어린이까지 다양한 아이의 사진이 여러 가지 크기로 빼곡하게 걸려 있었다. 헌신적인 엄마들을 유혹할 미끼인 모양이었다. 아이들 외에도 커플 사진 또한 진열되어 있었다. 수줍은 표정의 청년들과 미소 짓는 아가씨들. 캐번디시 비서 협회의 맞은편에는 오래된 사무실과 구식 석탄 상점이 늘어서 있었다. 그 뒤쪽으로는 고풍스러운 옛 주택들을 허물고 지은 번쩍이는 3층짜리 건물들이 오리엔탈 카페며 식당 간판을 걸고 당당히 서 있었다.

하드캐슬과 나는 계단 네 개를 올라가 열려 있는 현관문을 지난 다음, 오른편 문에 붙어 있는 '들어오세요.'라는 안내판에 따라 안으로 들어갔다. 그 방은 꽤 컸으며 세 명의 젊은 여성들이 자리에 앉아 부지런히 타자를 치고 있었다. 그중 두 명은 낯선 사람들의 방문에도 아랑곳하지 않고 계속해서 타자를 쳤다. 정확히 문 맞은편에 있는, 전화기가 놓인 테이블에 앉아 타자를 치고 있던 여자가 하던 일을 멈추고 무슨 일이냐는 듯 우리를 바라보았다. 껌인지 뭔지를 씹고 있던 모양인지 입을 오물거려 그것을 입 안으로 밀어 넣고는 그녀가 약간 편도선에 걸린 것 같은 목소리로 물었다.

"어떻게 오셨어요?"

"마틴데일 양입니까?"

하드캐슬이 물었다.

"마틴데일 양은 지금 통화 중이세요······."

그 순간 딸깍하는 소리가 들렸다. 그러자 그 아가씨가 수화기를 들고 스위치를 켜며 말했다.

"마틴데일 양, 두 신사분이 찾아오셨어요."

아가씨는 우리를 보고는 물었다.

"성함이 어떻게 되시죠?"

"하드캐슬입니다."

"하드캐슬 씨라는 분인데요, 마틴데일 양."

아가씨는 수화기를 내려놓고 자리에서 일어났다.

"이쪽으로 오세요."

그녀는 마틴데일 양이라는 명패가 달린 문 쪽으로 걸어갔다. 문을 연 다음 우리가 지나가도록 몸을 옆으로 바싹 붙인 그녀는, "하드캐슬 씨세요."라고 말하고는 다시 문을 닫고 사라졌다.

커다란 책상에 앉아 있던 마틴데일 양이 우리를 올려다보았다. 나이는 50세 정도로 보였고 밝은색의 빨강 머리를 높이 말아 올린 모습이 유능해 보였다. 그녀가 경계심 어린 시선으로 우리를 차례로 훑어보았다.

"하드캐슬 씨?"

딕이 명함을 한 장 꺼내 그녀에게 건넸다. 나는 조용히 뒤로 물러나 문 옆에 있는 의자에 앉았다.

마틴데일 양의 옅은 갈색 눈썹이 놀라움과 불쾌함으로 치켜 올라갔다.

"하드캐슬 경위님이라고요? 여긴 무슨 일이죠?"

"몇 가지 여쭐 게 있어서 왔습니다. 마틴데일 양이라면 제게 도움을 줄 수 있을 것 같아서요."

목소리 톤으로 보아하니 딕은 매력을 내뿜어 어떻게 해 보려는 듯했다. 과연 마틴데일 양이 매력에 넘어갈지가 의문이었다. 그녀는 '팜므 포르미다블(놀라운 여자)'이라는 말에 딱 어울리는 타입이었다.

나는 사무실 안을 찬찬히 살펴보았다. 마틴데일 양의 책상 위쪽 벽에는 사인이 담긴 사진들이 죽 걸려 있었다. 그중에는 추리 소설가이자 나와 조금 안면이 있는 아리아드네 올리버 부인의 사진도 있었다. '친애하는 친구에게, 아리아드네 올리버.'라는 글자가 검은색 필기체로 쓰여 있었다. 또 다른 사진 속의 인물은 16년 전쯤 사망한 스릴러 작가로 '감사를 표하며, 게리 그레그슨.'이라 쓰여 있었다. 로맨스를 주로 저술한 여류 작가 미리엄 호그의 사진이 '당신의 영원한 벗, 미리엄.'이라는 서명과 함께 벽의 한 부분을 차지하고 있었으며, 머리가 벗겨지고 소심해 보이는 작가의 사진이 '감사를 표하며, 아먼드 레빈.'이라는 조그만 사인과 함께 걸려 있었다. 모든 사진에는 공통점이 있었다. 남자들은 대부분 파이프를 들고 트위드를 입었으며, 여자들은 진지한 표정에 얼굴이 푹 파묻힐 정도로 모피를 바싹 두르고 있었다.

내가 여기저기 둘러보느라 눈을 굴리는 동안 하드캐슬은 질문하느라 여념이 없었다.

"직원 중에 실라 웨브라는 아가씨가 있죠?"

"예, 맞아요. 지금은 자리에 없는 것 같은데요. 잠시만요……."

그녀는 버저를 눌러 바깥에 있는 아가씨와 이야기를 나누었다.

"에드나, 실라 웨브 돌아왔나요?"

"아니요, 마틴데일 양. 아직 안 돌아왔어요."

마틴데일 양이 스위치를 끄고 설명했다.

"오늘 오후 일찍 일 때문에 나갔어요. 지금쯤이면 돌아왔을 거라고 생각했는데, 어쩌면 5시에 예약된 일 때문에 에스플러네이드 끝쪽에 있는 컬큐 호텔로 바로 갔는지도 모르겠네요."

"그렇군요. 실라 웨브 양에 대해 말씀해 주시겠습니까?"

"그다지 말씀드릴 건 없어요. 여기서 일한 지…… 어디 보자, 예, 거의 1년이 다 되어 가네요. 일도 그럭저럭 잘하고요."

"이곳에서 일하기 전에는 어떤 일을 했는지 혹 알고 계십니까?"

"원하신다면 알아봐 드릴 수는 있어요. 추천서가 어딘가에 있을 테니까요. 제가 기억하는 바로는 전에 런던에서 일했고, 그곳의 고용주들이 꽤 훌륭한 추천서를 써 주었어요. 제 생각에는, 물론 확실하지는 않지만 무슨 회사였던 것 같아요……. 부동산 중개업체일 수도 있고요."

"일을 잘하는 직원이라고 하셨죠?"

"자질은 충분해요."

마틴데일 양은 분명 칭찬에 후한 타입은 아니었다.

"최고는 아니고요?"

"아니요, 그렇게는 말하지 않겠어요. 빠릿빠릿한 편이고 교육도 꽤 받은 아가씨예요. 타자를 칠 때도 신중하고 정확하죠."

"공적인 부분 말고 사적인 부분에 대해서도 아시나요?"

"예, 웨브 양은 이모와 함께 살고 있을 거예요."

마틴데일 양이 약간 머뭇거렸다.

"하드캐슬 경감님, 왜 이런 질문을 하시는지 그 이유를 여쭤봐도 될까요? 웨브 양에게 무슨 문제라도 생겼나요?"

"그렇지는 않습니다. 마틴데일 양, 혹시 밀리센트 펩마시 양을 아십니까?"

"펩마시라……."

마틴데일 양은 옅은 갈색 눈썹을 찌푸리며 이름을 되뇌었다.

"그러니까…… 아, 물론이죠. 실라가 오늘 오후 찾아간 집이 바로 펩마시 양의 집이었어요. 3시에 예약이 되어 있었죠."

"그 예약은 어떻게 이루어졌습니까?"

"전화로요. 펩마시 양이 전화를 해 속기사가 필요하다며 웨브 양을 보내 달라고 하셨죠."

"그분께서 특별히 실라 웨브 양을 지목하셨습니까?"

"예."

"전화가 온 것이 언제였습니까?"

마틴데일 양이 잠시 생각에 잠겼다.

"제가 전화를 직접 받았으니까, 점심시간이었을 거예요. 좀 더 정확히 말씀드리면 1시 50분에서 2시 사이였을 거예요. 어쨌든 2시 전이었어요. 아, 메모지에 적어 놓은 게 있군요. 정확히 1시 49분이네요."

"펩마시 양 본인과 직접 통화하셨습니까?"

마틴데일 양이 약간 놀란 표정을 지었다.

"그런 것 같아요."

"하지만 그분의 목소리라고 확신할 수는 없으시죠? 그분과 개인적으로 아는 사이는 아니시죠?"

"예. 모르는 사람이에요. 그분 말로는 자신이 밀리센트 펩마시라면서 윌브러험 크레센트 주소를 불러 주더군요. 그리고 좀 전에도 말씀드렸듯이 가능하다면 실라 웨브를 3시까지 보내 달라고 부탁했어요."

분명하고 확실한 답변이었다. 나는 마틴데일 양이라면 아주 훌륭한 증인이 될 거라고 생각했다.

"무엇 때문에 그러시는지 설명해 주시겠어요?"

마틴데일 양이 약간 조바심을 내며 물었다.

"그게 말입니다. 펩마시 양 본인은 그런 전화를 한 일이 없다고 부인하고 있습니다."

마틴데일 양이 놀란 눈으로 하드캐슬을 바라보았다.

"세상에! 정말 이상한 일이군요."

"하지만 마틴데일 양께서는 그런 전화를 받으셨고, 그 전화를 한 것이 펩마시 양인지는 확실치 않다고 하셨죠."

"예, 물론이에요. 그 여자는 저도 모르는 사람이니까요. 하지만 왜 그런 짓을 했는지 모르겠네요. 장난 전화 같은 건가요?"

"그 이상입니다."

"펩마시라고 스스로 말씀하신 분이…… 누구인지는 몰라도…… 특별히 실라 웨브 양을 찾는 이유를 말씀하셨습니까?"

마틴데일 양은 잠시 생각하는 듯했다.

"전에도 실라 웨브와 일한 적이 있다고 말했던 것 같아요."

"그렇다면 그게 사실입니까?"

"실라 말로는 펩마시 양과 일한 기억이 나지 않는다고 했어요. 하지만 확실하지는 않을 거예요, 경위님. 이곳 직원들은 하루에도 몇 번씩 다른 장소에서 다른 사람들과 일하기 때문에 몇 달 전 일이라면 잊어버렸을 가능성이 높으니까요. 실라도 확신은 하지 못했어요. 그저 펩마시 양 댁에 간 기억이 없다고만 했죠. 그게 설사 장난 전화였다 해도, 왜 경위님께서 관심을 가지는지 그 이유를 모르겠군요."

"곧 말씀드리겠습니다. 웨브 양은 윌브러험 크레센트 19번지에 도착하자마자 집 안 응접실로 들어갔습니다. 웨브 양은 그렇게 지시를 받았다고 했습니다. 맞습니까?"

"예, 맞아요. 펩마시 양이 집에 조금 늦을지도 모르니 실라더러 안에 들어가 기다리라고 했어요."

"웨브 양은 응접실에서……."

하드캐슬은 천천히 말을 이었다.

"바닥에 쓰러진 채 죽은 남자를 발견했습니다."

마틴데일 양이 눈을 동그랗게 뜨고 하드캐슬을 뚫어져라 바라보았다. 잠시 목소리마저 나오지 않는 듯했다.

"죽은 남자라고 하셨어요, 경위님?"

"정확히 말씀드리면 칼에 찔려 살해당한 남자죠."

"세상에, 세상에. 실라가 많이 놀랐겠네요."

마틴데일은 뭐든 조심해서 말하는 게 버릇인 모양이었다.

"마틴데일 양, 혹시 커리라는 이름을 들어 본 적 있으십니까? R. H. 커리 씨요."

"아니요, 처음 듣는 이름이에요."

"메트로폴리스 앤드 프로빈셜 보험 회사 직원입니다만?"

마틴데일 양이 계속해서 고개를 저었다.

"제가 얼마나 난처한 상황인지 아시겠죠? 마틴데일 양께서는 펩마시 양의 전화를 받고 실라 웨브 양을 3시까지 그 집으로 보냈다고 했습니다. 펩마시 양은 그런 전화를 한 적이 없다고 부인하셨고요. 실라 웨브는 그 집에 도착해서 죽은 남자를 발견했습니다."
 하드캐슬이 기대하는 듯 잠시 기다렸다.
 마틴데일 양이 멍하니 그를 바라보더니 못마땅한 듯 말했다.
 "정말 말도 안 되는 일이네요."
 딕 하드캐슬이 한숨을 쉬고는 자리에서 일어서서 예의바르게 말했다.
 "정말 멋진 사무실이군요. 이 직종에 오래 종사하셨습니까?"
 "15년 됐어요. 꽤 잘 꾸려 왔죠. 처음에는 작게 시작했지만 이제는 감당할 수 없을 정도로 규모가 커졌어요. 현재는 직원 수만 여덟이고 다들 바쁘죠."
 "문학 작업을 꽤 많이 하시는 것 같네요."
 하드캐슬이 벽에 걸린 사진들을 올려다보며 말했다.
 "예, 처음부터 작가들 전문으로 시작했죠. 저는 유명한 스릴러 작가 게리 그레그슨 씨의 비서로 오랫동안 일했어요. 사실 이 협회를 시작한 것도 그분께 받은 유산 덕택이죠. 그분의 동료 작가들과도 안면이 있어 그분들이 절 추천해 주셨고요. 저는 작가에게 무엇이 필요한지를 잘 알기 때문에 이 일을 하는 데 꽤 유리하죠. 작가들이 책을 집필하는 데 필요한 것을 조사할 때도 많은 도움을 줍니다. 날짜며 인용문, 법적인 부분이나 경찰 조사 과정에 관한 문의, 독극물 표, 그런 것들이죠. 그리고 외국을 배경으로 소설을 쓰는 작가들께는 외국인 이름과 주소, 레스토랑까지 알려 드리죠. 옛날 독자들은 정확성에 별다른 신경을 쓰지 않았지만, 요즘 독자들은 날카롭게 결점들을 짚어 내기 때문에 작가들은 만전을 기해야 해요."
 마틴데일 양이 말을 멈추었다. 하드캐슬이 정중하게 입을 열었다.
"마틴데일 양께서는 분명 아주 유능한 분일 겁니다."
 하드캐슬이 문 쪽으로 다가갔다. 나는 그보다 앞서 문을 열었다.
 사무실 바깥에서는 세 명의 아가씨들이 퇴근 준비를 하고 있었다. 타자기 위에 덮개가 씌어 있었다. 경리 직원인 에드나가 한 손에는 굽이 높은 구두를, 다른 한 손에는 굽이 나간 구두를 들고 애처롭게 서서 훌쩍였다.
"한 달밖에 못 신었는데. 정말 비싼 구두란 말이야. 빌어먹을 맨홀 구멍 때문이야. 여기서 가까운 케이크 가게 모퉁이에 있는 맨홀 말이야. 구멍에 힐이 끼었는데 잡아 빼니까 굽이 부러졌지 뭐야. 그대로는 걸을 수가 없어서 구두를 다 벗어서 맨발로 빵을 들고 돌아왔는데. 이런 꼴로 어떻게 집에 가. 어떻게 버스를 타야 할지 정말 모르겠어."
 순간 우리의 존재를 알아챈 에드나가 재빨리 손에 든 구두를 감추며, 내가 보기에 굽이 높은 구두는 절대 허락하지 않을 타입인 마틴데일 양을 흘끔거리며 눈치를 보았다. 마틴데일 양은 얌전한 가죽 단화를 신고 있었다.
"마틴데일 양, 감사합니다. 시간을 너무 많이 뺏은 것 같아 죄송합니다. 혹시라도 생각나는 게 있으시면……."
"그러죠."
 마틴데일 양이 다소 무뚝뚝하게 하드캐슬의 말허리를 잘랐다.

차에 오르며 내가 입을 열었다.

"자네의 의심에도 불구하고, 실라 웨브의 이야기는 사실인 걸로 판명이 났군."

"그래, 그래. 자네가 이겼어."

5장

"엄마!"

창유리에 작은 장난감 자동차를 대고 움직이며 우주선이 금성을 향해 출발할 때처럼 부웅 하는 소리를 내던 어니 커틴이 잠시 놀이를 멈추고 엄마를 불렀다.

"엄마, 무슨 생각 해요?"

싱크대 앞에서 그릇을 씻느라 여념이 없는, 깐깐하게 생긴 커틴 부인은 아무런 대답도 하지 않았다.

"엄마, 우리 집 앞에 경찰차가 섰어요."

"거짓말하지 말라고 했지? 몇 번이나 얘기해야 알아들어, 커틴?"

커틴 부인이 건조대 위에 컵과 받침을 올려놓으며 말했다.

"거짓말 아니에요. 정말 경찰차가 와서 아저씨 두 명이 내렸단 말이에요."

어니는 짐짓 점잖게 대꾸했다.

커틴 부인이 몸을 돌려 아들을 바라보았다.

"네가 여태껏 어떻게 행동했니? 툭하면 엄마 망신만 시켰잖아!"

"그러지 않았어요. 전 아무 짓도 안 했어요."

"이게 다 앨프 때문이야. 앨프와 그 패거리 말이야. 패거리란 말이 딱이지! 그 패거리 녀석들은 품행이 나쁘다고 나도, 네 아빠도 말했잖니. 결국엔 사고를 치고 말 거야. 처음에는 소년 법원에 들락날락할 테고 그다음에는 소년원으로 가게 되겠지. 그리고 난 절대 그 꼴은 못 봐, 알아듣겠니?"

"현관문 앞까지 왔어요."

어니가 외치자 커틴 부인이 설거지를 중단하고 아들과 함께 창문을 내다보았다.

"이런."

그 순간 문 두드리는 소리가 들렸다. 재빨리 행주에 손을 훔친 커틴 부인이 복도로 나가 문을 열었다. 그리고 문 앞에 서 있는 두 남자를 도전적이고 의심스러운 눈길로 바라보았다.

"커틴 부인?"

둘 중 키가 더 큰 남자가 유쾌한 목소리로 물었다.

"그런데요."

"잠시만 안으로 들어가도 되겠습니까? 저는 하드캐슬 경위라고 합니다."

커틴 부인은 좀 내키지 않는 듯 뒤로 물러나 안으로 들어오라는 고갯짓을 했다. 안내받은 곳은 아주 깔끔하고 깨끗한 작은 방이었는데 거의 사용하지 않는 곳이라는 인상이었다. 그 인상은 정확했다.

호기심이 든 어니는 주방 복도를 따라 살금살금 문 쪽으로 다가왔다.

"아드님인가요?"

하드캐슬 경위가 물었다.

"예."

커틴 부인이 호전적으로 덧붙였다.

"경위님이 뭐라고 말씀하셔도 우리 아들은 착한 아이예요."

"물론이죠."

하드캐슬 경위가 공손하게 대답했다.

그러자 커틴 부인의 얼굴이 어느 정도 풀렸다.

"저는 월브러험 크레센트 19번지에 관해 몇 가지 질문을 드리러 왔습니다. 그곳에서 일하고 계시죠?"

"아니라고 말한 적 없어요."

커틴 부인은 경계심을 완전히 떨쳐 버리지는 못했다.

"밀리센트 펩마시 양 댁이죠."

"예, 펩마시 양 댁에서 일하죠. 아주 좋은 분이세요."

"앞이 안 보이시죠."

"예, 불쌍하기도 하시지. 하지만 손을 뻗어서 만져 보고는 방향을 금세 파악하세요. 정말 신기할 정도라니까요. 길거리도 돌아다니시고 횡단보도도 건너시죠. 제가 아는 다른 여자들과는 달리 야단스럽게 호들갑을 떠는 분이 아니세요."

"그 집에서는 오전에 일하시나요?"

"예. 9시 30분에서 10시 사이에 가서 12시에 일이 끝나면 나와요. 설마 그 집에서 물건을 도난당했다는 말씀을 하려는 건 아니겠죠?"

커틴 부인이 날카롭게 물었다.

"정반대입니다."

하드캐슬은 네 개의 시계를 떠올리며 대답했다.

커틴 부인은 영문을 모르겠다는 표정이었다.

"그렇다면 무슨 일이죠?"

"오늘 오후에 윌브러험 크레센트 19번지의 응접실에서 한 남자가 죽은 채로 발견되었습니다."

커틴 부인이 커다래진 눈으로 하드캐슬을 뚫어져라 바라보았다. 어니 커틴은 잔뜩 흥분해 몸을 배배 꼬며 '우와'라고 말하려다 자신의 존재를 알리는 것이 현명하지 않다고 판단했는지 입을 다물었다.

"죽었다고요?"

커틴 부인이 믿지 못하겠다는 듯 반문했다. 그리고 한층 더 의아한 기색으로 물었다.

"응접실에서요?"

"예, 칼에 찔렸습니다."

"살인이라는 말씀이세요?"

"예, 살인입니다."

"누가 그 사람을 죽였다는 거예요?"

"안타깝게도 아직까지는 알아내지 못했습니다. 어쩌면 부인께서 저희에게 뭔가 도움을 줄 수 있을 것 같습니다."

"저는 아무것도 몰라요."

커틴 부인이 단호하게 말했다.

"네, 그러시겠죠. 한두 가지만 확인해 주시면 됩니다. 혹시 오늘 아침에 남자에게서 전화가 걸려 온 적이 있습니까?"

"제가 기억하기로는 없어요. 오늘은 그런 전화 없었어요. 그 남자는 어떤 사람이에요?"

"나이는 60세 정도에 어두운색의 고급 양복을 입고 있었습니다. 어쩌면 보험 회사 직원일 수도 있습니다."

"저는 절대 그런 사람을 집에 들이지 않아요. 보험 회사 직원이나 진공청소기, 브리태니커 백과사전 판매원들 같은 사람들과는 절대 상대 안 하죠. 펩마시 양이나 저나 문 두드리면서 물건을 파는 부류는 상대도 안 하는 건 마찬가지예요."

"그 남자의 옷에서 발견된 명함을 보니 커리라는 이름이더군요. 혹시 그 이름을 들어 본 적이 있습니까?"

"커리? 커리? 무슨 인도 사람 이름 같네요."

커틴 부인이 고개를 저으며 미심쩍은 듯 대답했다.

"아, 아닙니다. 인도인은 아닙니다."

"그 남자는 누가 발견했나요. 펩마시 양인가요?"

"속기사인 젊은 아가씨가 약간의 오해 때문에, 그러니까 펩마시 양이 속기사를 보내 달라는 줄 착각하고 그 집에 갔다가 시체를 발견한 겁니다. 펩마시 양도 그 아가씨와 비슷한 시간에 집에 돌아오셨고요."

커틴 부인이 깊은 한숨을 내쉬었다.

"이게 웬 난리람. 이게 웬 난리야!"

"언제가 될지는 모르겠지만 그 남자의 시신을 보고 혹시 전에 윌브러험 크레센트에서 본 적이 있거나 집에서 전화 건 적이 있는 사람인지 확인해 달라고 부인께 요청을 드릴 수도 있습니다. 펩마시 양께서는 한 번도 본 적 없는 사람이라고 확신하더군요. 자, 이제 몇 가지 제가 알고 싶은 부분이 있습니다. 혹시 응접실에 시계가 몇 개나 되는지 기억하십니까?"

커틴 부인이 주저 없이 대답했다.

"구석에 커다란 시계가 하나 있어요. 할아버지 시계라고 하는 거요. 그리고 벽에 뻐꾸기시계가 있어요. 안에서 뻐꾸기가 튀어나와 '뻐꾹'하고 울죠. 그 소리 때문에 깜짝깜짝 놀랄 때도 있어요."

그러고는 서둘러 덧붙였다.

"전 그 시계들에는 손도 대지 않았어요. 정말이에요. 펩마시 양께서 직접 태엽 감는 걸 좋아하셔서요."

하드캐슬 경위가 커틴 부인을 안심시켰다.

"시계에는 문제가 전혀 없습니다. 오늘 아침 응접실에 있던 시계가 두 개뿐이라고 확신하십니까?"

"물론이죠. 다른 시계가 또 뭐 있겠어요?"

"휴대용 조그만 사각 은색 시계나 벽난로 위의 작은 금박 시계,

또는 꽃 그림이 새겨진 도자기 시계나…… 한쪽 모퉁이에 대각선으로 로즈메리라고 쓰인 가죽 시계는 없었습니까?"

"물론이죠. 그런 시계는 없었어요."

"시계가 있었다면 부인께서 알아채셨을까요?"

"물론이에요."

"네 개의 시계들은 뻐꾸기시계와 괘종시계보다 1시간 더 늦게 맞춰져 있었습니다."

"그렇다면 외국 시계가 분명해요. 제가 바깥양반과 스위스와 이탈리아로 기차 여행을 간 적이 있는데, 거기는 1시간이 더 늦더라고요. 분명히 유럽 공동 시장 때문일 거예요. 전 유럽 공동 시장은 상대를 안 하고 바깥양반도 마찬가지예요. 전 영국만으로도 충분해요."

하드캐슬 경위가 다시 본론을 끄집어냈다.

"정확히 오늘 아침 몇 시에 펩마시 양 댁에서 나오셨는지 말씀해 주시겠습니까?"

"정확하게 12시 15분요."

"그때 펩마시 양께서는 집에 계셨습니까?"

"아니요, 외출 나가셔서 아직 돌아오지 않으셨을 때예요. 대개는 12시에서 12시 30분 사이에 돌아오시지만, 물론 상황에 따라 다르죠."

"그렇다면 펩마시 양께서는 외출을 하셨군요. 그게 언제쯤이죠?"

"제가 집에 도착하기 전이에요. 전 10시에 출근했고요."

"커틴 부인, 감사합니다."

"그 시계가 좀 이상한 것 같네요. 어쩌면 펩마시 양께서 벼룩시장에 가셨는지도 모르겠어요. 그 시계들이 골동품이었나요? 경위님 말씀을 들어 보니 그런 것 같아서요."

"펩마시 양께서는 벼룩시장에 자주 가십니까?"

"4개월 전쯤에는 벼룩시장에서 모직 카펫을 하나 사 오셨어요. 아주 상태가 좋았죠. 아주 쌌고요. 그분께서 그렇게 말씀하셨어요. 그리고 벨루어 커튼도 사 오셨고요. 좀 손질을 해야 했지만, 새것처럼 아주 좋더라고요."

"하지만 평소에는 그림이나 도자기 같은 골동품은 사지 않으시죠?"

커틴 부인이 고개를 끄덕였다.

"제가 아는 한은요. 하지만 벼룩시장에 가면 자기도 모르게 물건을 사게 되잖아요. 집에 오면 혼자 중얼거리죠. '내가 이걸 왜 샀지?'라고요. 한 번은 잼 여섯 병을 산 적도 있어요. 더 싸게 살 수도 있었는데 말이에요. 컵과 받침도 마찬가지예요. 수요일이면 시장에서 더 좋은 가격에 살 수 있는데."

그녀가 우울하게 고개를 저었다. 하드캐슬 경위는 더 알아낼 게 없다고 판단한 후 그 집을 나왔다. 그러자 어니가 방금 오고 간 주제에 대해 입을 열었다.

"살인이다! 우와!"

정말이지 스릴 넘치는 살인 사건 덕에 어니는 잠시 우주 정복은 잊고 말았다. 어니는 열성적으로 자신의 생각을 내놓았다.

"펩마시 양이 그 사람을 죽인 거 아닐까요?"

"바보 같은 소리 하지 마."

커틴 부인이 대꾸했다. 그러다 한 가지 생각이 그녀의 머릿속을 스쳤다.

"그걸 얘기했어야 하나……."

"뭘요, 엄마?"

"아무것도 아니야. 정말 아무것도 아니야."

6장 : 콜린 램의 이야기

I

딕 하드캐슬은 살짝 덜 익힌 스테이크를 맛있게 먹고 생맥주로 목을 축인 후에야 만족스러운 한숨을 쉬며 기분이 나아졌다고 말했다.
"죽은 보험 회사 직원이며 멋진 시계, 비명 지르는 아가씨. 알게 뭐야! 콜린, 자네 얘기나 해 봐. 난 자네가 세상과 인연을 끊은 줄 알았는데 크로딘의 뒷골목에서 헤매고 다니다니 어떻게 된 일이야? 크로딘은 해양생물학자가 돌아다닐 만한 곳이 아니야, 정말이라고."
"딕, 해양생물학을 우습게 보지 마. 이게 얼마나 유용한 학문인데. 해양생물학 얘기만 꺼내도 사람들은 치를 떨면서 그 이야기를 늘어놓을까 봐 무서워하기 때문에 절대 자세히 설명할 필요가 없다구."
"실수로 정체를 드러낼 일도 없고 말이지, 응?"

"자넨 내가 진짜로 해양생물학자라는 걸 잊은 모양이야. 난 캠브리지에서 해양생물학 학위를 받았어. 대단히 훌륭한 학위는 아니지만, 학위는 학위지. 아주 흥미로운 분야고 언젠가는 되돌아갈 거야."

내가 쌀쌀맞게 대꾸했다.

"나도 자네가 무슨 일을 하는지는 알아, 그럼. 그리고 축하하네. 라킨의 재판이 다음 달이라며?"

"그래."

"그렇게 오랫동안 기밀을 빼돌리다니 정말 놀라워. 자넨 누군가는 의심을 했을 거라고 생각했지?"

"그런데 의심한 사람은 아무도 없었지. 어떤 사람이 아주 좋은 사람이라는 생각이 머릿속에 박히면, 사실은 그렇지 않을 수도 있다는 생각은 하지 못하게 마련이니까."

"아주 영리한가 봐."

나는 고개를 저었다.

"아니, 내가 보기엔 그렇지 않아. 그 남자는 그저 시키는 대로 한 것 같아. 그 사람은 아주 중요한 문서에 접근할 권한이 있었고, 그 문서를 밖으로 가져 나가 사진으로 찍은 후에 바로 제자리에 돌려놓았지. 아주 조직적이야. 점심 식사 장소를 매일 바꾸더군. 항상 똑같은 외투가 걸린 식당에 자신의 외투를 걸었던 것 같아……. 그 똑같은 외투의 주인공이 항상 같은 사람은 아니었지만 말이야. 외투를 서로 바꾼 거지. 외투를 바꿔 가져간 남자는 라킨에게 한마디도 하지 않았고, 라킨도 그 남자에게 한마디도 하지 않았어. 우리는 그

조직이 어떻게 돌아가는 건지 궁금했지. 완벽한 타이밍에 완벽한 계획이었으니까. 조직 안에 두뇌 역할을 담당하는 사람이 있는 것이 분명해."

"그래서 아직도 포틀버리의 해군 기지 주위를 맴도는 건가?"

"그래, 우리는 해군 기지와 런던에 훤하니까. 언제 어디서 라킨이 돈을 받을지, 어떻게 받을지는 알고 있지만, 우리가 모르는 부분이 있어. 그 두 곳 사이에 꽤 많은 조직이 있는 것 같은데 그 부분을 더 캐내 봐야 할 것 같아. 그곳에 분명 조직의 두뇌가 있을 테니까. 어딘가에 분명 완벽한 계획을 짜는 본부가 있을 거야. 한 번이 아니라…… 일곱 번, 여덟 번씩 교묘하게 자취를 감추었겠지."

"라킨은 왜 그런 짓을 한 걸까? 정치적 이상 때문에? 자존심을 만족시키기 위해서? 아니면 단순히 돈 때문인가?"

"이상주의자는 절대 아니야. 그저 돈 때문인 것 같아."

"그쪽으로 알아봤다면 그 남자를 더 빨리 잡을 수 있었겠지? 돈을 썼을 거 아닌가, 그렇지? 따로 모으거나 하지 않고 말이야."

"아, 그래. 물 쓰듯 펑펑 썼지. 사실 발표한 것보다는 더 빨리 꼬리를 잡았어."

하드캐슬이 알겠다는 듯 고개를 끄덕였다.

"알겠어. 그 남자를 역이용한 거로군. 그런 거지?"

"비슷해. 체포되기 전에 라킨이 꽤 중요한 정보를 빼돌렸어. 그래서 라킨에게 겉보기에는 중요한 정보를 좀 흘렸지. 내가 소속된 기관에서는 일부러 바보인 척해야 할 때도 있어."

"난 아무래도 자네가 하는 일이 마음에 들지 않아."

하드캐슬이 진지하게 말했다.

"사람들이 생각하는 것만큼 흥미로운 일은 아니지. 사실 끔찍할 정도로 지루한 일뿐이야. 하지만 그 이상의 뭔가가 있어. 요즘 들어 비밀은 없다는 느낌이 들어. 우리는 그들의 비밀을 알고, 그들은 우리의 비밀을 알지. 우리 요원들이 그들의 요원인 경우도 있고, 그들의 요원이 우리의 요원인 경우도 있지. 결국에는 그중 누군가가 배반을 하여 악몽 같은 일이 벌어지겠지! 가끔은 다들 다른 사람의 비밀을 알고, 겉으로 그렇지 않은 척 음모를 꾸미고 있다는 생각마저 들 때가 있어."

"무슨 말인지 알겠어."

딕이 생각에 잠겨 대꾸하고는 날 흥미로운 듯 바라보았다.

"자네가 왜 아직까지 포틀버리 주위를 맴도는지 그 이유는 알겠지만 크로딘은 포틀버리에서 16킬로미터는 족히 떨어진 곳이잖아."

"내가 뒤쫓고 있는 건…… 크레센트(초승달이란 뜻 — 옮긴이)야."

"크레센트?"

하드캐슬이 무슨 소리인지 모르겠다는 표정을 지었다.

"그래. 혹은 문(Moon)이나. 뉴 문, 라이징 문 그런 것들 말이야. 포틀버리에서 탐색을 시작했지. 그곳에 크레센트 문이라는 술집이 하나 있어. 그곳에서 꽤 오랫동안 죽치고 있었지. 이름이 딱이잖아. 그리고 문 앤드 스타도 있고 라이징 문, 졸리 시클(유쾌한 초승달 — 옮긴이), 더 크로스 앤드 더 크레센트……. 이곳은 심드라는 작은 마을에 있었어. 별거 없더군. 그래서 문은 그만 두고 크레센트로 시작을 했지. 포틀버리에만 크레센트가 서너 개 있어. 랜스버리 크레센트, 앨드리지 크레센트, 리버미드 크레센트, 빅토리아 크레센트."
 딕이 당황하는 표정을 보고 내가 웃음을 터뜨렸다.
"그런 표정 하지 마, 딕. 확실한 단서도 있으니까."
 나는 지갑을 꺼내 그 안에 들어 있던 종이 한 장을 하드캐슬에게 건넸다. 호텔 메모지 위에 거친 그림이 그려져 있었다.

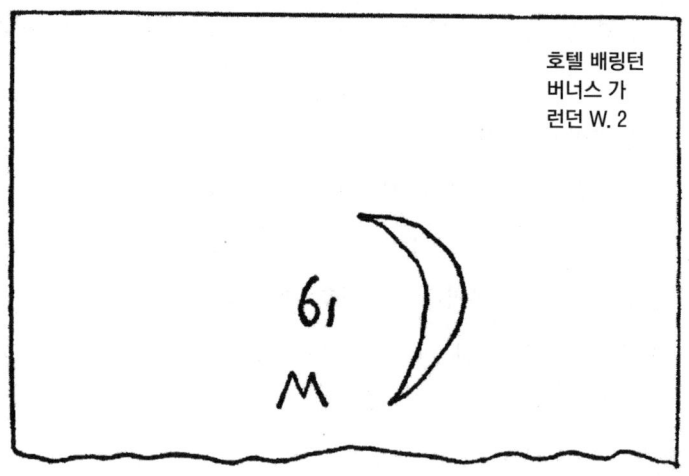

"핸버리라는 친구의 지갑에서 발견한 종이야. 라킨 사건에서 많은 역할을 했지. 아주 좋은 친구였는데, 런던에서 뺑소니에 치였어. 차 번호를 본 목격자도 없고. 이 종이가 무슨 의미인지는 모르겠지만, 핸버리가 중요하다고 생각해서 적어 뒀거나 아니면 베껴 적은

걸 거야. 무엇이 떠올라서 적은 걸까? 아니면 보거나 들은 내용을 적은 걸까? 문이나 크레센트, 숫자 61과 이니셜 M과 관련이 있어. 그가 죽은 후에 내가 이 사건을 넘겨받았지. 아직은 내가 무얼 찾고 있는 건지도 모르겠지만, 분명 무언가가 있어. 그런데 이 61이라는 게 무슨 뜻인지 모르겠어. M이란 게 무슨 의미인지도. 그동안 포틀버리에서 반경을 점점 넓혀 가며 수사를 했지. 3주 동안 끈질기게 알아봤지만 아무것도 얻어낸 게 없어. 크로딘도 조사 지역 중 하나야. 그게 다야. 딕, 솔직히 말해 난 크로딘에 많은 기대는 하지 않았어. 이곳에는 크레센트가 하나뿐이지. 그게 바로 윌브러험 크레센트고. 자네에게 무슨 정보가 있는지 알아보기 전에 윌브러험 크레센트로 가 61번지를 좀 살펴보려고 했었지. 그래서 오후에 윌브러험 크레센트에 갔던 거야……. 물론 61번지를 찾지는 못했지만."

"아까도 말했듯이 61번지에는 건축업자가 살아."

"내가 찾던 사람은 아니야. 혹시 그 집 주인이 외국인 하녀를 두고 있을까?"

"그럴지도 모르지. 요즘에는 꽤 많은 사람이 외국인 하녀를 고용하니까. 만약 그렇다면 외국인 등록증이 있을 거야. 내일까지 내가 알아봐 줄게."

"고마워, 딕."

"내일은 19번지 양쪽 옆집에서 일반적인 탐문 조사를 할 거야. 혹시 그 집으로 들어가는 사람은 못 보았는지 뭐 그런 것들 말이야. 19번지와 정원을 등지고 있는 바로 뒷집도 조사해 봐야 할 것 같아.

아마도 19번지 바로 뒷집이 61번지인 것 같은데. 자네가 원한다면 함께 가도 좋아."

나는 기꺼이 그 친구의 제안을 받아들였다.

"그렇다면 내가 램 경사가 되어 기록을 받아 적도록 하지."

나는 다음 날 아침 9시 30분까지 경찰서에 가기로 약속했다.

II

다음 날 아침 정확히 약속한 시간에 경찰서에 도착했을 때 하드캐슬은 불같이 화를 내고 있었다.

그 친구가 시무룩한 부하 직원을 내보내자, 그때서야 나는 조심스럽게 무슨 일이냐고 물었다.

잠시 하드캐슬은 말이 안 나오는 듯했다. 그러다 잔뜩 흥분해 소리쳤다.

"이 빌어먹을 시계들!"

"시계가 왜 또? 무슨 일이 생긴 거야?"

"하나가 없어졌어."

"없어졌다고? 어떤 게?"

"가죽으로 된 여행용 시계. 한쪽 모퉁이에 '로즈메리'라고 쓰여 있던 거."

나는 한숨을 쉬었다.

"정말 이상한 일이군. 어쩌다 그렇게 된 거야?"

"빌어먹을 머저리들……. 나도 그중 하나이긴 하지만……. (딕은 아주 솔직한 남자였다.) 제대로 하나하나 챙기지 않으면 일이 꼭 틀어진다니까. 어제만 해도 응접실에 시계들이 전부 제대로 있었는데 말이야. 내가 직접 펩마시 양에게 만져 보고 확인하게 했거든. 그런데 전혀 모르는 물건이라고 하더군. 그러고 나서 시신을 가지러 들어왔고."

"그래서?"

"잠시 감독을 하러 밖으로 나갔다가 다시 돌아와서 주방에 있던 펩마시 양에게 시계를 가져가야 하니 영수증을 써 주겠다고 했지."

"나도 기억나. 자네가 하는 말을 들었지."

"그다음에 그 아가씨에게 경찰차로 집까지 데려다주겠다고 했고, 자네에게 배웅을 부탁했지."

"그래."

"펩마시 양이 자기 시계가 아니니 필요 없다고 했지만, 그래도 영수증을 써 줬어. 그다음에 밖으로 나갔고. 에드워즈에게 응접실에 있는 시계들을 조심스럽게 포장해서 경찰서로 가져오라고 했지. 뻐꾸기시계와 괘종시계를 제외하고 말이야. 이 부분에서 내가 잘못한 거야. 확실하게 시계 네 개라고 말했어야 했는데. 에드워즈는 내 말대로 곧바로 응접실로 갔지. 그런데 응접실에는 원래 있던 두 개를 제외하고는 시계가 세 개밖에 없었다는 거야."

"그렇다면 잠깐 사이에 이루어진 거군. 그러니까……."

"펩마시라는 여자가 어떻게 한 건지도 몰라. 내가 응접실을 나간 후에 그 시계를 집어 들고 곧장 주방으로 갔을 수도 있지."

"그럴듯하군. 하지만 왜?"

"아직 알아내야 할 것들이 많아. 누구 또 다른 사람은 없나? 그 아가씨가 가져갔을 가능성도 있을까?"

나는 곰곰이 생각해 보았다.

"그럴 것 같진 않아. 난······."

순간 무언가가 떠올랐다.

"계속해 봐. 뭐야?"

내가 침울하게 말했다.

"경찰차를 타러 나갈 때. 그 아가씨가 집 안에 장갑을 두고 왔다고 했어. 내가 갖다 주겠다고 하니까, 어디다 두고 왔는지 잘 안다면서 이제는 시체도 치웠으니 그 방에 들어가도 상관없다고 하더군. 그리고 집 안으로 뛰어 들어갔어. 하지만 금세 다시 나왔는걸······."

"그 아가씨가 다시 나올 때 장갑을 끼고 있던가, 아니면 손에 들고 있던가?"

나는 머뭇거리다 입을 열었다.

"그래······. 그래, 그랬던 것 같아."

"둘 다 아닌 게 분명하군. 그렇지 않다면 자네가 머뭇거릴 이유가 없지."

"어쩌면 가방에 넣었을 수도 있잖아."

"문제는 말이야. 자네가 그 아가씨한테 푹 빠졌다는 거야."

하드캐슬이 힐난하듯 말했다.

"말도 안 되는 소리 하지 마. 그 아가씨는 어제 오후에 처음 본 거고, 낭만적인 첫 만남도 아니었어."

나는 격렬하게 나 자신을 방어했다.

"과연 그럴까? 빅토리아 시대에는 젊은 아가씨가 비명을 지르며 젊은 남자의 품에 안겨 도움을 구하는 일이 흔치 않아. 그럴 경우 남자는 영웅심이 솟아나 용맹한 보호자 역할을 하려고 들지. 내 말은 자네가 그 아가씨를 보호하려 해서는 안 된다는 거야. 그것뿐이야. 지금까지 정황으로 보면 그 아가씨가 이 살인 사건과 깊이 연관이 있을 가능성이 있으니까."

"지금 그 가냘픈 아가씨가 남자를 칼로 찌르고, 경찰들이 아무도 못 찾아낼 정도로 교묘하게 칼을 감춘 다음 집 밖으로 뛰쳐나와 소리를 지르며 연기를 했다는 말인가?"

"내가 그동안 어떤 사건들을 봤는지 알면 놀랄걸."

하드캐슬이 애매하게 대꾸했다.

나는 성난 목소리로 말했다.

"내가 각국의 아름다운 스파이들에 둘러싸여 살아 왔다는 거 모르나? 다들 미국 사립 탐정쯤은 서랍 속에 카메라가 달려 있다는 걸 잊게 할 정도로 혼을 쏙 빼놓는 굉장한 미모의 소유자란 말이야. 난 여자들의 매력에는 이미 면역이 생겼다고."

"누구나 결국에는 한 번은 패배를 겪게 되지. 선호하는 타입이라는 것도 있는 법이고. 실라 웨브가 자네 타입인 모양이지."

"어쨌든 난 왜 자네가 그 아가씨에게 죄를 덮어씌우려는 건지 그 이유를 모르겠어."

하드캐슬이 한숨을 쉬었다.

"그 아가씨에게 죄를 덮어씌우려는 게 아니야. 그냥 출발할 곳이 필요한 거지. 집에서 시체가 발견되었으니 펩마시 양도 용의선상에 오르지. 그리고 시체는 실라 웨브 양이 발견했어. 시체를 처음 발견한 사람과 그 시체가 살아 있을 때 마지막으로 본 사람이 일치하는 경우가 얼마나 많은지는 굳이 말하지 않아도 알겠지? 다른 증거가 발견될 때까지는 이 두 사람을 용의선상에 올릴 수밖에 없어."

"내가 3시가 좀 넘어 그 방에 들어갔을 때, 시신은 이미 죽은 지 적어도 30분 이상은 지난 상태였어. 그건 어떻게 생각해?"

"실라 웨브의 점심시간은 1시 30분부터 2시 30분까지지."

나는 그를 잔뜩 노려보았다.

"커리라는 남자에 대해서는 뭐 좀 알아냈어?"

하드캐슬이 예상 밖으로 씁쓸하게 대답했다.

"아무것도!"

"무슨 말이야, 아무것도라니?"

"아예 존재하지 않더군. 그런 사람은 없대."

"메트로폴리스 보험 회사에서는 뭐래?"

"회사에 관해서도 역시 아무것도 알아내지 못했어. 그런 회사는 존재하지 않으니까 말이야. 메트로폴리스 앤드 프로빈셜 보험 회사는 유령 회사야. 덴버스가 7번지 또한 아예 존재하지 않아. 커리라는 사람도 마찬가지고."

"희한하네. 그렇다면 그 남자가 가짜 보험 회사와 가짜 주소, 가짜 이름이 적힌 가짜 명함을 가지고 있었다는 거야?"

"그런 것 같아."

"이제 어쩔 작정이야?"

하드캐슬이 어깨를 으쓱했다.

"지금으로서는 추측만 할 뿐이야. 어쩌면 보험 회사 직원을 사칭해 보험료를 가로챘을 수도 있어. 집 안으로 들어가 신용 사기를 치기 위한 방편이었는지도 모르고. 사기꾼이나 신용 사기꾼, 또는 좀도둑이거나 사립 탐정일 가능성도 있어. 도무지 알 수가 없어."

"하지만 곧 밝혀지겠지."

"아, 그래. 결국엔 밝혀질 거야. 혹시 전과가 있나 알아보려고 지문을 보냈어. 일치하는 지문이 있다면 수사가 크게 진전될 텐데. 그렇지 않으면 일은 더 복잡해질 거야."

나는 곰곰이 생각에 잠긴 채 입을 열었다.

"사립 탐정이라……. 난 그게 마음에 드는데. 모든 가능성을 열어 놓을 수 있잖아."

"가능성을 열어 두는 게 우리가 지금껏 할 수 있는 최선이긴 했지."

"심리는 언제야?"

"내일모레. 순전히 형식적인 절차에 불과해."

"부검 결과는 어때?"

"아, 날카로운 물건에 찔렸다더군. 부엌 칼 같은 거에."

나는 생각에 잠겼다.

"그렇다면 펩마시 양은 혐의를 벗을 수 있겠군. 그렇지 않아? 눈먼 여자가 남자를 칼로 찌르기는 불가능하잖아. 그나저나 진짜 눈이 먼 건 확실하지?"

"아, 맞아. 시각 장애인이야. 확인해 봤지. 말한 그대로더군. 노스컨트리 학교에서 수학 교사로 재직했고, 약 16년 전에 시력을 잃었어. 그 뒤 브라유 점자를 비롯한 것들을 배운 다음 결국 이곳에 있는 에런버그 복지관의 교사직을 얻었지."

"어쩌면 정신병자일지도 모르지."

"시계와 보험 회사 직원에 집착하는?"

"정말이지 말로 표현하기 힘들 정도로 기이한 일이야. 아리아드네 올리버 여사가 쓴 작품의 클라이맥스나 고 게리 그레그슨의 스릴러 속 장면처럼……."

나는 나도 모르게 정신없이 이야기를 늘어놓았다.

"그래, 계속해 봐. 맘껏 즐기라고. 자넨 불쌍한 담당 경위가 아니니까. 총경님이나 서장님이 비위를 맞출 필요도 없겠지."

"아, 그래! 어쩌면 이웃 주민들에게서 중요한 정보를 알아낼 수도 있지 않을까."

하드캐슬이 씁쓸하게 대꾸했다.

"글쎄, 만약 앞뜰에서 남자가 칼에 찔렸고 복면을 쓴 두 남자가 죽은 남자를 집 안으로 옮겼다 해도……. 창밖으로 그 장면이나 다른 무언가를 본 사람은 전혀 없을 거야. 불행히도 여긴 시골 마을이 아니라 윌브러험 크레센트라는 고급 주거 단지거든. 오후 1시면 뭔가 볼 수도 있는 가정부들은 죄다 퇴근했을 시간인 데다, 그 동네는 유모차를 끌고 다니는 사람들도 없으니…….'

"하루 종일 창가에 앉아 있는 나이 많은 환자라도 없어?"

"우리도 바라는 바야……. 하지만 그런 사람도 없더라고."

"18번지와 20번지는 어때?"

"18번지에는 게인스포드 앤드 스웨트넘 변호사 사무실의 주임 서기인 워터하우스 씨와 집안일을 돕는 여동생이 살고 있어. 20번지에 대해 내가 아는 거라고는 그곳 주인 여자가 고양이를 스무 마리 정도 키운다는 것뿐이야. 난 고양이라면 딱 질색인데……."

나는 경찰 인생도 참 고달프다고 대꾸하고, 함께 경찰서를 나섰다.

7장

 제임스 워터하우스는 월브러험 크레센트 18번지의 계단을 불안한 듯 서성이며 초조한 눈길로 여동생을 돌아보았다.
 "너 정말 괜찮겠어?"
 오빠가 묻자 이디스 워터하우스가 어이없다는 듯 콧방귀를 뀌었다.
 "오빠, 지금 무슨 말을 하는 거야?"
 제임스는 계면쩍은 표정을 지었다. 그는 그런 표정을 지을 일이 너무나도 많았던 나머지 이제 그 표정이 아예 얼굴에 붙을 정도였다.
 "아니, 그러니까 어제 옆집에서 일어난 일을 생각하면……."
 제임스는 자신이 근무하는 변호사 사무실로 갈 채비를 하고 있었다. 그는 멀끔한 회색 머리카락의 신사로 어깨는 약간 구부정하며 얼굴은 혈색이 돌기보다는 핏기 없이 우중충했지만 조금도 건강이 나빠 보이지는 않았다.

이디스 워터하우스는 큰 키에 깡마른 체구를 지녔고 허튼소리 따위는 절대 못 참는 극히 이성적인 여자였다.

"옆집에서 누군가가 살해되었으니 나도 오늘 살해되기라도 할 거란 말이야, 오빠?"

"글쎄, 이디스. 누가 살인을 저질렀느냐에 따라 다르지 않을까?"

"그럼 오빠는 살인범이 월브러험 크레센트를 죽 따라가며 집집마다 사람을 죽이고 다닌다고 생각하는 거야? 세상에. 그건 정말 불경스러운 생각이야."

"불경스럽다고?"

제임스가 깜짝 놀란 목소리로 반문했다. 자신이 한 말에 그런 면이 있다고 전혀 생각하지 않았다.

"유월절이 떠오르잖아. 성서에 나오는 이야기 말이야."

"이디스, 그건 너무 억지 같아."

"누가 이 집으로 와 날 죽이려고 할지 궁금하네."

이디스가 의기양양하게 말했다.

제임스는 그런 일은 일어나지 않을 거라고 생각했다. 만약 자신이 살인범이고 희생자를 골라야 한다면, 절대 여동생은 선택하지 않을 것이다. 누군가 여동생을 해치려고 한다면 그자는 분명 부지깽이나 납으로 된 문 버팀쇠에 얻어맞아 피를 질질 흘리는 볼썽사나운 꼴로 경찰에 넘겨질 것이다.

그는 한층 더 계면쩍은 표정을 지으며 말했다.

"나는 그냥…… 그러니까…… 세상엔 이상한 사람들도 많다는 얘기를 하는 것뿐이야."

"아직 무슨 일이 일어난 건지도 잘 모르잖아. 다 소문뿐인데. 헤드 부인이 오늘 아침에 말도 안 되는 이야기를 하지 뭐야."

"그렇겠지. 그렇겠지."

제임스는 시계를 내려다보았다. 수다스러운 가정부가 늘어놓았다는 이야기들을 듣고 싶은 생각은 눈곱만치도 없었다. 그의 여동생은 절대 선정적인 소문을 떠벌리는 데 시간을 낭비하지는 않았지만, 그래도 재미있어했다.

"어떤 사람들 말로는 죽은 남자가 에런버그 복지관의 회계원인지 관리원인데 장부에 뭔가 이상이 생겨서 펩마시 양에게 물어보러 온 거래."

"그래서 펩마시 양이 그 남자를 살해했고? 눈먼 여자가? 분명히……."

제임스가 피식 웃었다.

"줄로 목을 졸랐대. 남자는 경계도 하지 않았을 거야. 눈먼 사람을 상대로 누가 그러겠어? 물론 내가 그 말을 믿는다는 건 아니야. 펩마시 양은 정말 훌륭한 분이야. 내가 여러 면에서 그분과 의견이 맞지 않는 건 그분에게 범죄 성향이 있다고 생각해서가 아니야. 그저 그분은 고집스럽고 편견이 있다고 생각하기 때문이지. 세상에는 교육 말고도 중요한 일들이 얼마나 많은데. 새로 지은 별난 그래머 스쿨을 봐. 완전 유리 건물이잖아. 밖에서 보면 그 안에서 토마토나 오이를 키우는 줄 알걸. 여름철에는 더워서 애들이 어떻게 공부를 하겠어. 헤드 부인 말 들어 보니까 그 집 수잔이 새 학교가 마음에 안 든다고 하더래. 사방이 다 유리창이라 눈이 저절로 밖으로 가는 바람에 수업에 집중할 수가 없다면서 말이야."

제임스가 시계를 바라보며 입을 열었다.

"그래, 자, 자, 이러다 늦겠어. 난 이만 갈게. 조심하고. 도어체인은 걸어 두는 편이 좋겠지?"

이디스가 콧방귀를 뀌었다. 현관문을 닫은 이디스는 위층으로 올라가려다가 말고 골똘히 생각을 하더니 골프 가방에서 9번 아이언 골프채를 꺼내 현관문 근처에 세워 두었다.

"좋아."

이디스가 만족스러운 듯 말했다. 물론 제임스가 한 말은 터무니없었지만 대비를 해 두는 편이 낫지 않겠는가. 요즘 들어 사립 병원들은 정신병자도 정상적인 삶을 살아야 한다며 입원 환자들을 내보냈다. 그녀가 보기에는 무고한 사람들에게 큰 위험이 될 것 같았다.

이디스가 침실에 있을 때 헤드 부인이 부산스럽게 계단을 올라왔다. 헤드 부인은 키가 작고 통통해 마치 고무공 같았다. 말 그대로 세상 모든 일에 참견하고 다니는 사람이었다.

"두 신사분이 찾아오셨어요. 진짜 신사분들은 아니에요……. 경찰이에요."

헤드 부인이 흥분한 목소리로 말하고는 명함을 한 장 건넸다. 이디스는 명함을 받아 들었다.

"하드캐슬 경위라. 응접실로 안내했어요?"

"아니요, 식당으로 안내했어요. 아침 식사는 다 치웠고, 그게 더 적당한 장소인 것 같아서요. 어차피 경찰일 뿐이잖아요."

이디스는 이 논리를 이해할 수는 없었지만 곧 내려간다고 대답했다.

"분명히 펩마시 양에 대해 뭔가 물으러 온 걸 거예요. 태도에 뭔가 이상한 점은 없었는지 알아내려 하겠죠. 그러고는 미치광이 기질은 아무런 예고 없이 어느 날 갑자기 나타난다고 하겠죠? 하지만 보통은 말하는 방식이라든가 하는 게 다르잖아요. 눈을 보면 알 수 있는 게 있다고 하던데. 그러니 눈먼 여자에게서 뭘 알아낼 수 있겠어요? 아……."

헤드 부인이 고개를 설레설레 저었다.

이디스는 아래층으로 내려가 평소의 호전적인 분위기에 가려지긴 했지만 그래도 기분 좋은 호기심을 안고 식당에 들어섰다.

"하드캐슬 경위님?"

"안녕하십니까, 워터하우스 양."

하드캐슬이 자리에서 일어섰다. 그 옆에는 이디스가 굳이 인사를 건네지 않은 키가 크고 까무잡잡한 젊은이가 서 있었다. 그녀는 "램 경사입니다."라는 모기 같은 목소리에 신경도 쓰지 않았다.

"제가 너무 이른 시간에 방문한 것은 아닌지 모르겠습니다. 하지만 이미 무슨 일인지는 알고 계시리라 생각합니다. 어제 옆집에서 무슨 일이 일어났는지는 들으셨겠지요?"

"바로 옆집에서 살인 사건이 일어났는데 모를 수야 없죠. 기자 한

두 명이 우리 집까지 찾아와 뭐 본 게 없냐고 꼬치꼬치 캐묻는 바람에 쫓아내기까지 했어요."

"쫓아내셨습니까?"

"물론이죠."

"잘하셨습니다. 물론 기자들이란 어떻게든 정보를 캐내려고 하겠지만, 워터하우스 양이라면 그런 부류를 꽤 잘 다루실 것 같습니다."

하드캐슬의 칭찬에 이디스가 희미하게 즐거운 기색을 드러냈다.

"저희가 같은 질문을 하는 걸 용서해 주셨으면 합니다. 하지만 워터하우스 양께서 만약 저희에게 도움이 되는 무언가를 보셨다면 정말 감사하겠습니다. 당시에 워터하우스 양께선 집 안에 계셨죠?"

"언제 살인이 일어났는지는 몰라요."

"1시 30분부터 2시 30분 사이로 추정하고 있습니다."

"그렇다면 집 안에 있었어요, 확실해요."

"그럼 오빠 되시는 분은요?"

"오빠는 집에서 점심 식사를 하지 않아요. 정확히 누가 살해된 거죠? 지역 아침 신문에서도 신원을 밝히질 않더군요."

"저희도 아직 모릅니다."

"모르는 사람이라고요?"

"그렇습니다."

"설마 펩마시 양도 모르는 사람이라는 말씀은 아니시죠?"

"펩마시 양도 집에 찾아오기로 한 손님은 없었고 누군지 모른다고 말씀하셨습니다."

"하지만 확실히 알 순 없잖아요. 앞이 안 보이니까요."

"저희가 그분께 상세히 설명드렸습니다."

"어떤 남잔데요?"

하드캐슬이 봉투 안에서 사진 한 장을 꺼내 그녀에게 건넸다.

"바로 이 남자입니다. 혹시 누군지 아시겠습니까?"

이디스가 사진을 바라보았다.

"아니요. 아니요……. 전에 본 적이 없는 남자인 건 확실해요. 세상에. 정말 점잖은 신사처럼 보이는데."

"아주 점잖은 신사처럼 보이죠. 변호사나 사업가인 것 같습니다."

"정말 그러네요. 이 사진도 전혀 보기 흉하지 않아요. 마치 잠든 것처럼 보이는데요."

하드캐슬은 시신을 찍은 수십 장의 사진 중에서 그나마 가장 역겹지 않은 것을 골랐다는 말은 하지 않았다.

"죽음은 평화롭게 다가오기도 하지요. 이 남자는 자신에게 어떤 일이 닥쳤는지 전혀 몰랐을 겁니다."

"펩마시 양은 뭐라고 말씀하던가요?"

"꽤 당황한 것 같더군요."

"놀랍네요."

"자, 저희를 도와주실 수 있겠습니까, 워터하우스 양? 어제 일을 곰곰이 되새겨 보세요. 12시 30분에서 3시 사이에 혹시 창밖을 내다보았거나 정원에 나간 적이 있습니까?"

이디스가 생각에 잠겼다.

"예, 정원에 나갔어요……. 어디 보자, 분명히 1시 전이었을 거예요. 1시 10분쯤 전에 집 안으로 들어와 손을 씻고 점심을 먹었으니까요."

"혹 펩마시 양께서 집으로 들어가거나 집에서 나오는 모습을 보셨습니까?"

"집 안으로 들어갔던 것 같아요……. 정문이 삐걱거리는 소리를 들었으니까요……. 맞아요, 12시 30분이 지난 후였을 거예요."

"그분에게 말을 걸지는 않으셨습니까?"

"오, 아니요. 그저 정문 삐걱거리는 소리를 들은 것뿐이에요. 항상 그때쯤이면 집에 돌아오시죠. 아마 수업이 그때 끝날 거예요. 아시겠지만 장애아들을 가르치시거든요."

"펩마시 양의 진술에 따르면 1시 30분에 다시 집을 나갔다고 하더군요. 맞습니까?"

"글쎄요, 정확한 시간은 저도 말씀드릴 수 없지만……. 예, 그분이 이 집 정문 앞을 지나간 건 기억해요."

"뭐라고 하셨습니까, 워터하우스 양? '이 집 정문 앞을 지나갔다.'라고 하셨습니까?"

"예. 전 응접실에 앉아 있었어요. 우리가 지금 앉아 있는 식당에서는 보시다시피 뒷마당이 보이지만, 응접실에서는 길거리가 보이죠. 전 점심 식사를 한 후에 응접실로 가 창가에 있는 의자에 앉아 커피를 마시고 있었어요.《타임스》를 한 장 넘길 때쯤 펩마시 양이 우리 집 정문을 지나는 걸 본 것 같아요. 뭔가 이상한 점이라도 있나요,

경위님?"

하드캐슬이 미소를 지으며 대답했다.

"아닙니다, 아니에요. 제가 알기로는 펩마시 양께서 장을 보고 우체국에 가기 위해 외출을 하셨는데, 가게와 우체국에 가는 길은 그 반대편이라는 생각이 들었습니다."

"어느 가게에 가느냐에 달렸죠. 가게는 물론 저희 집을 지나서 가는 게 더 가까워요. 우체국은 올버니로에 있지만요……."

"펩마시 양께서는 평소 그 시간쯤에 워터하우스 양의 집 앞을 지나십니까?"

"글쎄요. 전 펩마시 양이 보통 몇 시에 외출을 하는지, 어느 방향으로 가는지는 잘 몰라요. 이웃들 사는 모습을 유심히 살펴보진 않으니까요, 경위님. 전 바쁜 여자고 제 일만 해도 벅차답니다. 제가 아는 사람들 중에도 하루 종일 창밖만 내다보면서 누가 지나가고 누가 누구네 집을 방문하는지 살피는 사람들이 있긴 하죠. 그건 환자들 아니면 소문을 떠드는 것 외에는 달리 할 일이 없는 사람들이나 하는 짓이에요."

이디스의 말투는 신랄했다. 하드캐슬은 그녀가 누군가를 염두에 두고 말하는 거라고 확신했다. 그는 서둘러 대꾸했다.

"그렇죠, 그렇죠. 펩마시 양께서 워터하우스 양의 집 앞을 지나갔다면 공중전화 박스로 갔을 가능성도 있겠군요? 그쪽에 공중전화가 있죠?"

"예, 15번지 맞은편에 있어요."

"워터하우스 양, 이제 제가 드릴 아주 중요한 질문이 있습니다. 혹시 이 남자가…… 조간신문에서 의문의 남자라고 부른 이 남자가 집 안으로 들어가는 걸 보셨나 하는 겁니다."

이디스가 고개를 저었다.

"아니요. 그 사람도 그렇고 다른 사람이 온 것도 전혀 못 봤어요."

"1시 30분부터 3시까지는 무얼 하고 계셨습니까?"

"한 30분 정도인지 다 풀 때까지였는지 잘 모르겠는데,《타임스》에 실린 낱말 맞추기를 하고, 주방으로 가서 점심 먹은 그릇을 치웠어요. 어디 보자……. 그러고는 편지를 두세 통 쓰고, 청구서를 지불하기 위해 수표를 쓴 다음 위층으로 올라가 세탁소에 맡길 빨랫감들을 분류했어요. 옆집이 뭔가 소란스럽다는 걸 알아챈 건 침실에 있을 때였던 것 같아요. 멀리서 비명 소리가 들리길래 자연스레 창가로 다가갔어요. 정문 앞에 젊은 남자 한 명과 아가씨 한 명이 있더군요. 젊은 남자가 그 아가씨를 껴안고 있는 것 같았어요."

램 경사가 자리에서 일어났지만 이디스는 그를 쳐다보지도 않았으며, 그가 바로 문제의 젊은 남자라는 것 또한 전혀 알아차리지 못했다.

"젊은 남자는 뒤통수밖에 보이지 않았고, 그 아가씨와 말다툼을 하는 것 같았어요. 결국 아가씨를 정문 기둥에 기대 앉히더군요. 좀 이상했죠. 그러고는 그 집 안으로 걸어 들어갔어요."

"펩마시 양께서 그 일이 있기 조금 전에 집 안으로 들어가는 걸 못 보셨습니까?"

이디스는 고개를 저었다.

"아니요. 비명 소리를 듣기 전까지는 아예 창밖을 내다보지도 않았어요. 바깥에서 벌어지는 일들에 그다지 신경을 쓰지도 않았고요. 젊은 남녀는 항상 이해할 수 없는 괴상한 행동들을 하니까요……. 비명을 지르고 서로 실랑이를 하면서 낄낄대거나 속닥거리잖아요. 그래서 심각한 일이라고는 생각하지 않았어요. 경찰차가 도착하고 나서야 심상치 않은 일이 벌어졌다는 걸 알았죠."

"그래서 어떻게 하셨습니까?"

"뭐, 당연히 밖으로 나가서 계단에 섰다가 뒷마당으로 갔어요. 무슨 일인지 궁금했지만 그쪽에서는 잘 보이지 않더라고요. 집 앞으로 돌아와 보니 사람들이 웅성거리며 모여 있었어요. 그중 한 사람이 그 집에서 살인 사건이 일어났다고 말해 주더군요. 정말 깜짝 놀랐어요. 정말요!"

이디스는 아주 못마땅한 목소리로 말했다.

"다른 건 생각나는 게 없으십니까? 저희에게 더 해 주실 말씀은 없으신가요?"

"아무래도 그런 것 같네요."

"혹시 최근에 보험을 가입하라는 편지를 받은 적이나 누군가 워터하우스 양을 찾아온 적이나 아니면 누군가 워터하우스 양을 찾아뵙겠다고 제안한 적이 있습니까?"

"아니요. 그런 적은 없어요. 오빠와 저는 이미 상호 신용 보험을 들었으니까요. 물론 그런 전단지며 광고물이 든 편지들이 오긴 하지만 최근에는 받은 기억이 없어요."

"커리라는 이름이 적힌 편지는 없었습니까?"

"커리요? 아니요, 분명히 없었어요."

"혹시 커리라는 이름을 들어 본 적 있습니까?"

"아니요. 그래야 하나요?"

하드캐슬이 미소를 지었다.

"아니요. 그럴 필요는 없습니다. 살해당한 남자의 이름이 자칭 커리죠."

"진짜 이름이 아니란 뜻이에요?"

"예, 그 사실을 뒷받침할 만한 증거가 몇 가지 있습니다."

"혹시 그 남자 사기꾼인가요?"

"확실한 증거가 나올 때까지는 그렇게 말할 수 없습니다."

이디스가 맞장구를 쳤다.

"물론이죠, 물론이죠. 만사에 신중해야 하죠. 그건 저도 알아요. 하지만 이 동네 사는 사람들은 다르죠. 그 사람들은 아무 말이나 되는 대로 내뱉거든요. 여태 비방죄로 고소당하지 않은 게 이상할 정도예요."

"명예 훼손입니다."

램 경사가 처음으로 입을 열어 이디스의 말을 정정했다.

이디스는 그를 하드캐슬 경위의 떨거지 정도로만 생각하고 전혀 관심을 두지 않았다는 듯 놀란 표정으로 그를 바라보았다.

"도움을 드리지 못해 정말 유감이네요."

"저 역시 유감입니다. 워터하우스 양처럼 날카로운 관찰력에 지성과 판단력을 갖춘 분이라면 아주 훌륭한 증인이 되셨을 텐데요."

"저도 제가 뭔가를 봤더라면 정말 좋겠네요."

이디스의 목소리는 어린 소녀처럼 장난스러웠다.

"오빠 되시는 제임스 워터하우스 씨는요?"

이디스가 한심하다는 듯 말했다.

"제임스 오빠는 아무것도 모를 거예요. 오빤 제대로 아는 게 없죠. 어쨌든 그 시간에 오빠는 하이가(街)에 있는 게인스포드 앤드 스웨트넘에 있었어요. 네, 제임스 오빠는 아무런 도움도 안 될걸요. 아까도 말씀드렸듯이 점심 먹으러 집에 오진 않으니까요."

"오빠분께서는 보통 식사는 어디서 하십니까?"

"대게는 스리 피더스에서 샌드위치와 커피로 점심을 하죠. 아주 훌륭한 식당이에요. 직장인들이 간단하게 식사할 수 있는 곳이에요."

"감사합니다, 워터하우스 양. 자, 더 시간을 빼앗으면 안 될 것 같군요."

하드캐슬이 자리에서 일어나 홀로 나갔다. 이디스가 그들을 따랐다. 콜린 램이 문 옆에 세워져 있던 골프채를 집어 들고는 위아래로 움직여 보았다.

"이거 꽤 근사한 클럽이군요. 헤드 부분이 상당히 묵직한데요. 만약의 사태에 대비해 두신 것 같군요, 워터하우스 양."

그 말에 이디스가 움찔하며 램의 손에서 골프 클럽을 낚아채 골프 가방 안에 넣었다.

"왜 골프 클럽이 거기 있는 건지 모르겠네요."

"아주 현명한 예방책입니다."

하드캐슬이 말했다.

이디스는 현관문을 열어 둘을 내보냈다.

콜린 램이 한숨을 쉬며 입을 열었다.

"그렇게 추켜세웠는데도 아무것도 알아낸 게 없잖아. 그나저나 자넨 항상 그런 수법을 쓰는 거야?"

"저런 여자한테는 꽤 효과가 좋을 때도 있어. 억센 여자들은 칭찬에 약하다고."

"우유를 얻어먹은 고양이처럼 가르릉대긴 하더군. 하지만 알아낸 건 아무것도 없잖아."

"그래?"

하드캐슬의 말에 콜린이 재빨리 그를 바라보았다.

"무슨 생각을 하는 거야?"

"지극히 사소한 부분. 펩마시 양은 우체국과 가게에 갔지만 오른쪽이 아닌 왼쪽으로 갔어. 그리고 마틴데일 양의 진술에 따르면 그 전화는 1시 50분에 걸려 왔지."

콜린이 흥미로운 듯했다.

"본인이 부정했는데도 아직 펩마시 양이 전화를 걸었다고 생각하는 거야? 아주 단호하게 아니라고 했잖아."

"그래. 아주 단호했지."

애매한 답변이었다.

"하지만 만약 펩마시 양이 전화를 한 거라면, 그 이유는 뭘까?"

하드캐슬이 버럭 짜증을 냈다.

"또 예의 '왜'가 나오네! 이유가 뭐냐고? 왜 이런 말도 안 되는 일이 일어났냐고? 펩마시 양이 전화를 건 당사자라면 왜 그 아가씨를 집 안으로 불러들인 걸까? 다른 사람이라면 왜 펩마시 양 집을 선택한 걸까? 우린 아직 아무것도 몰라. 마틴데일이라는 여자가 펩마시 양과 개인적으로 아는 사이라면, 그 사람 목소리인지 아닌지, 아니면 적어도 그 사람 목소리와 비슷한지는 알았겠지. 뭐, 18번지에서 알아낸 게 없으니, 20번지로 가서 더 알아보자구."

8장

 월브러헊 크레센트 20번지에는 다이애나 로지라는 이름이 쓰여 있었다. 정문 안쪽에는 침입을 막기 위한 철조망이 빽빽했고 반점으로 얼룩덜룩한 데다 다듬지 않아 무성해진 월계수 덤불 또한 정문을 통과하는 것을 막았다.

 "이 집이라면 월계수관이라고 불러도 되겠어. 그런데 왜 다이애나 로지라고 한 걸까?"

 램은 주변을 찬찬히 살펴보며 말했다. 다이애나 로지는 분위기가 어수선하고 화단도 없었다. 강한 암모니아 냄새가 났고 웃자란 관목들이 한데 뒤엉켜 있는 모습이 가장 먼저 눈에 띄었다. 수리를 해야 할 것 같은 지붕 홈통도 보였다. 전체적으로 금방이라도 쓰러질 듯했다. 그나마 최근에 집을 손본 흔적은 밝디밝은 하늘색으로 칠한 현관문뿐이었으며, 그 덕에 집이며 정원의 상태가 한층 더 두드러졌다. 현관에는 전자 벨은 없었지만 잡아당기는 용도로 보이는 손잡이가 하나 있었다. 하드캐슬 경위가 손잡이를 잡아당기자 집 안에서 희미하게 땡땡 울리는 소리가 들렸다.

"마치 해자로 둘러싸인 농장 같군(테니슨의 시「마리아나」의 구절 — 옮긴이)."

둘이 잠시 기다리고 서 있자 안에서 누군가의 목소리가 들려왔다. 좀 이상한 소리였다. 반은 노래를 부르는 듯, 반은 이야기를 하는 듯한 높은 목소리였다.

"대체 뭐야……."

하드캐슬이 중얼거렸다.

그 목소리의 주인이 현관문 앞으로 다가오는지 흥얼거리는 듯한 목소리가 점차 명확하게 들렸다.

"아니야, 귀염둥이. 거기 있어, 내 사랑. 마인뎀 테일럼 샤샤미미. 클레오……. 클레오파트라. 아, 두들럼. 아, 루루."

문 닫히는 소리 뒤에 마침내 현관문이 열렸다. 눈앞에 나타난 것은 창백한 이끼색에 좀 낡은 듯한 벨벳 다과회용 드레스를 입은 숙녀였다. 황갈색에 회색빛이 도는 머리카락은 한 30년 전의 스타일로 틀어 올렸고, 목에는 오렌지색 모피를 두르고 있었다. 하드캐슬 경위가 의심스러운 듯 물었다.

"헤밍 부인?"

"내가 헤밍 부인이에요. 착하지, 선빔. 착하지, 두들럼."

그제야 하드캐슬 경위는 오렌지색 모피가 고양이라는 사실을 알아챘다. 그뿐만이 아니었다. 헤밍 부인의 뒤편에서 세 마리의 다른 고양이들이 나타났으며, 그중 두 마리는 야옹거리며 울었다. 고양이들은 방문객들을 빤히 바라보며 주인의 치맛자락을 따라 나른한 몸짓으로 빙빙 돌았다. 그와 동시에 고양이 냄새가 두 남자의 코를 자극했다.

"저는 하드캐슬 경위입니다."

"날 찾아온 그 동물 학대 방지 협회의 끔찍한 남자 때문에 오신 건가요? 모욕적이었어요! 그 남자에게 편지를 써서 해명을 해야 했다니까요. 내 고양이들이 건강과 행복에 침해를 받는 상황에 놓여 있다나 뭐라나! 정말 모욕적이에요! 나는 우리 고양이를 위해 살아요, 경위님. 이 애들이 내 인생에 유일한 기쁨이라고요. 이 애들을 위해서라면 뭐든 다 해 줘요. 샤샤미미. 거긴 안 돼, 이쁜아."

샤샤미미는 앞을 가로막는 손길에는 아랑곳하지 않고 홀에 놓인 테이블 위로 뛰어 올라갔다. 그러더니 그곳에 앉아 고양이 세수를 하며 낯선 이들을 빤히 노려보았다.

"들어오세요. 오, 아니에요. 그 방이 아니에요. 내가 깜빡할 뻔했네."

헤밍 부인은 왼쪽에 있는 방문을 활짝 열어젖혔다. 그 방에서는 한층 더 강한 고양이 냄새가 났다.

"이리 온, 우리 이쁜이들. 이리 온."

그 방에 놓인 의자와 테이블 위에는 고양이 털이 잔뜩 붙은 빗들이 널려 있었다. 여기저기 놓인 쿠션들은 낡고 때가 꼬질꼬질했으며, 적어도 여섯 마리는 되어 보이는 고양이들이 있었다.

"난 우리 귀염둥이들을 위해 산답니다. 애들은 내가 하는 말을 전부 알아들어요."

하드캐슬 경위는 용감하게 안으로 들어갔다. 안타깝게도 그에게는 고양이 알러지가 있었다. 그리고 언제나 그렇듯 고양이들이 전부 하드캐슬에게 다가갔다. 한 마리는 그의 무릎 위로 뛰어올랐고, 또 한 마리는 가르릉대며 바짓가랑이에 얼굴을 부볐다. 하드캐슬 경위, 용감한 그는 입술을 꾹 깨물고 견뎠다.

"헤밍 부인, 제가 몇 가지 질문을 드려도……."

헤밍 부인이 끼어들었다.

"뭐든 물어보세요. 난 숨길 게 아무것도 없어요. 우리 고양이들이 무얼 먹는지, 어디서 자는지도 다 보여 줄 수 있어요. 다섯 마리는 내 방에서 자고 일곱 마리는 이곳에서 자요. 그리고 내가 직접 만든 최고의 생선 요리만 먹는답니다."

하드캐슬이 목소리를 높였다.

"고양이와는 아무런 관련이 없는 질문입니다. 전 옆집에서 일어난 불행한 사건에 대한 이야기를 하러 온 겁니다. 이미 들어 아시겠지만요."

"옆집이오? 조슈아 씨 댁 개 말인가요?"

"아니요, 아닙니다. 어제 살해된 남자가 발견된 19번지 말입니다."

"그래요?"

헤밍 부인은 예의를 차리느라 흥미를 보이는 시늉만 했다. 그녀의 눈길은 여전히 고양이들에게 머물렀다.

"어제 오후에 집에 계셨는지 여쭈어봐도 될까요? 1시 30분부터 3시 30분 사이에 말입니다."

"오, 네. 집에 있었어요. 우리 애들 점심을 먹인 다음에 빗질이며 단장을 해 줘야 하기 때문에, 아침 일찍 장을 보았죠."

"옆집의 상황은 눈치 못 채셨습니까? 경찰차며, 앰뷸런스…… 그런 것들도요?"

"글쎄요, 아무래도 앞 창문은 내다보지 않았던 것 같아요. 우리 아라벨라가 없어지는 바람에 뒷문으로 정원에 나갔죠. 아라벨라는 새끼 고양이인데 정원 나무에 올라가 있지 뭐예요? 그 애가 내려오지 못할까 봐 걱정이 되더라고요. 접시에 생선을 담아서 유혹해 봤는데 겁을 잔뜩 먹어서는, 아유 불쌍한 것. 결국엔 포기하고 집 안으로 다시 들어갔어요. 그런데 세상에, 내가 문을 열고 집 안으로 들어가니까 고것이 나무에서 내려와 날 따라 들어오는 거예요. 믿겨지세요?"

헤밍 부인은 반응을 살피듯 두 남자를 번갈아 바라보았다.

"사실 저는 믿습니다."

더 이상 침묵을 지키기 힘들었던 콜린이 입을 열었다.

"뭐라고요?"

헤밍 부인이 살짝 놀란 듯 그를 바라보았다.

"저는 고양이를 굉장히 좋아합니다. 그래서 고양이의 습성에 관한 연구도 하게 되었죠. 부인의 말씀은 고양이의 행동 패턴과 고양이 스스로 세운 법칙에 꼭 들어맞습니다. 그렇기 때문에 부인의 고양이들은 고양이를 좋아하지 않는 제 친구 주위에 모여들고, 제가 아무리 손짓을 해도 제게는 신경도 쓰지 않는 거죠."

헤밍 부인은 콜린이 경사라는 직위에 걸맞지 않은 말을 했다는 사실을 알아채지 못한 눈치였다. 그저 모호하게 중얼거리기만 했다.

"요 녀석들은 뭐든 다 알죠, 귀여운 것들. 그렇죠?"

잘생긴 회색 페르시안 고양이 한 마리가 하드캐슬 경위의 무릎에 앞발을 올려놓고 황홀경에 푹 빠진 눈길로 바라보며 그의 무릎이 마치 쿠션이라도 되는 것처럼 앞발로 박박 긁어 댔다. 참다못한 하드캐슬 경위가 자리에서 벌떡 일어났다.

"부인, 뒷마당을 볼 수 있을까요?"

콜린이 슬며시 웃음을 지었다.

"오, 그럼요, 그럼요. 얼마든지요."

헤밍 부인이 자리에서 일어났다.

오렌지색 고양이가 목에서 내려가자 헤밍 부인은 멍하니 회색 페르시안 고양이를 들어 목에 감았다. 부인이 방을 나서자 그 뒤를 하드캐슬과 콜린이 따랐다.

"우리 전에 만난 적 있지."

콜린이 오렌지색 고양이에게 말을 걸었다.

"그리고 넌 정말 미인이구나."

테이블 위 중국 램프 옆에 앉아 꼬리를 살랑거리는 또 다른 회색 페르시안 고양이에게는 이렇게 말했다. 콜린이 쓰다듬으며 귀 뒤쪽을 만져 주자 회색 고양이는 만족스러운 듯 가르릉댔다.

홀에 나간 헤밍 부인이 외쳤다.

"나올 때 문 좀 닫아 주세요, 음……. 오늘 바람이 강해서요. 우리 귀염둥이들 감기 걸리면 안 되잖아요. 게다가 못된 꼬마 녀석들 때문에……. 애들끼리만 정원에 돌아다니는 건 위험해요."

헤밍 부인은 홀 뒤편으로 걸어가 옆문을 열었다.

"못된 꼬마 녀석들이라뇨?"

하드캐슬이 물었다.

"램지 부인네 두 아들 녀석요. 크레센트 남쪽에 살아요. 우리 집 정원이랑 그 집 정원이 서로 등을 맞대고 있죠. 어찌나 버르장머리 없고 못된 녀석들인지. 새총을 가지고 있지 뭐예요. 지금은 어떤지 모르겠지만. 그 새총을 압수하라고 그렇게 일렀는데 아직도 가지고 있는 것 같아요. 그 녀석들은 몰래 숨어서 새총을 쏜다니까요. 여름이면 사과를 던지고요."

"못된 녀석들이군요."

콜린이 대꾸했다.

뒷마당은 앞마당과 별다를 게 없었다. 무성히 자란 잡초, 정신없이 뒤엉킨 관목들, 얼룩덜룩 반점이 있는 어마어마한 월계수 덩굴들과 다소 음산한 편백나무들. 콜린이 보기에는 자신과 하드캐슬 모두 시간만 낭비하는 것 같았다. 월계수 덩굴과 나무, 관목들로 장막이 쳐져 있어 펩마시 양의 정원은 아예 보이지도 않았다. 다이애나 로지는 완전히 고립된 집이었다. 그 안에 사는 사람의 관점에서 보면 이웃이라곤 아예 없는 것이나 마찬가지였다.

"19번지라고 하셨어요? 하지만 그 집에는 한 사람만 사는 줄 알

앉는데, 그 눈먼 여자 말이에요."

헤밍 부인이 뒷마당 한가운데 엉거주춤하게 서며 물었다.

"살해당한 남자는 그 집에 사는 사람이 아닙니다."

하드캐슬이 말했다.

"오, 그렇군요. 여기로 죽으러 왔군요. 이상도 해라."

헤밍 부인은 여전히 모호하게 말했다.

"그것참 상황에 딱 맞는 표현이군요."

콜린이 생각에 잠겨 혼잣말을 중얼거렸다.

9장

둘은 자동차에 올라 윌브러험 크레센트를 따라 달리다 올버니로로 들어가 다시 오른쪽으로 꺾어 윌브러험 크레센트의 두 번째 거리에 들어섰다.

"정말 간단하지?"

"길을 아는 사람한테나 그렇겠지."

하드캐슬의 말에 콜린이 답했다.

"61번지는 헤밍 부인의 집과 등을 지고 있지만…… 한쪽이 19번지와 닿아 있으니 그것만으로도 충분해. 덕분에 자네는 브랜드 씨를 만나 볼 기회를 얻었고 말이야. 그런데 외국인 가정부는 없다는군."

"또, 또 시작이군."

두 남자는 차에서 내렸다.

"이런, 이런. 대단한 정원인데!"

콜린이 입을 열었다.

정말이지 작지만 완벽한 정원이었다. 가장자리를 로벨리아로 두른 제라늄 화단, 커다랗고 싱싱한 베고니아, 멋들어지게 진열된 정원 장식품들……. 개구리, 버섯, 장난스러운 난쟁이와 꼬마 요정.

"블랜드라는 남자 정말 잘사나 봐. 그렇지 않다면 이런 끔찍한 아이디어를 생각이나 했겠어."

어깨를 으쓱하며 말한 콜린이, 이내 하드캐슬이 벨을 누르는 모습을 보고 덧붙였다.

"이렇게 이른 시각에 집에 있을까?"

"내가 미리 전화를 해 뒀지. 언제 시간이 괜찮겠냐고 물어봤어."

그 순간 작은 여행용 밴이 차고로 들어왔다. 집주인의 차가 분명했다. 조슈아 블랜드는 차에서 내려 문을 닫고 둘에게 다가왔다. 키는 중간 정도이고 대머리이며 약간 작은 푸른 눈을 한 남자였다.

"하드캐슬 경위님? 어서 들어오시죠."

그는 손님들을 친절하게 맞이하며 응접실로 안내했다. 응접실 안에도 부를 증명하는 몇 가지 물건이 눈에 띄었다. 값비싼 장식 램프들, 엠파이어풍의 책상, 번쩍번쩍 빛나는 벽난로 위의 금박 장식품들, 상감 세공이 된 장식장, 꽃이 풍성하게 꽂힌 창가의 화병. 의자들은 현대적이었으며 덮개가 씌어 있었다.

"어서 앉으세요. 담배 피우시겠습니까? 아, 근무 중에는 안 되나요?"

블랜드 씨가 상냥하게 말했다.

"고맙지만 됐습니다."

"술도 안 되겠죠? 뭐, 서로에게 더 잘된 것 같군요. 자, 무슨 일이죠? 19번지 사건 때문이겠죠? 정원 모퉁이가 닿아 있긴 하지만 위층 복도 창을 제외하고는 그 집이 보이지 않습니다. 정말 희한한 일이 일어난 모양입니다……. 오늘 아침에 조간신문에서 읽었죠. 사실 경위님 전화를 받고 기뻤습니다. 사실을 알 수 있는 기회니까요. 어떤 소문이 떠도는지 상상도 못하실 겁니다! 덕분에 아내가 안절부절못하고 있죠……. 살인자가 돌아다닌다고 생각하는 모양입니다. 요새 정신병원에서 정신병자들을 다 내보내는 게 문제예요. 가석방인지 뭔지 하면서 집으로 되돌려 보내죠. 그러고는 사람을 죽이면 다시 잡아가고요. 그리고 좀 전에도 말씀드렸지만 소문들이 대단해요! 그러니까 가정부부터 우유 배달원, 신문 배달원까지 정말 알면 놀라실 겁니다. 어떤 사람은 남자가 철사에 목이 졸렸다고 하고, 또 어떤 사람은 칼에 찔렸다고 하고. 막대기에 맞아 죽었다는 사람도 있어요. 어쨌든 죽은 사람이 남자는 맞죠? 그러니까 살해당한 게 그 노부인은 아니죠? 신문에서는 신원 불명의 남자라고 하던데."

마침내 블랜드 씨가 말을 멈추었다.

하드캐슬이 미소를 짓고는 힐난하는 듯한 목소리로 말했다.

"신원 불명에 대한 거라면, 그 남자 주머니 속에서 이름과 주소가 적힌 명함이 발견되었습니다."

"그럼 터무니없는 소문들은 이제 끝이겠군요. 사람들이 어떤지 아시죠? 도대체 누가 그런 말도 안 되는 이야기들을 만들어 냈는지 정말 모르겠습니다."

"희생자에 대해 이야기를 나누어야 하니 먼저 이걸 봐 주셨으면 합니다."

하드캐슬이 사진을 꺼냈다.

"이게 그 사람입니까? 지극히 평범해 보이는군요, 그렇죠? 마치 경위님이나 저처럼 평범해 보여요. 이 사람이 살해당할 만한 특별한 이유가 있는지 물어봐서는 안 되겠죠?"

"아직은 그런 이야기를 나누기에는 이릅니다. 블랜드 씨, 제가 알고 싶은 것은 혹시 전에 이 남자를 본 적이 있는가 하는 겁니다."

"아니요, 확실히 본 적이 없습니다. 제가 사람 얼굴은 잘 기억하거든요."

"이 남자가 보험 상품이나…… 진공청소기, 아니면 세탁기를 팔거나 뭐 그런 이유로 집에 방문한 적 없습니까?"

"예, 예. 절대 없습니다."

"그렇다면 부인께 여쭤봐야겠군요. 만약 이 남자가 집에 방문했다면 부인께서 보셨겠죠?"

"예, 옳은 말씀입니다. 하지만 어떻게 해야 할지……. 발레리는 건강이 그다지 좋지 않아서요. 괜히 신경 쓰게 하고 싶지 않습니다. 그러니까 제 말은, 죽은 사람 사진이잖습니까, 그렇죠?"

"예, 말씀하신 대롭니다. 하지만 보기 끔찍할 정도는 아닙니다."

"예, 예. 아주 잘 찍으셨네요. 마치 잠든 사람 같아요."

"지금 내 얘기 하는 거예요, 조슈아?"

다른 방과 연결되어 있는 문이 활짝 열리더니 한 중년 부인이 응접실로 들어섰다. 문 뒤에 귀를 대고 엿들은 게 분명하다고 하드캐슬은 생각했다.

"아, 왔어, 여보? 난 당신이 낮잠을 자는 줄 알았어. 이 사람이 제 아내입니다, 하드캐슬 경위님."

"정말 끔찍한 일이에요. 생각만 해도 소름이 끼친다니까요."

중얼거린 블랜드 부인이 작게 한숨을 쉬며 소파에 앉았다.

"여보, 다리를 위로 올려놔."

부인은 남편의 말에 따랐다. 그녀는 엷은 갈색 머리카락에 약간 징징대는 듯한 목소리를 냈다. 빈혈이 있는지 안색이 창백했으며, 자신이 환자라는 사실을 꽤 즐기는 기색이 역력했다. 하드캐슬은 블랜드 부인을 보자 누군가가 생각났다. 누군지 떠올려 보려 했지만 결국 생각나지 않았다. 블랜드 부인은 연약하고 다소 애처로운 목소리로 말을 이었다.

"제 건강이 그리 좋지 않답니다, 하드캐슬 경위님. 그러니 남편이 제가 그 어떤 충격도 받지 못하도록 조심시키는 게 당연하죠. 전 아주 예민하니까요. 사진, 그러니까 아마도…… 살해당한 남자의 사진에 대해 이야기하고 계셨죠? 오, 이런. 끔찍해라. 제가 감당할 수 있을지 모르겠네요!"

'사진을 보고 싶어 안달이 났군.'

하드캐슬은 속으로 생각하며 약간 뻐딱한 목소리로 입을 열었다.

"그렇다면 사진을 보여 드리지 않는 편이 좋겠군요. 이 남자가 이 집에 방문한 적이 있다면 부인께서 저희에게 도움을 줄 수 있을 거라고 생각했습니다."

"당연히 저도 의무를 다해야죠, 그렇지 않나요?"

블랜드 부인은 달콤하고 용감한 미소를 지으며 대답한 후 손을 내밀었다.

"벨, 그러다 충격 받으면 어쩌려고 그래?"

"바보 같은 소리 말아요. 당연히 나도 봐야죠."

그녀는 굉장히 기대하는 눈길로 사진을 바라보았다. 사진을 본 블랜드 부인은 조금 실망한 눈치였다.

"글쎄요……. 전혀 죽은 사람 같아 보이진 않네요. 전혀 살해당한 사람 같지가 않아요. 이 사람……. 목을 졸려 죽은 게 아니죠?"

"칼에 찔렸습니다."

하드캐슬의 설명에 블랜드 부인이 눈을 감으며 몸서리를 쳤다.

"오, 세상에. 끔찍해라."

"블랜드 부인, 전에 본 적 없는 남자입니까?"

"예, 예, 그런 것 같네요. 집집마다 돌아다니면서…… 물건을 파는 그런 사람인가요?"

블랜드 부인의 얼굴에는 마지못해 대답하는 기색이 역력했다.

"보험 회사 직원이었던 것 같습니다."

"그렇군요. 그런 사람은 찾아온 적 없어요, 확실해요. 조슈아, 내가 그런 사람이 왔다고 말한 적 없죠?"

"그럼, 물론이지."

"펩마시 양과 연관이 있는 사람인가요?"

블랜드 부인의 물음에 하드캐슬 경위가 답했다.

"아니요. 그분은 전혀 모르는 남자였습니다."

"정말 이상하네요."

"펩마시 양을 아십니까?"

"그럼요. 그러니까 이웃사촌으로서 안다는 거죠. 가끔 정원 문제로 남편에게 조언을 구하곤 했어요."

"정원 일에 조예가 깊으신 모양입니다?"

블랜드가 손사래를 쳤다.

"아닙니다, 아니에요. 그럴 시간도 없습니다. 물론 요령이야 알죠. 게다가 정원 일을 잘하는 친구가 한 명 있어서……. 일주일에 두 번 저희 집에 옵니다. 와서 정원 상태를 살펴보고 깔끔하게 정리를 해주죠. 이 동네에서 우리 정원만큼 잘 꾸며 놓은 데도 없지만, 전 제 이웃들만큼 정원에 공을 들이는 사람은 아닙니다."

"램지 부인 말씀이십니까?"

하드캐슬이 제법 놀라서 물었다.

"아니요, 아니요. 그보다 더 가서 63번지 맥노턴 씨요. 정원이라면 애지중지하죠. 하루 종일 정원에서 일하고 퇴비에 푹 빠져 있어요. 퇴비 이야기만 나오면 얼마나 주절주절 늘어놓는지……. 아, 경위님께서 원하시는 이야기는 아니겠군요."

"그렇긴 하죠. 저는 혹시 블랜드 씨나 부인께서, 이를테면. 어제 정원에 나가셨는지를 알고 싶습니다. 블랜드 씨께서도 말씀하셨듯이 이 집은 19번지와 모서리가 닿아 있기 때문에 어제 무언가 흥미로운 것을 보거나 들었을 가능성이 있으니까요."

"점심때쯤이었죠? 그러니까 살인 사건이 일어난 때 말입니다."

"1시부터 3시 사이로 보고 있습니다."

블랜드가 고개를 저었다.

"그때라면 본 게 별로 없을 겁니다. 저는 여기 이 응접실에 있었으니까요. 발레리도 함께요. 식당에서 함께 점심을 먹긴 했지만, 아시다시피 저희 집 식당에서는 길이 내다보이죠. 정원에서 무슨 일이 일어났는지는 전혀 보지 못했습니다."

"점심 식사는 몇 시에 하셨습니까?"

"대략 1시쯤요. 1시 30분에 할 때도 있습니다."

"그 후에도 정원에는 한 번도 나가지 않으셨고요?"

블랜드가 고개를 저었다.

"사실 제 아내는 항상 점심 식사를 마친 후에 위층에 올라가 쉬고, 전 바쁜 일이 없으면 저기 저 의자에 앉아 잠깐 낮잠을 잡니다. 제가 집을 나간 시각은…… 아, 아마 2시 45분이었을 겁니다. 하지만 안타깝게도 정원에는 한 번도 나가질 않았습니다."

하드캐슬이 한숨을 쉬며 입을 열었다.

"아, 그렇다면…… 여기저기 더 물어봐야겠군요."

"예, 예. 더 많은 도움을 드릴 수 있으면 좋았을 텐데요."

"집이 꽤 근사합니다. 이렇게 말해도 될지 모르겠지만, 돈을 아끼지 않으시는 모양입니다."

하드캐슬의 말에 블랜드가 유쾌하게 웃음을 터뜨렸다.

"아, 우린 멋진 물건들을 좋아하죠. 제 아내가 취향이 아주 고급이라서요. 거기다 1년 전에 대박이 터졌습니다. 아내가 삼촌에게서 유산을 받았거든요. 25년 동안 본 적도 없는 삼촌에게서요. 정말 뜻밖이었죠! 정말이지 덕분에 우리 생활이 좀 달라졌습니다. 형편도 나아졌고 올해 후반에는 크루즈 여행을 가 볼까 생각 중입니다. 배우는 것도 아주 많을 겁니다. 그리스 같은 나라들을 가는 데다 교수들이 직접 강의도 해 준다니까요. 전 자수성가한 사람이라 지금껏 그런 일에 낼 시간은 없었지만 항상 관심은 있었습니다. 그 트로이를 발견한 친구가 원래는 식료품 장수였다죠? 정말 낭만적입니다. 전 외국에 가는 걸 좋아합니다……. 제가 많이 다녀 봤다는 건 아니에요……. 주말에 몇 번 파리의 번화가에 가 본 게 전부죠. 이곳 일을 정리하고 스페인이나 포르투갈, 아니면 서인도 제도에 가서 사는 꿈을 꾸곤 했습니다. 많이들 그러지 않습니까. 소득세도 아낄 수 있고요. 하지만 아내가 싫어해서요."

"저도 여행을 좋아하지만 영국 밖에서 살 생각은 없어요. 친구들도 다 여기 있고……. 여동생이며 우리를 아는 모든 사람이 다 여기 사니까요. 그러니 외국에 나가 산다면 얼마나 외롭겠어요. 그리고 여기엔 아주 훌륭한 의사 선생님도 계세요. 제 건강 상태를 잘 알죠. 전 외국인 의사들은 절대 싫어요. 조금도 믿을 수가 없어요."

블랜드가 유쾌하게 말했다.

"어디 두고 보자고. 크루즈 여행을 갔다가 당신이 그리스의 섬에 푹 빠져 버릴 수도 있을 테니까."

블랜드 부인은 말도 안 된다는 듯 남편을 바라보고는, 미심쩍은 듯 물었다.

"외국에도 제대로 된 영국 의사가 있겠죠?"

"그럼, 물론이지."

블랜드는 하드캐슬과 콜린을 현관문까지 안내하며, 다시 한 번 도움이 되지 못해 너무 미안하다고 말했다.

"자, 저 사람 어떤 것 같아?"

하드캐슬의 질문에 콜린이 답했다.

"나라면 내 집 짓는 걸 맡기진 않을 거야. 하지만 내가 찾는 사람은 부정한 건축업자가 아니라 극좌파라고. 그리고 이번 살인 사건과 관련해서도 이 사람은 아닌 것 같아. 혹시라도 블랜드가 아내의 돈을 몽땅 가로채 아름다운 금발 머리와 결혼하기 위해 아내에게 비소를 먹이거나 에게 해에 빠뜨리려고 한다면……."

"그건 그때 가 보면 알겠지. 아무래도 조만간 그런 일이 벌어질 것 같긴 해."

10장

윌브러험 크레센트 62번지에서는 램지 부인이 혼잣말로 자신을 위로하고 있었다.

"이제 이틀만 더 참으면 돼. 이틀만."

그녀는 땀으로 축축해져 이마에 달라붙은 머리카락을 뒤로 넘겼다. 순간 주방에서 와장창 무언가가 깨지는 소리가 들렸지만, 램지 부인은 무슨 일인지 확인하고 싶지 않았다. 차라리 못 들은 척할 수만 있다면. 오, 이런……. 이틀만 더 참으면 돼. 램지 부인은 홀을 지나 주방 문을 활짝 열어젖히고는 3주 전보다 훨씬 더 기운이 빠진 목소리로 물었다.

"또 무슨 일을 저지른 거니?"

아들 빌이 말했다.

"죄송해요, 엄마. 그냥 깡통으로 볼링 시합을 하고 있었는데요, 갑자기 깡통이 찬장 밑으로 굴러 들어갔어요."

"일부러 그런 거 아니에요."

작은아들인 테드가 장난스럽게 말했다.

"바닥에 있는 그것들 다 주워서 찬장 뒤에 놓고, 깨진 접시는 싹 쓸어서 쓰레기통 안에 넣어."

"아, 엄마. 지금요?"

"그래, 지금 당장."

"테드가 할 거예요."

"왜 맨날 나한테 뒤집어씌우는 거야. 형이 안 하면 나도 안 할 거야."

"네가 하게 될걸."

"절대 안 해."

"네가 하게 만들어 주지."

"야!"

두 소년은 격렬한 몸싸움을 벌이기 시작했다. 테드가 식탁에 밀리는 바람에 그 위에 놓인 달걀 바구니가 아슬아슬하게 흔들렸다.

"다들 주방에서 나가!"

램지 부인이 소리를 질렀다. 그녀는 두 아들을 주방 밖으로 몰아낸 다음 문을 닫고 바닥에 흐트러진 깡통을 줍고 접시를 쓸어 담았다.

'앞으로 이틀이야. 이틀 후면 애들 방학이 끝나! 정말 천국이 따로 없을 거야.'

램지 부인은 여성 칼럼니스트가 쓴 신랄한 문구를 어렴풋이 떠올렸다.

여성이 1년 동안 행복한 날은 엿새뿐이다.

바로 방학 초반부와 후반부를 두고 한 말이다. 얼마나 옳은 말인가. 램지 부인은 가장 아끼던 정찬용 식기의 파편들을 쓸어 모으며 생각했다. 5주 전만 해도 아이들이 방학이라 집에 오는 것을 얼마나 기쁜 마음으로 기다렸던가! 하지만 지금은?
그녀는 계속 중얼거렸다.
"내일모레. 내일모레면 빌과 테드가 학교로 돌아간다. 믿어지지 않아. 빨리 그날이 왔으면 좋겠네!"
5주 전 기차역에서 아이들을 만났을 때만 해도 얼마나 기뻤는지 모른다. 요란 법석을 떨며 애정이 넘치는 인사! 온 집 안이며 정원을 정신없이 뛰어다니는 아이들. 오후에 차와 함께 준비하는 특별한 케이크……. 그랬던 그녀가 지금 손꼽아 기다리는 건 무엇인가? 바로 완전한 평화였다. 매번 번거롭게 식사 준비를 할 필요도, 쉴 새 없이 청소를 할 필요도 없는 평화로운 나날들. 램지 부인은 두 아들을 사랑했다. 착한 아이들인 건 분명했다. 그녀는 두 아들이 자랑스러웠다. 하지만 두 아들은 그녀의 혼을 쏙 빼놓았다. 엄청난 식성, 왕성한 활기, 아이들이 내는 소음까지.
순간 귀에 거슬리는 비명 소리가 울려 퍼졌다. 램지 부인은 깜짝 놀라 고개를 돌렸다. 별일 아닐 것이다. 정원에 나갔을 뿐이었다. 맘껏 뛰어놀 수 있으니 정원에 있는 편이 훨씬 나을 테다. 어쩌면 이웃 사람들을 괴롭혔을지도 모른다. 그녀는 아이들이 헤밍 부인의 고양이들을 건드리지 않았길 바랐다. 솔직히 고백하자면 고양이를 위해서가 아니라 헤밍 부인의 정원 주위에 쳐진 철조망에 아이들의 반바지가 툭하면 찢어지기 때문이었다. 그녀는 언제든 쉽게 사용할 수 있도록 옷장 위에 올려놓은 구급 상자를 흘끗 바라보았다. 짓궂은 어린아이들에게는 사고가 흔했고 괜히 야단법석을 떨고 싶지 않았다. 사실 아이들이 사고를 내면 처음으로 하는 말은 바로 이거였다.

"내가 골백번은 말했지? 응접실에서 피 흘리면 안 된다고! 피가 나면 곧장 주방으로 가! 주방 바닥에는 리놀륨이 깔려 있으니까 쉽게 닦을 수 있잖니."

바깥에서 들리던 끔찍한 비명 소리가 갑자기 뚝 끊기며, 너무나도 고요한 침묵이 흘렀다. 램지 부인은 정말 무슨 일이 일어난건가 싶어 가슴이 덜컥 내려앉았다. 갑작스러운 침묵은 너무나도 비정상적이었다. 그녀는 깨진 그릇 파편이 담긴 쓰레받기를 들고 멍하니 서 있었다. 그때 주방문이 열리더니 빌이 들어왔다. 빌은 11세 아이에게 전혀 어울리지 않는, 뭔가에 사로잡힌 듯 황홀경에 빠진 표정이었다.

빌이 입을 열었다.

"경위 한 명이랑 어떤 남자가 찾아왔어요, 엄마."

램지는 안도한 목소리로 대답했다.

"그래? 무슨 일이라니, 얘야?"

"엄마를 찾던데요. 분명히 살인 사건 때문에 온 걸 거예요. 어제 펩마시 양 집에서 일어난 살인 말이에요."

"그런데 왜 날 찾는지 모르겠구나."

램지 부인이 약간 짜증스러운 목소리로 대꾸했다.

한 가지가 끝나면 또 한 가지 일이 생기기 마련이라고 그녀는 생각했다. 이렇게 애매한 시간에 경찰이 찾아오면 아이리시스튜에 넣을 감자 손질은 언제 한단 말인가!

그녀가 한숨을 쉬며 말했다.

"아, 이런. 가 봐야겠지."

램지 부인은 싱크대 밑의 쓰레기통에 그릇 파편을 쏟아붓고, 수돗물로 손을 씻은 다음 머리매무새를 만지고 "아, 빨리요, 엄마."라며 옆에서 재촉해 대는 빌을 따라갈 준비를 했다.

램지 부인은 빌 옆에 바싹 붙어 응접실로 들어섰다. 안에는 두 남자가 서 있었다. 작은아들 테드가 그 옆에 붙어 빤히 남자들을 쳐다보고 있었다.

"램지 부인?"

"안녕하세요."

"이 꼬마 신사들이 이미 제 이름과 직업을 말씀드렸겠죠?"

"곤란한 때에 오셨네요. 오늘 아침은 아주 난감해요. 제가 많이 바빠서. 오래 걸리나요?"

하드캐슬 경위가 안심시키려는 듯 대답했다.

"전혀요. 잠시 앉아도 될까요?"

"오, 그럼요. 어서 앉으세요."

램지 부인은 의자에 앉아 초조한 눈길로 두 남자를 바라보았다. 아무래도 금방 끝날 것 같지가 않았다.

"너희들은 이제 나가 봐도 좋아."

하드캐슬이 아이들에게 상냥하게 말했다.

"아, 우린 안 나갈 거예요."

"우린 안 나갈 거예요."

테드가 빌의 말을 따라 했다.

"우리도 듣고 싶어요."

"우리도요."

"피가 많았어요?"

"강도가 든 거예요?"

"얘들아, 조용히 해. 경찰 아저씨께서 그만 나가 보라고 한 말 못 들었어?"

테드와 빌이 연이어 질문을 던지자 램지 부인이 제지했다.

"싫어요. 우리도 듣고 싶단 말이에요."

빌이 말했다.

하드캐슬은 문을 열고는 아이들을 바라보며 말했다.

"나가."

아주 조용한 목소리로 말한 단 한 마디였지만, 그 안에는 거부할 수 없는 위엄이 서려 있었다. 아이들은 더 이상 찍소리 못 하고 발을 질질 끌며 응접실을 나갔다.

'정말 대단해. 난 왜 저게 안 되는 걸까?'

램지 부인이 감탄했다.

그러다 그녀는 곧 자신이 그 아이들의 엄마라는 사실을 떠올렸다. 아이들이 밖에서는 집에서와 전혀 다르게, 아주 점잖게 행동한다는 것을 들어 알고 있었다. 엄마들은 항상 최악의 상황만 경험했다. 하지만 차라리 그편이 나을 거라는 생각이 들었다. 집에서는 착하고 조용하고 얌전한데, 밖에서는 말썽만 피우며 사람들에게 안 좋은 소리만 듣는 편이 더 나쁠 것 같았다……. 그래, 그편이 더 나쁠 것이다. 그녀가 자신에게 필요한 것을 떠올리는 사이 하드캐슬 경위가 제자리로 돌아와 앉았다.

램지 부인이 초조하게 말했다.

"만약 어제 19번지 일 때문에 오신 거라면 전 아무것도 본 게 없어서 딱히 드릴 말씀이 없어요, 경위님. 아무것도 모르는걸요. 그곳에 누가 사는지도 몰라요."

"그 집에는 펩마시 양이 살고 있습니다. 그분은 눈이 멀었고 에런버그 복지관에서 일하죠."

"아, 그렇군요. 이 동네 아래쪽에 누가 사는지 저는 잘 몰라요."

"부인께서는 어제 12시 30분에서 3시 사이에 집에 계셨습니까?"

"아, 예. 식사 준비도 하고 그러느라고요. 하지만 3시 전에는 외출을 했어요. 아이들을 영화관에 데려갔죠."

하드캐슬 경위가 주머니에서 그 사진을 꺼내 램지 부인에게 건넸다.

"이 사진 속 남자를 전에 보신 적 있으신지 말씀해 주셨으면 합니다."

램지 부인은 약간 호기심 어린 시선으로 사진을 바라보았다.

"아니요. 그런 것 같지 않네요. 만약 전에 봤다고 하더라도 제가 기억을 할지 모르겠어요."

"혹시 이 남자가 보험이나 뭐 그런 것들을 팔려고 이 집에 찾아오지는 않았습니까?"

램지 부인은 한층 더 단호하게 고개를 저었다.

"아니요. 아니에요, 그건 확실해요."

"이 남자의 이름은 저희가 알아낸 바로는 커리입니다. R. H. 커리 씨요."

하드캐슬이 대답을 바라는 듯한 눈길로 그녀를 바라보았다. 램지 부인은 다시 한 번 고개를 저으며 미안한 듯 말했다.

"제가 아이들 여름 방학 때면 통 정신이 없어서요."

"아이들이 방학이면 항상 바쁘죠. 참 훌륭한 아드님들을 두셨군요. 활기차고 씩씩해요. 가끔은 지나치다 싶을 때도 있으시죠?"

램지 부인이 긍정하는 듯한 미소를 지었다.

"예. 가끔 지치기도 하지만 정말 착한 아이들이에요."

"물론입니다. 둘 다 아주 의젓한데요. 아주 영리한 것 같습니다. 괜찮으시다면 가기 전에 아이들과 이야기를 좀 나누고 싶습니다. 아이들은 때로 어른들이 보지 못한 것들을 보기도 하니까요."

"그 아이들이 뭘 봤겠어요? 우리가 바로 그 옆집에 사는 것도 아닌데요."

"하지만 정원이 서로 붙어 있잖습니까."

"예, 그렇죠. 하지만 완전히 분리되어 있잖아요."

"20번지에 사는 헤밍 부인을 아십니까?"

"예, 조금은요. 고양이들이랑 이런저런 일 때문에요."

"고양이를 좋아하십니까?"

"오, 아니에요. 그런 게 아니에요. 그러니까 헤밍 부인이 불평을 하셔서."

"아, 그렇군요. 불평이라. 어떤 불평이죠?"

램지 부인이 얼굴을 붉혔다.

"사람들이 고양이를 그렇게……. 열네 마리나 키우다 보면 고양이들에게 푹 빠지잖아요. 그게 문제예요. 게다가 말도 안 되는 소리들을 하죠. 전 고양이를 좋아해요. 직접 암고양이를 한 마리 키운 적도 있고요. 쥐를 아주 잘 잡았죠. 하지만 헤밍 부인은 특별 요리를 해 준다 어쩐다 소란을 떨면서……. 고양이들이 자기만의 생활을 하도록 내버려 두질 않으세요. 그러니 고양이들은 툭하면 도망치려고 하죠. 제가 고양이라도 그러겠어요. 그리고 우리 아이들은 정말 착해서 고양이를 절대 괴롭히지 않아요. 제 말은 고양이는 스스로 자신을 돌볼 수 있다는 거죠. 고양이는 아주 똑똑한 동물이잖아요. 제대로 대접만 해 준다면요."

"부인 말씀이 옳습니다. 방학 내내 아이들과 놀아 주랴 밥 해 먹이랴 굉장히 바쁘셨겠습니다. 아이들은 언제 학교로 돌아가죠?"

"내일모레요."

"그때가 되면 편히 쉴 수 있겠군요."

"아무것도 안 하고 푹 쉴 생각이에요."

조용히 수첩에 무언가를 적던 또 다른 젊은 남자가 뜬금없이 말을 던지는 바람에 램지 부인은 조금 놀랐다.

"외국인 가정부를 쓰셔야겠습니다. 오 페어던가요, 그렇게들 부르죠? 가정에 입주해서 집안일을 거들며 영어를 배우는 외국 아가씨들 말이에요."

램지 부인이 곰곰이 생각하며 말했다.

"그래야 할까 봐요. 하지만 왠지 외국인들은 어렵게 느껴져서요. 그 때문에 남편이 절 비웃곤 하죠. 남편은 저보다 외국인들에 대해 더 잘 아니까요. 전 남편만큼 외국에 나가 본 적이 없거든요."

"지금도 외국에 나가 계십니까?"

하드캐슬이 물었다.

"예……. 8월 초에 스웨덴에 갔어요. 그이는 건설 기술자예요. 하필이면 애들 방학 시작하자마자 출장을 갔으니 정말 안됐죠. 그이는 아이들을 아주 예뻐하거든요. 전차 놀이는 오히려 아이들보다도 그이가 더 좋아해요. 가끔씩은 선로며 조차장이 홀부터 다른 방에까지 죽 늘어져 있다니까요. 자칫하면 걸려 넘어지기 일쑤죠. 남자들은 정말 어린아이 같아요."

램지 부인이 고개를 설레설레 저었다.

"남편께서는 언제 돌아오십니까?"

램지 부인이 한숨을 쉬었다.

"모르겠어요. 그래서 더…… 힘들어요."

램지 부인의 목소리는 떨리기까지 했다. 콜린이 다정하게 그녀를 바라보았다.

하드캐슬이 자리에서 일어섰다.

"더 이상 시간을 빼앗으면 안 될 것 같군요. 아드님들이 저희에게 정원을 안내해 주겠죠?"

홀에 서 있던 빌과 테드는 재빨리 하드캐슬의 제안에 동의했다.

"물론 그렇게 정원이 크진 않지만요."

빌이 머쓱한 듯 말했다.

윌브러험 크레센트 62번지의 정원은 그저 약간 정리만 된 상태였다. 정원 한쪽에는 달리아와 갯개미취가 담장처럼 둘러져 있었고, 작은 잔디밭은 다소 울퉁불퉁하게 손질된 상태였다. 정원 사이로 난 길은 심각하게 제초 작업이 필요한 모습이었으며, 낡아 보이는 장난감 비행기와 총들이 여기저기 널려 있었다. 정원 끝에는 탐스러운 빨간 사과가 주렁주렁 달린 나무 한 그루와 배나무가 나란히 서 있었다.

테드가 사과나무와 배나무 사이의 공간, 펩마시 양 댁의 정원이 분명하게 보이는 곳을 가리키며 말했다.

"바로 저기예요. 저기가 살인 사건이 일어난 19번지예요."

"꽤 전망이 좋구나. 위층 창가에서는 더 잘 보이겠지?"

"맞아요. 어제 우리가 위층에 있었더라면 뭔가 봤을 수도 있을 텐데. 하지만 그러지 못했죠."

"영화관에 갔거든요."

빌이 대답하고 테드가 덧붙였다.

"지문은 발견하셨나요?"

빌이 물었다.

"별로 도움이 될 만한 건 없더구나. 어제 정원에 나온 적이 있니?"

"아, 예. 왔다 갔다 했어요. 그러니까 아침 내내요. 하지만 아무것도 못 들었고, 아무것도 못 봤어요."

"오후에 정원에 있었더라면 비명 소리도 들었을 텐데. 정말 끔찍한 비명 소리였대요."

테드가 안타깝다는 듯 말했다.

"저 집에 사는 펩마시 양을 본 적이 있니?"

두 소년이 서로를 바라보다 고개를 끄덕였다.

"눈이 멀었지만 멀쩡하게 정원을 걸어 다니세요. 지팡이같은 것도 없는데도요. 한 번은 그 집 정원으로 공이 넘어갔는데 다시 던져 주셨어요. 정말 친절한 분이세요."

"어제는 그분을 못 봤니?"

두 소년이 고개를 저었다. 빌이 설명했다.

"아침에는 볼 수가 없어요. 항상 밖에 나가시니까요. 보통은 차를 마신 후에 정원으로 나오세요."

콜린은 집 안의 수도와 연결된 호스를 따라 가 보았다. 정원의 길을 지나 배나무 근처의 구석까지 이어져 있었다.

"배나무에도 물을 줘야 되는지는 몰랐는데."

콜린이 한마디 했다.

"아, 그거요."

빌이 약간 민망한 표정을 지었다.

"이 나무 위로 올라가면 고양이에게 물세례를 쏟기엔 딱이겠구나, 그렇지?"

콜린이 두 소년을 보고 갑자기 씩 웃으며 말했다.

두 소년은 발끝으로 자갈만 툭툭 차며 콜린의 시선을 피했다.

"내 말이 맞지?"

콜린이 다시 물었다.

"그게요, 고양이를 다치게 하진 않잖아요. 새총과는 달라요."

"그렇다면 그전에는 새총을 쐈구나."

"제대로 쏜 적은 없어요. 한번도 제대로 맞힌 적 없어요."

테드가 말했다.

"어쨌든 저 호스를 가지고 장난을 쳤지? 그러면 헤밍 부인이 찾아와서 불평을 하고?"

"그 아줌마는 항상 불평을 하는걸요."

빌이 대꾸했다.

"그 집 담을 넘어간 적도 있니?"

"저기 철조망 때문에 갈 수가 없어요."

테드가 솔직하게 대답했다.

"그래도 헤밍 부인 정원에 몰래 들어간 적이 있지? 어떻게 들어갔니?"

"먼저 펩마시 양 댁 정원으로 들어가서 오른쪽으로 조금만 더 가다 보면 헤밍 부인네 정원으로 들어갈 수 있어요. 철조망에 구멍이 있거든요."

"입 닥치지 못해, 이 바보야!"

빌이 끼어들었다.

"살인 사건이 난 후에도 단서를 찾기 위해 둘이 돌아다녔겠구나?"

하드캐슬이 묻자 두 소년은 서로를 바라보았다.

"영화를 보고 집으로 돌아왔을 때 무슨 일이 일어났는지 들었을 테고, 분명 19번지 정원으로 몰래 들어가 살펴봤겠지."

"그게……"

빌이 조심스럽게 입을 다물었다.

"어쩌면 너희들이 우리가 놓친 무언가를 발견했을 가능성도 있어. 너희들에게…… 음…… 보물 상자가 있다면 내게 보여 주면 정말 고맙겠구나."

하드캐슬이 진지하게 말했다.

빌은 마음을 정한 모양이었다.

"가져와, 테드."

테드가 재빨리 어디론가 달려갔다.

"별거 없을지도 몰라요. 저희는 그냥…… 흉내만 내거든요."

아이는 초조한 눈길로 하드캐슬을 바라보았다.

"걱정 말거라. 경찰들이 하는 일도 다 그래. 결과가 실망스러운 경우도 많단다."

빌은 하드캐슬의 말에 안심한 눈치였다.

테드가 헐레벌떡 다시 뛰어왔다. 손에 꼭 쥔 꼬질꼬질한 끈으로 묶은 손수건에서는 잘랑잘랑 소리가 났다. 하드캐슬은 아이들이 자신의 양쪽에 서자 끈을 풀어 손수건을 펼쳤다.

손수건 안에는 손잡이가 빠진 컵 하나, 버드나무 가지 문양이 들어간 도자기 파편 하나, 깨진 모종삽 하나, 녹슨 포크 하나, 동전 하나, 빨래집게 하나, 무지갯빛이 도는 유리 조각 하나, 그리고 가위 반쪽이 들어 있었다.

"꽤 흥미로운 제비뽑기군."

하드캐슬 경위가 진지하게 말했다.

양쪽에서 애타는 표정으로 자신을 올려다보는 아이들이 안쓰럽게 느껴진 하드캐슬 경위가 유리 조각을 집어 들었다.

"이걸 가져가마. 어쩌면 단서가 될 수도 있겠어."

콜린은 동전을 집어 유심히 살펴보았다.

"그건 영국 동전이 아니에요."

"그렇구나. 영국 동전이 아니네."

콜린은 테드에게 이렇게 대답한 후 하드캐슬을 건너보며 말했다.

"이것도 가져가야 할 것 같은데."

"이 일은 아무한테도 말해서는 안 된다."

하드캐슬이 은밀히 목소리를 낮추어 말했다.

두 소년은 반드시 이야기하지 않겠다고 기쁜 마음으로 약속했다.

11장

"램지."

콜린이 곰곰이 생각에 잠겨 말했다.

"램지가 왜?"

"이름이 마음에 들어. 그뿐이야. 램지는 자주 해외를 여행하지. 램지 부인의 말로는 남편이 건설 기술자라고 했지만, 그녀가 남편에 대해 아는 거라곤 그게 전부인 것 같아."

"좋은 여자 같던데."

"그래……. 그리고 그리 행복하지 않은 여자지."

"지친 것뿐이야. 원래 애들이 사람 진을 다 빼놓잖아."

"내가 보기에는 그 이상인 것 같아."

"아내에 두 아들이 딸린 남자는 자네가 찾는 사람이 아닐 텐데."

"알 수 없는 일이지. 아이들이 신분 위장에 얼마나 많이 이용되는지 알면 자네도 놀랄걸. 아이 둘 딸린, 살림이 힘든 과부라면 흔쾌히 그런 제안에 응할 거야."

"그런 타입으로 보이진 않던데."

하드캐슬이 새침하게 대꾸했다.

"결혼하지 않고 동거만 하는 사이라는 게 아니야. 내 말은 그녀가 램지 부인이 되어 뒷배경을 마련해 주는 데 동의했다는 거지. 물론 여자에게는 그럴듯한 이야기로 둘러댔을 거야. 남자는 어쩌면 우리 측 스파이일 수도 있어. 애국심이 아주 강한."

하드캐슬이 고개를 저었다.

"콜린, 자넨 전혀 딴 세상에 살고 있는 것 같아."

"그래, 우린 그렇지. 언젠간 그만두는 날이 올 것 같아……. 뭐가 뭔지 누가 누군지도 잊기 시작하겠지. 절반 정도는 이중 스파이니까 결국에는 본인이 정말 어느 편이었는지조차 모르게 되는 거야. 도덕적 규범은 깨지고……. 뭐, 이런 얘긴 그만하지……. 다음은 어디야?"

"맥노턴 부부를 찾아가는 게 좋을 것 같아. 이 집 정원이 19번지와 닿아 있으니까……. 블랜드 씨 댁처럼."

하드캐슬이 63번지 정문 앞에 멈춰 서며 말했다.

"맥노턴 부부에 대해서 뭐 좀 아는 건 있어?"

"별로……. 1년 전쯤에 이 동네로 이사 왔다는 것. 나이 많은 노부부이고, 은퇴한 교수라지 아마. 정원을 가꾸는 취미가 있다는군."

앞마당에는 장미 관목들이 있었고 창가 아래쪽으로는 샤프란 화단이 무성했다.

　밝은 꽃무늬 덧옷을 입은 발랄한 아가씨가 문을 열어 주고는 물었다.

"무슨 일? ……네?"

"드디어 외국인 가정부 등장이군."

　하드캐슬이 이렇게 중얼거리며 명함을 꺼내 그녀에게 건넸다.

"경찰."

　아가씨는 한두 발짝 뒷걸음을 치며 그가 악마라도 되는 양 하드캐슬을 바라보았다.

"맥노턴 부인은요?"

"맥노턴 부인 안에 있어요."

　아가씨는 두 남자를 응접실로 안내했다. 응접실에서는 뒤뜰이 내다보였는데 뒤뜰은 텅 비어 있었다.

"위층 있어요."

　발랄한 기색이 완전히 꺾여 버린 아가씨가 말했다. 그녀는 홀로 나가 외쳤다.

"맥노턴 부인……. 맥노턴 부인."

　멀리서 목소리가 들려왔다.

"예. 무슨 일이에요, 그레텔?"

"경찰요……. 경찰 두 명이에요, 응접실에 왔어요."

　위층에서 희미하게 서두르는 듯한 소리가 들리더니 "오, 이런. 오, 이런. 이번엔 또 무슨 일이람?"이라는 목소리가 점점 가까워졌다.

근심 어린 표정을 한 맥노턴 부인이 응접실로 들어섰다. 하드캐슬은 맥노턴 부인을 보자마자 그 표정이 일종의 습관이라는 사실을 알아차렸다.

"오, 이런. 오, 이런. 그러니까 하드캐슬 경위님……. 아, 네."

그녀는 명함을 바라보았다.

"그런데 왜 우리 집에 찾아오셨죠? 우리는 아무것도 몰라요. 그 살인 사건 때문에 오신 거 맞죠? 텔레비전 수신료 때문에 오신 건 아니겠죠?"

하드캐슬이 그건 아니라고 안심시켜 주었다.

한층 밝아진 얼굴로 맥노턴 부인이 입을 열었다.

"정말 희한한 일이죠? 게다가 한낮이었잖아요. 남의 집에 들어가 강도짓을 하기에는 정말 이상한 시간이죠. 그 시간이면 대부분은 집에 있을 때잖아요. 하지만 요즘 신문을 보면 그런 끔찍한 일들이 많아요. 백주대낮에 그런 일이 벌어지니 말이에요. 세상에, 우리 친구들 중 몇 명은 글쎄 점심을 먹으러 나간 사이에 도둑이 들어와서 가구를 모조리 가져갔다네요. 그 동네 사람들이 커다란 트럭이 와서 가구를 실어 나가는 걸 다 봤는데도 그게 설마 도둑일 거라고는 생각도 못 했대요. 저도 어제 누가 비명 지르는 소릴 들은 것 같긴 한데, 앵거스 말이 램지 부인 댁의 그 못된 꼬마 녀석들일 거라고 했어요. 그 녀석들이 정원을 뛰어다니면서 우주선이나 로켓, 원자 폭탄 같은 소리를 내거든요. 가끔씩 정말 소름 끼친다니까요."

이번에도 하드캐슬이 사진을 꺼냈다.

"맥노턴 부인, 이 남자를 본 적 있으십니까?"

맥노턴 부인이 사진을 유심히 들여다보았다.

"확실히 본 적이 있는 것 같아요. 네, 네, 확실해요. 근데 어디서 봤더라? 14권짜리 새 백과사전을 팔러 온 남자였던가? 아니면 새로 나온 진공청소기를 팔러 온 사람이었던가? 어쨌든 전 본 체도 안 했어요. 그랬더니 앞뜰에 나가 있던 제 남편에게 가서 귀찮게 굴지 뭐예요. 앵거스는 구근을 심는 중이라 방해받기 싫어했는데, 그 남자가 계속 자기가 파는 물건에 대해서 이 얘기 저 얘기 떠드는 거예요. 커튼을 터는 방법이라든가, 현관과 계단, 쿠션 청소하는 법이며 봄맞이 대청소 같은 거요. 정말 주절주절 끊임없이 떠들더라고요. 그랬더니 앵거스가 그 남자를 올려다보면서 '그걸로 구근을 심을 수 있소?'라고 묻지 뭐예요. 그 말에 남자가 흠칫 놀라 꽁무니를 빼고 달아나는 게 얼마나 웃기던지."

"사진 속의 남자가 그 남자인 게 확실합니까?"

"글쎄요, 아니요. 확실하지는 않아요. 다시 생각해 보니 진공청소기 팔러 온 남자는 훨씬 젊었네요. 하지만 그래도 이 얼굴을 전에 어디선가 본 것 같아요. 예, 보면 볼수록 우리 집에 무언가를 팔러 왔던 사람이라는 확신이 드네요."

"혹시 보험인가요?"

"아니요, 아니요. 보험은 아니에요. 우리 남편이 그런 거에 예민해서. 우린 보험이란 보험은 다 들었거든요. 보험은 분명 아니에요. 하지만 그래도……. 예, 이 사진을 보면 볼수록……."

하드캐슬은 더 이상 기대를 하지 않았다. 그의 경험으로 미루어 보아 맥노턴 부인은 살인 사건과 관련된 사람을 보았다는 흥분을 느끼고 싶어 하는 사람이었다. 사진을 오랫동안 보면 볼수록, 그런 사람을 분명 목격했다는 확신을 가질 것이다.

하드캐슬이 한숨을 쉬었다.

"밴을 몰고 있었던 것 같아요. 하지만 언제 봤는지는 기억이 나지 않아요. 빵 가게 밴이었던 것 같은데."

"어제 그 남자를 본 건 아니시죠, 맥노턴 부인?"

맥노턴 부인의 얼굴이 약간 시무룩해졌다. 그녀는 이마 위로 흘러내린 다소 지저분한 갈색 곱슬머리를 뒤로 넘겼다.

"아니요. 어제는 아니에요. 적어도 그렇게 생각하진 않아요."

다시 맥노턴 부인의 얼굴이 약간 밝아졌다.

"어쩌면 남편이 기억할지도 몰라요."

"남편께서는 집에 계십니까?"

"오, 그럼요. 정원에 나가 있어요."

그녀가 창문을 가리켰다. 한 노인이 길을 따라 손수레를 밀고 있었다.

"나가서 이야기를 나눠 봐도 되겠습니까?"

"물론이죠. 이쪽으로 오세요."

맥노턴 부인이 옆문을 열고 정원으로 나섰다. 맥노턴은 땀을 흘리고 있었다.

맥노턴 부인이 쉬지도 않고 빠르게 말했다.

"앵거스, 이 신사분들 경찰에서 나오셨대. 펨마시 양 댁에서 일어난 살인 사건 때문에 오셨다네. 죽은 남자 사진을 가져오셨어. 분명 어딘가에서 본 사람은 확실한데. 혹시 지난주에 우리 집에 찾아와서 처분할 골동품이 있는지 물어봤던 그 남자 아니야?"

"어디 봅시다. 잠깐 사진 좀 들어 주겠습니까? 손에 흙이 묻어서 잡기가 그러네요."

맥노턴이 하드캐슬에게 말했다. 그는 잠시 사진을 보고는 입을 열었다.

"내 평생 한 번도 본 적이 없는 사람입니다."

"이웃분들 말씀으로는 정원 일을 아주 좋아하신다고 하던데요."

"누가 그러던가요……. 램지 부인은 아니겠죠?"

"예, 블랜드 씹니다."

앵거스 맥노턴이 코웃음을 쳤다.

"블랜드는 정원 일이 뭔지도 몰라요. 그저 집 안에 있는 화분을 밖에다 옮겨 심는 게 전부죠. 베고니아와 제라늄을 빽빽이 심고 가장자리에는 로벨리아를 심고. 그건 제가 생각하는 정원이 아닙니다. 경위님, 혹시 관목에 관심이 있으십니까? 물론 지금은 철이 아니지만 저는 여기에 관목 한두 그루를 심어 뒀죠. 얼마나 잘 자라는지 보면 놀라실 겁니다. 사람들은 관목이 데번과 콘월에서만 잘 자란다고들 하죠."

"정원에 조예가 깊은 분의 말씀이니 제가 뭐라 달리 드릴 말씀은 없을 것 같습니다."

맥노턴은 마치 예술에 대해 아무것도 모르지만 자신이 좋아하는 것에 대해서는 잘 안다고 말하는 사람을 바라보는 예술가처럼 하드캐슬을 바라보았다.

"저는 그보다 훨씬 더 재미없는 일로 찾아왔습니다."

하드캐슬이 다시 말했다.

"그렇죠. 어제 그 사건 말씀이시죠? 그 일이 일어났을 때 저는 정원에 있었습니다."

"그러십니까?"

"그러니까 그 아가씨가 비명을 질렀을 때 여기 있었죠."

"그래서 어떻게 하셨습니까?"

맥노턴은 약간 머쓱한 표정으로 대답했다.

"글쎄요. 아무것도 하지 않았습니다. 사실은 램지네 말썽쟁이 녀석들인 줄 알았습니다. 툭하면 소리를 질러 대면서 시끄럽게 구니까요."

"하지만 어제 비명 소리는 분명 다른 방향에서 들렸을 텐데요?"

"그 녀석들이 자기네 집 정원에만 얌전히 붙어 있는다면야 그렇겠죠. 하지만 그 녀석들은 가만히 붙어 있질 않아요. 남의 집 담장이며 울타리를 넘나들죠. 헤밍 부인이 키우는 그 불쌍한 고양이들을 사방으로 쫓아다니고요. 그 애들을 단속하는 사람이 아무도 없으니, 그게 문제죠. 그 애들 엄마가 물러 터져서. 거기다 집에 남자라곤 없으니 애들이 제멋대로인 겁니다."

"램지 씨께서는 해외에 자주 나가신다고 들었습니다."

"건설 기술자라죠, 아마. 항상 어딘가로 나가 있죠. 댐(Dam: '제기랄'이란 뜻의 Damn과 발음이 같음 — 옮긴이)이든가. 나 욕한 거 아니야, 여보."

맥노턴이 아내를 안심시켰다.

"그러니까 댐 건설인지 아니면 석유나 파이프라인 건설인지 뭐 그런 일을 한답니다. 저도 확실히는 모릅니다. 한 달 전에 스웨덴으로 갔죠. 덕분에 애들 엄마가 혼자 고생이죠. 요리며 집안일을 다 알아서 해야 하니 말입니다. 그러니 애들이 저렇게 제멋대로인 겁니다. 하지만 나쁜 녀석들은 아니에요. 그저 제대로 된 훈육이 필요할 뿐이죠."

"맥노턴 씨께서는 아무것도 보지 못하셨습니까? 그러니까 비명 소리를 들은 걸 제외하고 말입니다. 그런데 비명을 들으신 건 언제입니까?"

"모르겠습니다. 정원으로 나올 때면 항상 시계를 풀어 두니까요. 일전에 호스에서 물이 쏟아지는 바람에 수리하느라 고생 좀 했거든요. 그때가 몇 시였지, 여보? 당신도 들었잖아, 그렇지?"

"아마도 2시 30분이었을 거야. 적어도 우리가 점심 식사를 마치고 30분은 지났을 때였으니까."

"그렇군요. 점심은 몇 시에 하십니까?"

맥노턴이 대답했다.

"1시 30분요. 운이 좋다면 말이죠. 우리 집에 있는 덴마크 아가씨가 시간 개념이 도통 없어서 말입니다."

"식사를 한 후에는 낮잠을 주무십니까?"

"가끔은요. 오늘은 생략했죠. 하던 일을 마저 하느라고요. 이것저것 치우고 퇴비 더미도 더 만들고 뭐 그랬습니다."

"퇴비 더미라니 정말 굉장하군요."

하드캐슬이 진지하게 말하자 즉시 맥노턴의 얼굴이 환해졌다.

"그럼요. 그런 건 또 없죠. 아! 제가 꽤 많은 사람을 개종시켰죠. 다들 화학 비료를 사용하지 뭡니까! 그건 자살 행위예요! 제가 직접 보여 드리죠."

그는 한 손으로는 손수레를, 한 손으로는 하드캐슬의 팔을 잡아끌며 19번지에 맞닿아 있는 정원 울타리로 다가갔다. 라일락 덤불에 가려진 퇴비가 그 모습을 당당히 드러냈다. 맥노턴은 손수레를 밀고 그 옆에 작은 창고로 들어갔다. 몇 가지 연장들이 깔끔하게 정리되어 있었다.

"정말 깔끔하게 정리해 놓으셨군요."

"연장은 소중하게 다뤄야 하니까요."

하드캐슬은 19번지를 유심히 바라보았다. 울타리 한쪽은 장미 덩굴로 덮여 있었으며 집 옆까지 죽 이어져 있었다.

"이곳에서 퇴비를 만드는 동안 19번지 정원에 있거나 집 안에서 창밖을 내다보는 사람을 보지 못하셨습니까?"

맥노턴이 고개를 저었다.

"아무것도 보지 못했습니다. 도움이 못 돼 유감이군요, 경위님."

그의 아내가 끼어들었다.

"있잖아, 앵거스. 난 19번지 정원에서 살금살금 걸어가는 사람을 본 것 같아요."

"글쎄, 당신은 그런 사람 못 봤을 것 같은데. 나 역시 보지 못했고." 맥노턴이 단호하게 대꾸했다.

"저 여자는 뭐든 봤다고 우기는군."

하드캐슬이 차에 타며 투덜거렸다.

"그 여자가 사진 속의 그 남자를 본 적이 없다고 생각하는 거야?" 하드캐슬은 콜린의 질문에 고개를 끄덕였다.

"분명해. 그저 자기가 그 남자를 봤으면 하는 거야. 그런 유형의 목격자는 너무나도 잘 알지. 내가 자세한 설명을 요구했다면 과연 그 여자가 단 한마디라도 정확한 증거를 댈 수 있었을까?"

"아니."

"물론 어쩌면 버스나 그런 데서 그 남자 맞은편에 앉았을 수도 있지. 그럴 수도 있어. 하지만 내가 보기에 그건 그저 바람일 뿐이야. 자네는 어떻게 생각해?"

"내 생각도 같아."

하드캐슬이 한숨을 쉬었다.

"알아낸 게 별로 없군. 물론 좀 미심쩍은 부분도 있긴 해. 이를테면 헤밍 부인이 아무리 고양이를 애지중지한다 해도 이웃, 그러니까 펩마시 양에 대해 아는 게 없다는 건 말도 안 되는 것 같아. 거기다 살인 사건에 대해 그렇게 무관심한 것도 이상해."

"원래 그런 사람이겠지."

"살짝 맛이 간 여자야! 그런 여자들은 주위에서 방화범이나 강도, 살인범들이 알짱거려도 눈치를 못 채지."

"담장 주위로 철조망을 잔뜩 쳐 놓은 데다 빅토리아식 관목들까지 무성하니 제대로 보이지 않았겠지."

둘은 다시 경찰서로 돌아왔다. 하드캐슬은 친구를 보고 씩 웃으며 말했다.

"자, 램 경사. 이제 자네 임무는 끝났어."

"이제는 더 방문할 집이 없는 거야?"

"지금 당장은 없어. 나중에 한 집을 더 들릴 예정이지만 자네는 데려가지 않을 거야."

"뭐, 오늘 아침은 고마웠어. 내가 기록한 것들 타이핑으로 좀 쳐 줄 수 있어? 심리는 내일모레라고 했지? 몇 시야?"

콜린이 수첩을 건네며 말했다.

"11시."

"좋아. 그때 와서 가져가지."

"어딜 가는 거야?"

"내일 런던에 올라가 봐야 해……. 보고를 해야 해서."

"누구한테 하는 건지 알 만하군."

"자네가 알면 안 되지."

하드캐슬이 씩 웃었다.

"노친네한테 내 안부도 좀 전해 줘."

"그리고 전문가도 좀 찾아가 봐야겠어."

"전문가? 무슨 일로? 자네 어디 아파?"

"전혀……. 경찰서에 있더니 머리가 둔해졌군. 전문의가 아니라, 자네 분야의 전문가."

"런던 경시청?"

"아니, 사립 탐정이야. 우리 아버지의 친구이자 내 친구이기도 하지. 자네가 맡은 이 사건이 그에게 딱 맞을 것 같아. 마음에 들어 할 거야. 덕분에 기분이 좀 나아지겠지. 뭔가 기운을 북돋아 줄 일이 필요한 것 같아서."

"이름이 뭔가?"

"에르퀼 푸아로."

"들어 본 적 있어. 죽은 줄 알았는데."

"죽지 않았어. 하지만 아무래도 지루해하고 있는 것 같아. 그게 더 끔찍하지."

하드캐슬이 흥미로운 눈길로 콜린을 바라보았다.

"콜린, 자넨 정말 이상한 친구야. 정말 어울리지 않는 친구들을 사귀고 다니니."

"자네를 포함해서 말이지."

콜린은 씩 웃었다.

12장

 콜린을 보낸 후 하드캐슬 경위는 수첩에 깔끔하게 적힌 주소를 바라보며 고개를 끄덕였다. 그리고 수첩을 다시 주머니에 넣은 다음 책상 위에 수북이 쌓여 있는 서류들을 처리하기 시작했다.

 그에게는 바쁜 하루였다. 커피와 샌드위치를 부탁했고, 크레이 경사에게 보고를 받았다. 도움이 될 만한 단서는 없었다. 기차역이나 버스 정류장에 있는 사람들 중 사진 속의 커리를 알아본 사람은 아무도 없었다. 실험실에 의뢰한 옷 분석 결과도 마찬가지였다. 그 남자가 입고 있던 양복은 고급 양장점에서 만든 것이지만 상표가 제거되어 있었다. 커리 씨가 신원을 감추기 위해 제거한 것일까? 아니면 살인범이? 치과 기록을 적절한 곳에 보내 두었으니, 아마도 그것이 가장 많은 단서를 줄 것이다. 좀 시간이 걸리긴 하겠지만 결국에는 신원을 밝힐 수 있을 테다, 단 커리가 외국인만 아니라면. 하드캐슬은 잠시 그 가능성을 생각해 보았다. 죽은 남자가 프랑스인일 가능성도 있었다. 물론 그가 입고 있던 옷은 분명 프랑스제는 아니었다. 아직 세탁소 표시도 발견되지 않았다.

하드캐슬은 조급해하지 않았다. 신원 확인이란 게 원래 진척이 더딘 일이었다. 하지만 결국에는 누군가가 나서게 마련이다. 세탁소 주인, 치과 의사, 의사, 집주인. 죽은 남자의 사진을 온 경찰서에 배포하고 신문에도 실으면 머지않아 커리의 신분이 밝혀지겠지.

커리 사건 외에도 처리해야 할 일이 있었다. 하드캐슬은 5시 30분까지 쉬지 않고 일했다. 그는 손목시계를 다시 쳐다보면서 마지막 집을 방문하기에 적절한 시간이라고 생각했다.

크레이 경사의 보고에 따르면 실라 웨브는 캐번디시 협회에 다시 출근했으며 5시에 컬류 호텔에서 퍼디 교수의 일을 도우러 갔으니 6시까지는 호텔에서 나오지 않을 게 분명했다.

이모의 이름이 뭐라고 했더라? 로턴…… 로턴 부인. 팔머스턴로 14번지. 가까운 거리라 경찰차를 타지 않고 걸어가기로 했다.

팔머스턴로는 한때는 번화했지만 지금은 한적하고 음울한 거리로 변해 있었다. 그곳의 집들도 주로 아파트나 복층 주택으로 변경되어 있었다. 하드캐슬이 건물 모서리에서 방향을 틀자 맞은편에서 다가오던 한 아가씨가 잠시 멈칫했다. 하드캐슬은 순간 그 아가씨가 자신에게 길을 물으려는 건가 하고 생각했다. 하지만 만약 그렇다 해도 그 아가씨는 마음을 바꾸었는지, 다시 걸음을 재촉해 그를 지나쳐 갔다. 그때 하드캐슬은 왜 갑자기 구두가 떠오르는지 의아했다. 구두, 그것도 한쪽 구두. 얼굴이 왠지 낯이 익었다. 누구였더라. 최근에 만난 누구인가……. 그렇다면 그 아가씨는 하드캐슬을 알아보고 말을 걸려 했던 것일까?

하드캐슬은 발걸음을 멈추고 그 아가씨의 뒷모습을 바라보았다. 그녀는 꽤 빨리 걸음을 옮기고 있었다. 문제는 얼굴에 별다른 특징이 없어서 특별한 이유가 있지 않고서는 기억하기 어렵다는 점이었다. 푸른 눈, 창백한 얼굴, 약간 벌린 입. 입. 그 입 또한 왠지 낯이 익었다. 그 입으로 무엇을 했더라? 이야기를 했던가? 립스틱을 발랐던가? 아니다. 하드캐슬은 살짝 짜증이 났다. 그는 사람들 얼굴을 잘 기억하는 데 자긍심을 갖고 있었다. 피고석이나 증인석에 섰던 사람들은 절대 잊지 않는다고 자신했지만, 그 외에도 사람들을 만나는 장소는 수도 없이 많다. 이를테면 그는 음식을 가져다 준 웨이트리스나 그동안 만난 버스 안내양들을 전부 기억하지는 못했다. 하드캐슬은 그 아가씨에 대한 생각을 떨쳐 버렸다.

드디어 14번지에 도착했다. 정문은 활짝 열려 있었으며 네 개의 벨 밑에는 주인 이름이 적혀 있었다. 로턴 부인의 이름은 1층 벨 밑에 있었다. 그는 건물 안으로 들어가 홀 왼쪽 문 앞에 달린 벨을 눌렀다. 잠시 후 대답하는 소리가 들렸다. 곧 안에서 발자국 소리가 들리더니 헝클어진 검은 머리카락에 덧옷을 입고 숨을 헐떡이는 호리호리한 여자가 문을 열었다. 주방에서 양파 냄새가 흘러나왔다.

"로턴 부인?"

"네?"

그녀가 의심과 약간 짜증이 뒤섞인 눈길로 하드캐슬을 바라보았다. 여자는 45살 정도 되어 보였다. 외모에서는 왠지 모르게 집시 이미지가 풍겼다.

"무슨 일이죠?"

"잠시만 시간을 내주시면 감사하겠습니다."

"글쎄요, 무슨 일 때문에 그러시죠? 지금은 좀 바쁜데요."

그러고는 날카롭게 덧붙였다.

"기자는 아니시겠죠?"

하드캐슬이 충분히 이해한다는 듯한 목소리로 말했다.

"물론입니다. 기자들 때문에 많이 괴로우셨겠습니다."

"정말 말도 못해요. 툭하면 문을 두드리고 벨을 눌러 대면서 말도 안 되는 질문을 해 댄다니까요."

"아주 골치 아프셨겠습니다. 제가 그런 걱정을 덜어 드릴 수 있다면 좋겠는데요, 로턴 부인. 저는 하드캐슬 경위라고 합니다. 기자들이 부인을 괴롭히는 그 사건을 담당하고 있죠. 저희도 가능한 막아 드리고 싶지만 그런 문제에는 관여할 수가 없어서 말입니다. 아시다시피 언론에도 보도할 권리는 있으니까요."

"대중의 알 권리를 위해서라고 주장하면서 개개인을 괴롭히는 건 수치스러운 일이에요. 기자들이 쓴 신문을 보니 처음부터 끝까지 거짓말 일색이더군요. 아무 말이나 다 만들어 내겠죠. 어쨌든 들어오세요."

로턴 부인은 뒤로 물러서며 하드캐슬을 집 안으로 들인 후 다시 문을 닫았다. 현관 매트 위에 편지 두세 통이 떨어져 있었다. 로턴 부인이 허리를 숙였지만, 하드캐슬이 먼저 예의 바르게 편지를 주워 들었다. 그의 눈길이 아주 잠깐 편지에 머물렀다가 주소를 위로 올라오게 하여 부인에게 건넸다.

로턴 부인이 편지를 홀 테이블에 올려 두었다.

"고마워요. 이쪽 응접실로 가셔서 잠깐 기다리시겠어요? 주방에서 뭐가 끓고 있는 것 같아서요."

그녀는 재빨리 주방으로 갔다. 하드캐슬 경위는 다시 한 번 홀 테이블 위에 올려 놓은 편지들을 자세히 살펴보았다. 한 통은 로턴 부인 앞으로 온 것이었으며 다른 두 통은 R. S. 웨브 양 앞으로 온 것이었다. 하드캐슬은 로턴 부인이 가리킨 응접실로 들어섰다. 응접실은 조그맣고 좀 어수선했다. 가구는 낡았지만, 밝은 색상의 특이한 장식품들이 여기저기 놓여 있었다. 매력적이고 값비싸 보이는 베네치아 유리잔, 밝은색의 벨벳 쿠션 두 개, 외국에서 들여온 듯한 질그릇 접시 하나. 하드캐슬은 이모나 조카 둘 중 한 명은 취향이 독특한 모양이라고 생각했다.

로턴 부인이 아까보다 약간 더 숨을 헐떡이며 응접실로 들어섰다.

"이제는 괜찮은 것 같아요."

그녀가 자신 없는 목소리로 말했다.

하드캐슬은 다시 한 번 사과했다.

"제가 불편한 시간에 방문했다면 죄송합니다. 우연히 이 동네에 왔다가 불행히도 부인의 조카분께서 연루된 사건에 대해 몇 가지 더 확인하고 싶은 게 생겼습니다. 조카분께서 그 사건 때문에 생활하는 데 지장이 없으셨으면 좋겠습니다만, 어린 아가씨에게는 커다란 충격이었을 겁니다."

"예, 그래요. 실라가 집에 돌아왔을 때 꼴이 말이 아니더라고요. 하지만 오늘 아침에는 괜찮아져서 다시 출근했어요."

"아, 예. 저도 알고 있습니다. 고객을 만나러 나갔다기에 방해하면 안 될 것 같았고, 집에서 이야기를 나누는 편이 더 좋지 않을까 생각했습니다. 아직 집에 들어오지 않은 모양이죠?"

"오늘은 좀 늦을 거예요. 퍼디 교수와 일하러 갔는데 실라 말로는 그분은 시간 개념이 도통 없대요. 항상 10분만 더 하면 끝난다고 하는데 45분 가까이 더 걸리는 경우가 태반이래요. 그래도 정말 예의 바르고 좋은 분이긴 해요. 한두 번은 실라에게 너무 늦게까지 붙잡아 미안하다며 저녁 먹고 가라고 한 적도 있으니까요. 아무리 그래도 가끔은 짜증나게 마련이죠. 혹시 제게 물어볼 게 있으신가요, 경위님? 실라가 늦게 돌아올지도 모르니까요."

하드캐슬이 미소 지으며 말했다.

"딱히 그렇진 않습니다. 일전에 기본적인 인적 사항을 적어 놓았는데 맞는지 확신이 없어서요."

그는 수첩에 적힌 내용을 살펴보는 척했다.

"어디 보자, 실라 웨브……. 이게 이름 전체입니까, 세례명도 있습니까? 심리 때 기록을 하려면 사소한 내용도 정확히 파악해야 해서요."

"심리는 내일모레죠? 실라에게도 심리에 참석하라는 통지서가 왔어요."

"예, 하지만 너무 걱정하실 필요는 없습니다. 시체를 발견한 경위만 설명하면 될 겁니다."

"그 남자가 누군지는 아직 모르시나요?"

"예. 아직 그 얘기를 하기엔 시기상조입니다. 주머니에서 발견된 명함 때문에 처음에는 그가 보험 회사 직원이라고 생각했습니다. 하지만 이제는 그 명함을 다른 누군가에게 받았을 가능성이 더 높습니다. 어쩌면 그 남자가 보험을 들려고 생각했던 건지도 모릅니다."

"아, 그렇군요."

로턴 부인이 희미하게 호기심 어린 표정을 지었다.

"그러면 이름이 맞는지 확인 좀 부탁드립니다. 지난번에는 수첩에 실라 웨브 양 또는 실라 R. 웨브 양이라고 적은 것 같습니다. 중간 이름이 기억나질 않아서요. 로잘리였던가요?"

"로즈메리예요. 원래는 로즈메리 실라인데 로즈메리라는 이름이 좀 비현실적이라고 생각해서 항상 실라라고 했어요."

"그렇군요."

하드캐슬은 자신의 감이 맞아떨어져 기쁘다는 기색을 조금도 드러내지 않았다. 그는 또 한 가지에 주목했다. 로즈메리라는 이름은 로턴 부인에게는 아무런 고민거리가 아니었다. 그녀에게 로즈메리란 그저 조카딸이 쓰지 않는 세례명일 뿐이었다.

하드캐슬이 미소를 지었다.

"이제야 제대로 알았군요. 조카분께서는 런던에서 이리로 와 지난 열 달 정도 캐번디시 협회에서 일했다고 들었습니다. 일을 시작한 정확한 날짜는 부인께서도 모르시겠죠?"

"글쎄요, 지금 당장은 잘 모르겠네요. 지난 11월쯤이었던 것 같은데. 11월 말에 가까웠던 것 같아요."

"그렇군요. 실라 양은 캐번디시 협회에서 일하기 전에는 이곳에서 부인과 함께 살지 않았죠?"

"예. 그전에는 런던에 살았어요."

"런던에 살던 당시 주소를 알고 계십니까?"

로턴 부인이 멍한 표정으로 어수선한 방 안을 둘러보았다.

"글쎄요, 어디 있을 텐데. 제가 기억력이 영 좋지 않아요. 앨링턴 그로브였던가 뭐 그런 곳이었는데, 아마도 풀햄로(路) 쪽이었던 것 같아요. 두 아가씨와 아파트를 같이 썼죠. 젊은 아가씨들이 살기에 런던 방 값은 끔찍할 정도로 비싸니까요."

"혹시 실라 양이 런던에서 일했던 회사 이름을 기억하고 계십니까?"

"오, 그럼요. 호프굿 앤드 트렌트예요. 풀햄로에 있는 부동산 중개업체였죠."

"감사합니다. 이제 모든 게 확실해진 것 같군요. 웨브 양은 고아라고 들었는데 맞나요?"

로턴 부인이 불편한 듯 몸을 뒤척였다. 눈길은 문 쪽을 헤맸다.

"주방에 좀 다시 가 봐도 괜찮을까요?"

"물론입니다."

하드캐슬이 문을 열어 주자 그녀는 응접실 밖으로 나갔다. 하드캐슬은 로턴 부인의 심기를 불편하게 만든 마지막 질문을 던진 것이 잘한 일인지 잘못한 일인지 생각했다. 그 질문을 던지기 전까지 로턴 부인은 아주 선선히 대답을 해 주었다. 로턴 부인이 돌아올 때까지 하드캐슬은 그 고민을 하고 있었다.

로턴 부인이 미안한 표정으로 말했다.

"너무 죄송해요. 요리란 게 그렇잖아요. 이젠 다 됐어요. 또 제게 물어보실 게 있나요? 참, 그 회사는 앨링턴 그로브에 있는 게 아니라 캐링턴 그로브 17번지예요."

"감사합니다. 제가 부인께 웨브 양이 고아인지 여부를 물었던 것 같은데요."

"예, 실라는 고아예요. 부모가 모두 죽었죠."

"오래전인가요?"

"그 애가 어릴 때 죽었어요."

그녀의 목소리에서 반발심 같은 것이 느껴졌다.

"실라는 언니의 아이입니까, 아니면 오빠의 아이입니까?"

"제 언니 딸이에요."

"아, 그렇군요. 웨브 씨는 어떤 일을 하셨죠?"

로턴 부인은 잠시 아무 말 하지 않고 입술을 잘근잘근 물어뜯었다.

"전 몰라요."

"모르신다고요?"

"그러니까 기억이 안 나요. 워낙 오래전 일이라."

로턴 부인이 다시 입을 열 거라 짐작한 하드캐슬은 잠자코 기다렸다. 결국 그녀가 말문을 열었다.

"이게 그 일과 무슨 상관인지 여쭤봐도 될까요. 그러니까 그 애 엄마 아빠가 누구며, 그 애 아빠가 무슨 일을 했고 어디 출신인지 그런 게 다 무슨 상관이죠?"

"물론 부인께서 보시기에는 아무런 상관이 없을 겁니다. 하지만 좀 별난 상황이라."

"무슨 말씀이세요. 별난 상황이라니?"

"그게 웨브 양이 어제 그 집에 가게 된 이유는 누군가가 캐번디시 협회에 전화를 걸어 특별히 웨브 양을 지목했기 때문입니다. 누군가가 교묘하게 웨브 양을 그리로 끌어들인 겁니다. 어쩌면……."

하드캐슬이 머뭇거렸다.

"웨브 양에게 원한을 가진 누구인지도 모릅니다."

"실라에게 원한을 가지다니, 말도 안 돼요. 얼마나 착한 아인데요. 착하고 상냥한 아이예요."

하드캐슬이 온화하게 대꾸했다.

"그렇죠. 그래서 저도 고민을 해 봤습니다."

로턴 부인이 강경하게 말했다.

"다른 얘긴 듣고 싶지 않아요."

하드캐슬은 달래듯 계속 미소를 지었다.

"맞습니다. 하지만 마치 조카분을 희생자로 만들려는 듯한 상황이라는 점을 아셔야 합니다. 웨브 양은 누명을 쓰기 딱 좋은 상황에 처했습니다. 누군가 웨브 양이 죽은 남자가 있는 집에 들어가도록 유도했고, 웨브 양이 그 집에 도착했을 때는 피해자가 죽은 지 얼마 안 되었을 때였습니다. 표면적으로 보면 악의를 가진 사람이 저지른 일 같습니다."

"그렇다면……, 그렇다면 누군가 실라를 살인범으로 몰려고 했다는 거예요? 오, 말도 안 돼. 말도 안 돼요."

하드캐슬이 동의했다.

"물론 믿기 힘드실 겁니다. 하지만 저희는 모든 상황을 정확하게 알아야 합니다. 혹시라도 조카분을 짝사랑하는 젊은이가 있습니까? 젊은이들은, 특히 성격이 포악한 젊은이들은 자신의 사랑을 받아주지 않으면 앙심을 품곤 하죠."

로턴 부인은 생각을 하느라 눈살을 잔뜩 찌푸린 채 말했다.

"그런 일은 있을 수 없어요. 실라가 친하게 지냈던 젊은이가 한두 명 있긴 했지만, 진지한 관계는 아니었어요. 꾸준히 만난 남자는 아무도 없었어요."

"어쩌면 런던에 살던 때 만난 사람일 수도 있겠죠? 부인께서는 웨브 양이 거기서 어떤 친구를 사귀었는지는 잘 모르실 거라 생각합니다."

"예, 예. 어쩌면 그럴지도 모르죠. 경위님께서 직접 실라에게 물어보는 편이 낫겠어요. 하지만 전 실라에게서 그런 문제가 있었다는 이야기는 전혀 듣지 못했어요."

"어쩌면 남자가 아니라 여자일 수도 있죠. 방을 같이 썼던 아가씨들 중 한 명이 웨브 양을 질투했을 수도 있지 않을까요?"

로턴 부인이 망설이며 말했다.

"실라에게 못되게 굴던 아가씨가 한 명 있다고 한 것 같기는 해요. 하지만 절대 살인을 할 정도는 아니었어요."

로턴 부인의 날카로운 안목에 하드캐슬은 그녀가 절대 어리석지 않다는 사실을 알아챘다. 하드캐슬은 재빨리 입을 열었다.

"제 말이 터무니없게 들릴 수 있다는 건 잘 압니다. 하지만 이 사건 자체가 말도 안 되는 일이죠."

"미치광이가 저지른 짓이 분명해요."

"미치광이라 하더라도 그 뒤에는 분명 동기가 있을 겁니다. 범행을 유발하는 무언가 말입니다. 그 때문에 제가 실라 웨브 양의 부모님에 대한 질문을 드렸던 겁니다. 범행 동기가 과거에 뿌리를 두고 있는 경우가 얼마나 많은지 상상도 못하실 겁니다. 웨브 양의 부모님은 어릴 적에 돌아가셨으니, 웨브 양은 부모님을 잘 모르겠죠. 그래서 부인께 여쭈어본 겁니다."

"예, 그렇군요. 하지만……. 글쎄요……."

하드캐슬은 로턴 부인의 목소리에 난처함과 망설임이 다시 배어 있는 것을 알아챘다.

"혹시 웨브 양의 부모님께서 사고로 돌아가셨습니까?"

"아니요, 사고는 아니었어요."

"그렇다면 두 분 다 자연사하신 겁니까?"

"저는……. 글쎄요, 예, 그러니까……. 전 잘 몰라요."

"말씀하신 것보다는 좀 더 많이 알고 계실 텐데요, 로턴 부인. 혹시 두 분이 이혼을 하셨습니까?"

하드캐슬은 과감하게 추측해 보았다.

"아니요, 이혼하지 않았어요."

"자자, 로턴 부인. 언니가 어떻게 죽었는지는 분명 아시겠지요?"

"전 몰라요. 그러니까 말할 수 없어요. 너무 복잡한 일이에요. 다 지난 일을 들춰서 뭐 하시려고요? 이대로 묻어 두는 편이 훨씬 나아요."

로턴 부인의 시선에는 절박하고 불안한 기색이 역력했다.

하드캐슬이 다정한 눈길로 그녀를 바라보며 조용히 물었다.

"혹시 실라 웨브 양이 사생아입니까?"

그 즉시 로턴 부인의 얼굴에 깜짝 놀란 표정과 안도한 표정이 복잡하게 드러났다.

"실라는 제 딸이 아니에요."

"그렇다면 언니 되는 분의 사생아인가요?"

"예. 하지만 실라는 그 사실을 몰라요. 그 아이에게는 말하지 않았어요. 그저 부모가 일찍 죽었다고만 했어요. 그래서 아시겠지만……."

"아, 예. 잘 알겠습니다. 그리고 심문에서 이와 관련한 문제가 불거지지 않는 이상 제가 웨브 양에게 이런 질문을 할 일은 없을 겁니다."

"경위님께서 실라에게 말할 필요가 없다는 말씀이세요?"

"사건과 관련이 없다면 말하지 않을 가능성이 높죠. 로턴 부인께서 해 주신 말씀은 전적으로 우리 둘 사이의 비밀로 남기기 위해 최선을 다하겠다고 약속드리겠습니다."

"일어나서는 안 되는 일이었어요. 저도 그 일로 굉장히 고민을 많이 했답니다. 제 언니는 우리 집안에서도 아주 똑똑했어요. 학교 선생님으로 아주 잘 살았죠. 사람들에게 존경도 받으면서요. 그런 언니가 그러리라고는……."

하드캐슬이 적절한 순간에 끼어들었다.

"글쎄요. 항상 일은 그런 식으로 일어납니다. 우연히, 어쩌다가 그 남자……. 웨브라는 남자를 알게 된 거겠죠."

"난 그 사람 이름이 뭔지도 몰라요. 얼굴을 본 적도 없죠. 어느 날 언니가 제게 와서 이야기를 해 줬어요. 임신을 했는데 그 남자는 언니와 결혼을 할 수 없다고, 아니, 하지 않겠다고 했대요……. 저도 어느 쪽인지는 잘 모르겠어요. 언니는 야심이 있었고, 임신 때문에 직업을 포기하고 싶지는 않다고 했어요. 그래서 당연히 전…… 제가 돕겠다고 했죠."

"로턴 부인, 지금 언니는 어디에 계십니까?"

"모르겠어요. 전혀 모르겠어요."

단호한 대답이었다.

"하지만 살아 계시죠?"

"그런 것 같아요."

"그동안 언니와 연락하지 않으셨습니까?"

"언니가 그걸 원했어요. 아예 연락을 끊는 것이 아이와 자신을 위해 최선이라고요. 그래서 그렇게 된 거죠. 언니와 저 둘 다 어머니께서 남겨 준 유산이 조금 있었어요. 앤 언니는 아이를 키우는 데 쓰라며 자신의 몫까지 제게 넘겼죠. 언니는 일을 계속할 거라고 했지만 아마 다른 학교로 옮겼을 거예요. 해외로 파견을 나갔을 수도 있고요. 호주나 뭐 그런 곳으로요. 그게 제가 아는 전부이고 제가 경위님께 말씀드릴 수 있는 전부예요."

하드캐슬은 로턴 부인을 가만히 바라보았다. 정말 그녀가 아는 건 그게 다일까? 확실히 대답하기는 어려운 질문이었다. 로턴 부인이 그에게 말해 줄 수 있는 전부인 것은 분명했다. 그리고 그녀가 아는 전부일 가능성도 농후했다. 언니에 대한 설명에서 하드캐슬은 로턴 부인의 언니가 강하고 독선적이며 독한 사람이라는 인상을 받았다. 한 번의 실수로 인생을 수렁에 빠뜨리지 않으려는 여자였다. 아이의 양육과 행복을 빈틈없이 마련해 놓은 여자. 그 순간부터 과거에서 벗어나 새로운 삶을 시작한 여자.

하드캐슬은 그 여자가 자신의 아이 또한 과거의 실수로 생각할 수도 있겠다는 생각이 들었다. 하지만 동생은 어떨까? 하드캐슬은 조심스럽게 질문을 던졌다.

"언니께서 부인께 편지도 보내지 않은 것은 좀 이상하군요. 아이가 어떻게 자랐는지 궁금하지도 않은 모양이죠?"

로턴 부인이 고개를 설레설레 저었다.

"언니를 모르셔서 하는 말씀이세요. 언니는 한 번 결정을 하면 뒤도 돌아보지 않는답니다. 그리고 언니와 전 그리 가까운 사이가 아니었답니다. 나이 차이가 꽤 많이 나니까요……. 제가 12살이나 더 어리죠. 말씀드렸듯이 우린 친하게 지낸 적이 없었어요."

"남편께서는 실라를 입양하는 것을 어떻게 생각하셨습니까?"

"전 그때 이미 남편을 잃었어요. 일찍 결혼을 했는데 남편이 전사했죠. 저는 조그마한 사탕 가게를 운영하고 있었어요."

"그 당시에는 어디에 사셨죠? 여기 크로딘은 아니시죠?"

"예. 우리는 링컨셔에 살고 있었어요. 휴가 때 여길 한 번 온 적이 있는데, 너무 마음에 들어서 가게를 팔고 이리로 이사를 왔어요. 후에 실라가 학교 들어갈 나이가 돼서 전 이곳에 있는 커다란 포목상인 로스코 앤드 웨스트에 취직했어요. 아직도 그곳에서 일하고 있죠. 주인들이 아주 좋은 분들이에요."

하드캐슬은 자리에서 일어나며 입을 열었다.

"그렇군요. 로턴 부인, 솔직하게 말씀해 주셔서 정말 감사드립니다."

"실라에게는 아무 말도 안 하실 거죠?"

"필요하지 않다면요. 그러니까 그 일이 윌브러험 크레센트 19번지에서 일어난 살인 사건과 연관이 없다면 말입니다. 그리고 제가 보기에는 아무런 연관이 없을 것 같군요."

그는 이미 수많은 사람에게 보여 준 사진을 주머니에서 꺼내어 로턴 부인에게 보여 주었다.

"혹시 이 남자가 누군지 아십니까?"

로턴 부인은 사진을 받아 진지하고 꼼꼼하게 살펴보았다.

"이 사진은 이미 봤어요. 확실해요. 이 남자는 한번도 본 적이 없어요. 아무래도 이 동네 사람은 아닌 것 같네요. 동네 사람이라면 한 번은 본 적이 있을 테니까요. 하지만…….”

그녀는 사진을 가까이 들여다보더니 잠시 아무 말 없다가 불쑥 덧붙였다.

"좋은 사람 같네요. 신사 같아요, 그렇지 않나요?”

하드캐슬 경위가 듣기에는 구세대나 쓸 법한 말이었지만, 로턴 부인의 입에서 나오는 말은 아주 자연스럽게 느껴졌다.

‘시골에서 자랐을 테니까. 아직도 그런 식으로 생각을 하겠지.’

하드캐슬은 다시 사진을 들여다보며, 자신이 한 번도 죽은 남자를 그런 식으로 생각해 보지 않았다는 데 약간 놀랐다. 이 남자는 좋은 사람이었을까? 그동안은 정반대로만 추측을 했다. 무의식적이든 의식적이든 가짜가 분명한 이름과 주소가 적힌 명함이 발견되었다는 사실 때문에 그렇게 추측했다. 하지만 조금 전 그가 로턴 부인에게 한 말이 사실일지도 몰랐다. 어쩌면 그 명함은 가짜 보험 회사 직원이 죽은 남자에게 건넨 것일 수도 있다. 만약 그렇다면 모든 일이 한층 더 복잡해질 것이다. 하드캐슬은 인상을 찌푸리며 생각하곤 다시 손목시계를 흘끗 쳐다보았다.

“요리하시는 데 더 이상 시간을 빼앗으면 안 될 것 같습니다. 조카분도 아직 집에 돌아오지 않으셨으니…….”

로턴 부인이 벽난로 위에 있는 시계를 바라보았다. 하드캐슬은 이 방에 시계가 하나뿐이라 다행이라는 생각이 들었다.

“예, 실라가 늦네요. 정말 이상하네. 에드나가 기다리지 않길 잘했네요.”

하드캐슬의 얼굴에 약간 당황한 표정이 떠오르는 걸 본 로턴 부인이 설명했다.

"에드나는 실라와 같은 사무실에 근무하는 아가씨예요. 오늘 저녁에 실라를 만나러 집에 왔는데, 조금 기다리다가는 그냥 가겠다고 하더라고요. 데이트 약속이 있다나 봐요. 내일이나 다른 때 만나도 된다고 했어요."

순간 하드캐슬의 머릿속에 번쩍 무언가가 떠올랐다. 아까 길거리에서 스쳐 지났던 그 아가씨! 이제야 왜 그 아가씨를 보고 구두가 떠올랐는지 알았다. 그랬다. 그 아가씨는 바로 캐번디시 협회를 찾아갔을 때 하드캐슬을 맞이한 사람이었으며, 그가 떠날 때 굽이 떨어진 구두 한 짝을 손에 들고 어떻게 집에 가야 할지 모르겠다며 징징거리던 바로 그 아가씨였다. 하드캐슬이 기억하기로는 별 특징이 없고 그다지 매력적이지도 않으며, 이야기하면서 껌 같은 걸 질겅질겅 씹던 듯했다. 길거리에서 하드캐슬은 에드나를 알아보지 못했지만, 에드나는 하드캐슬을 알아봤던 것이다. 그리고 그녀는 무언가 말을 걸 것처럼 머뭇거렸다. 하드캐슬은 멍하니 에드나가 무슨 얘기를 하려 했을까 생각해 보았다. 왜 실라 웨브를 방문하려 했는지를 설명하려 했던 걸까? 아니면 하드캐슬이 그녀가 무언가 이야기해 주길 바란다고 생각했던 걸까?

하드캐슬은 다시 질문을 던졌다.

"에드나라는 아가씨가 조카분과 많이 친한가요?"

"뭐, 그렇지는 않아요. 같은 사무실에 근무하는 동료 정도예요. 그리고 그 아가씨는 좀 맹해서요. 그리 똑똑하지도 않고 우리 실라와도 특별히 친한 친구는 아니에요. 사실 저도 그 아가씨가 왜 오늘 저녁에 실라를 만나러 온 건지 의아했어요. 도무지 이해 안 되는 일이 있어서 실라에게 물어보려고 했다더군요."

"무슨 일인지는 말하지 않았습니까?"

"아니요, 나중에 얘기해도 상관없다더군요."

"알겠습니다. 그럼, 저는 이만 가 봐야겠습니다."

"실라가 왜 전화가 없는지 정말 이상하네요. 그 교수님이 가끔 저녁 식사를 대접해서 늦으면 늦는다고 전화를 하는데. 뭐, 금방 들어오겠죠. 요즘엔 버스 줄이 꽤 길어서 컬류 호텔에서 에스플러네이드까지 오래 걸릴 때도 있어요. 실라에게 뭐 전할 말씀이라도?"

"아니요, 없습니다."

하드캐슬은 밖으로 나가며 물었다.

"참, 그런데 조카분의 세례명인 로즈메리와 실라는 누가 지은 겁니까? 언니께서 지으셨나요, 아니면 부인께서 지으셨나요?"

"실라는 우리 어머니 이름이에요. 로즈메리는 우리 언니가 지은 이름이죠. 사실 좀 웃기는 이름이긴 해요. 감상적이죠. 하지만 우리 언니는 조금도 감상적인 사람이 아니었어요."

"자, 그럼 안녕히 계십시오, 로턴 부인."

하드캐슬은 정문에서 나와 길거리로 들어서며 생각했다.

'로즈메리라…… 음……. 추억? 로맨틱한 추억? 아니면…… 다른 의미가 있던가?'

13장 : 콜린 램의 이야기

나는 채링 크로스로(路)를 따라 걸어 올라가다 뉴 옥스포드가(街)와 코벤트 가든 사이에 정신없이 얽혀 있는 미로로 들어섰다. 생각지도 못한 가게들이 즐비했다. 골동품 가게, 인형 수선 가게, 발레 슈즈 가게, 외국 식품 가게 등…….

나는 푸른색과 갈색 유리 눈이 주렁주렁 걸려 있는 인형 수선 가게의 유혹에 저항하며 마침내 목적지에 도달했다. 대영박물관에서 그리 멀지 않은 골목에 위치한 작고 초라한 서점이었다. 항상 그렇듯 밖의 좌판대에도 책들이 널려 있었다. 오래된 소설들과 낡은 교과서, 3페니, 6페니, 1실링 등의 꼬리표가 붙은 온갖 잡동사니들, 거의 모든 페이지가 다 붙어 있는 최상품도 있었으며, 간혹 겉표지까지 붙어 있는 책도 있었다.

나는 살금살금 발걸음을 옮겼다. 문밖에서 출입문으로 향하는 통

로에는 나날이 책들이 늘어 아슬아슬하게 쌓여 있었기 때문에 반드시 조심스럽게 걸어야 했다. 서점 안에 들어서면 가게가 책을 보유하고 있다기보다 책이 가게를 보유하고 있다는 말이 걸맞은 풍경이 펼쳐진다. 책들은 사방으로 뻗어 나가 서식지를 잠식하며, 번식하고 증식해 아무리 해도 억누를 수 없을 지경이었다. 책 선반들의 간격은 너무나도 좁아 그 사이를 지나가려면 굉장한 노력을 기울여야 했다. 선반이나 테이블 위에도 수북이 책들이 쌓여 있었다. 책으로 잔뜩 둘러싸인 구석의 간이 의자에 살찐 생선처럼 커다랗고 넓적한 얼굴에 펠트 모자를 쓴 노인이 앉아 있었다. 노인은 이것이 도저히 이길 수 없는 싸움이라고 판단하여 포기한 사람처럼 보였다. 책을 소유하려 했지만, 오히려 책이 그를 소유하고 만 것이다. 노인은 차오르는 책의 물결을 피해야 하는 책 세계의 크누트 왕(중세 스칸디나비아와 잉글랜드를 지배했던 군주로 파도에게 후퇴하라고 명령을 내렸으나 바다에게까지 인간의 권력을 강요할 수 없음을 깨닫고 기독교로 개종했다는 일화가 있다 — 옮긴이)이었다. 그가 책에게 후퇴하라고 명령한다 하더라도 그럴 가능성은 조금도 없었다. 이 노인이 바로 이 서점의 주인인 솔로몬 씨였다. 노인은 날 알아보고는 잠시 생선 같은 눈길을 누그러뜨리며 고개를 끄덕였다.

"제가 볼만한 책 좀 있어요?"

"위층에 올라가 보게, 램. 아직도 해초며 그런 책을 보는 건가?"

"맞습니다."

"뭐, 어디 있는지는 알고 있잖나. 해양생물학, 화석, 남극 대류……. 2층에 있다네. 어제 새로 책이 들어왔어. 풀어 두긴 했지만 정리가 안 끝나서. 위층 구석에 보면 있을 걸세."

나는 고개를 끄덕이고 가게 뒤편에 있는 곧 무너질 듯 흔들거리는, 아주 지저분하고 좁다란 계단을 따라 조심스레 올라갔다. 2층에는 동양문화지(誌), 예술 서적, 의학 서적, 프랑스 고전 등이 있었다. 방 한구석에는 커튼이 쳐져 있는 곳이 있었다. 일반인들은 잘 모르지만 전문가들은 아는, 바로 '이상하고 흥미로운' 책들이 휴식을 취하고 있는 곳이었다. 나는 그곳을 지나쳐 3층으로 올라갔다.

3층에는 고고학, 자연사, 그 외의 훌륭한 책들이 엉뚱하게 뒤섞여 있었다. 학생들과 나이 많은 대령, 성직자들 사이를 조심스럽게 뚫고 책 선반 뒤쪽으로 돌아가자 바닥에 포장지도 뜯지 않은 채 널려 있는 책들이 발치에 걸렸다. 게다가 꼭 끌어안고 자신들만의 세상에 푹 빠진 두 남녀 학생 때문에 더 이상 앞으로 나아갈 수가 없었다. 그들은 앞뒤로 몸을 흔들어대며 길을 막고 서 있었다.

"실례합니다."

나는 결국 입을 열며 단호하게 그들을 밀치고 지나가 문을 가리고 있는 커튼을 들어 올렸다. 그 뒤 주머니에서 열쇠를 꺼내 문을 열고 안으로 들어서자 좀 전과는 어울리지 않게 깔끔하게 페인트가 칠해진 벽에 스코틀랜드의 소떼 사진이 걸린 복도가 나타났다. 그 끝에는 반질반질한 쇠고리가 달린 문이 하나 있었다. 내가 조심스럽게 쇠고리를 두드리자 회색 머리카락에 유난히 구식인 안경을 쓰고 검은 스커트와 다소 의외인 페퍼민트 줄무늬가 들어간 스웨터를 입은 나이 지긋한 여인이 문을 열어 주었다.

그녀는 다른 인사는 생략한 채 다짜고짜 말했다.

"너구나? 안 그래도 그 사람이 어제 너에 대해 물었어. 기분이 좋지 않던데. 좀 잘해 봐."

그녀는 마치 나이 든 가정 교사가 잘못을 저지른 아이에게 하듯이 내 쪽으로 고갯짓을 했다.

"아, 그만하세요. 유모."

"날 유모라고 부르지 마. 건방지게. 내가 전에도 말했잖아."

"당신이 자초한 거예요. 누가 날 아이 취급하라고 했어요?"

"이제 철 좀 들어. 어서 안으로 들어가 끝내는 편이 좋을 거야."

그녀는 버저를 누른 후 책상 위에 있는 수화기를 집어 들고 말했다.

"콜린 씨예요……. 예, 들여보내죠."

그녀는 수화기를 내려놓고 날 보며 고개를 끄덕였다. 나는 다른 방으로 연결된 문을 열고 들어갔다. 안은 시가 연기로 가득 차 도무지 아무것도 보이지 않았다. 따끔거리는 눈을 가라앉히고 나니 낡고 버려진 듯한 의자에 앉아 있는 대령과 의자의 팔걸이에 달린 구식 회전 책상의 윤곽이 눈에 들어왔다.

벡 대령은 안경을 벗고 묵직한 책이 올려져 있는 책상을 옆으로 밀더니 못마땅한 표정으로 날 바라보았다.

"이제야 왔군."

"예, 대령님."

"뭐 좀 알아냈나?"

"아닙니다, 대령님."

"아! 이건 시간 낭비야, 콜린. 알아듣겠나? 시간 낭비라고. 크레센트가 다 뭔가!"

"전 아직 뭔가 있다고 생각합니다."

"좋아. 여전히 뭔가 있다고 생각한다……. 하지만 자네가 알아낼 때까지 마냥 기다릴 순 없어."

"그저 감일 뿐이라는 것은 저도 인정합니다."

벡 대령은 모순된 사람이었다.

"감이 나쁘다고는 생각하지 않아. 내가 성공적으로 해낸 임무도 감 덕분이었지. 하지만 자네의 감은 틀렸어. 술집들은 다 조사해 봤나?"

"예, 대령님. 말씀드린 대로 크레센트부터 시작했습니다. 크레센트에 있는 집들 말입니다."

"물론 자네가 크루아상(초승달 모양의 빵 ─ 옮긴이)을 파는 빵집을 찾아갔다고는 생각하지 않았네. 하지만 생각해 보니 빵집이면 안 될 이유도 없지. 요즘에는 다른 것들과 마찬가지로 크루아상도 급속 냉동 보관을 한다니까. 그래서 요즘엔 맛들이 그 모양인 거야."

나는 이 노친네가 그 이야기를 얼마나 늘어놓을지 몰라 잠자코 기다렸다. 그가 좋아하는 이야기 중 하나였다. 하지만 내 예상과 달리 대령은 본론으로 돌아갔다.

"다 조사해 봤다고?"

"거의요. 아직 조금 더 조사해 봐야 할 곳이 있습니다."

"시간이 더 필요하다, 이건가?"

"예, 조금만 더 시간을 주십시오. 하지만 지금 당장 움직이고 싶진 않습니다. 우연히 사건에 휘말렸습니다. 그런데 혹시라도, 만약의 이야기이긴 하지만…… 그게 뭔가 중요한 단서가 될지도 모릅니다."

"쓸데없는 소리 말고, 확실한 사실만 얘기하게."

"윌브러험 크레센트에서 몇 가지 조사해 볼 사람들이 있습니다."

"자네 허탕 쳤구먼! 아닌가?"

"잘 모르겠습니다."

"자세하게 설명해 봐, 어서."

"우연한 사건이라는 건 윌브러험 크레센트에서 한 남자가 살해당한 사건을 말씀드리는 겁니다."

"살해당한 남자는 누군가?"

"아직은 신원이 밝혀지지 않았습니다. 남자의 옷 주머니에서 이름과 주소가 적힌 명함이 발견되었지만 전부 가짜였습니다."

"음, 그래. 뭔가 수상하군. 자네가 조사하는 것과 연관이 있나?"

"아직은 모르겠습니다, 대령님. 하지만……."

"알아, 알아……. 자네 여길 왜 찾아온 건가? 윌브러험 크레센트인지 뭔지 하는 그 이름 이상한 동네를 탐색해 보겠다는 허락을 받으러 온 건가?"

"크로딘이라는 곳입니다. 포틀버리에서 16킬로미터 떨어진 곳이죠."

"그래, 그래. 아주 그럴싸한 장소로군. 그런데 여기에 왜 온 건가? 자넨 허락 같은 거 맡지 않잖아. 고집대로 밀고 나가지 않던가?"

"죄송하지만 그렇습니다, 대령님."

"그렇다면 왜 온 건가?"

"좀 알아봤으면 하는 사람이 몇 명 있습니다."

벡 대령은 한숨을 쉬며 책상을 다시 앞으로 끌어당겼다. 주머니에서 볼펜을 꺼내 입김을 불어넣은 그가 날 바라보았다.

"자, 말해 보게!"

"다이애나 로지라는 집입니다. 윌브러험 크레센트 20번지고요. 헤밍 부인이라는 여자와 열여덟 마리 정도 되는 고양이들이 살고 있습니다."

"다이애나? 음……. 달의 여신이라! 다이애나 로지. 좋아. 헤밍 부인이라는 여자는 무슨 일을 하나?"

"아무 일도요. 고양이에 푹 빠져 있습니다."

벡이 고개를 끄덕이며 말했다.

"위장이라면 최고군. 분명 가능성은 있어. 그게 단가?"

"아닙니다. 램지라는 남자도요. 윌브러험 크레센트 62번지에 살고 있습니다. 건설 기술자라고 하더군요. 해외에 꽤 자주 나간답니다."

"마음에 들어. 아주 마음에 드는데? 그 남자에 대한 정보도 원하나? 좋아."

"램지에게는 아내가 있습니다. 꽤 좋은 여자죠. 거기에 제멋대로인 아들이 둘입니다."

"뭐, 그럴 수도 있겠지. 그런 경우가 많잖은가. 펜들턴 기억하나? 그 남자도 아내에 아이들까지 있었지. 아주 좋은 여자였어. 내가 만난 여자 중에서 가장 멍청한 여자이기도 했지. 자기 남편이 동양 문

화책 판매원이 아닌 줄은 상상도 못하더군. 생각해 보니 이제 기억이 나는군. 펜들턴에게 독일인 아내와 딸 둘도 있었지. 게다가 스위스에도 아내가 있었고 말이야. 그 아내들이 그의 연락책이었는지 아니면 위장에 불과한 건지는 모르겠어. 물론 펜들턴은 위장이라고 말했지만. 뭐, 어쨌든 램지에 대해 알고 싶다는 거지? 다른 건?"

"확실치는 않지만, 63번지에 사는 부부가 있는데 남편은 은퇴한 교수입니다. 이름은 맥노턴이고요. 스코틀랜드 출신에 나이는 많습니다. 지금은 집에서 정원 일을 하며 소일하고 있습니다. 그 부부가 이상하다고 생각할 이유는 없지만······."

"알았어. 확인해 보지. 기관에 알아보면 확실해지겠지. 그나저나 이 사람들 정보는 왜 알아내려는 건가?"

"이 사람들은 살인이 일어난 집 정원과 맞닿아 있는 집에 사는 사람들입니다."

"마치 수수께끼 같군. 우리 삼촌의 시신은 어디 있는가? 우리 고모의 사촌 집 정원에. 사건이 일어난 19번지는 어떤가?"

"전에 학교 교사였던 눈먼 여자가 살고 있습니다. 현재는 시각 장애아들을 위한 복지관에서 일하는 데다 그 지역 경찰이 그 여자에 대한 조사는 철저히 했습니다."

"여자 혼자 사나?"

"네."

"그렇다면 자네가 말한 사람들에 대해서는 어떻게 생각하는 건가?"

"저는 이번 살인 사건은 대령님께 말씀드린 사람들 중 한 명이 저

질렀다고 생각합니다. 좀 위험하긴 했겠지만 적당한 시간에 19번지로 시체를 옮길 수 있었을 겁니다. 그저 가능성일 뿐이지만요. 그리고 한 가지 더 보여 드릴 게 있습니다. 이겁니다."

벡은 내가 건넨 흙 묻은 동전을 받아 들었다.

"체코 동전 아닌가? 이걸 어디서 찾았나?"

"제가 찾은 것은 아닙니다만, 19번지 뒤뜰에서 발견되었지요."

"흥미롭군. 크레센트와 라이징 문에 끈질기게 초점을 맞추다 보면 결국 뭔가 알아낼 수도 있겠어."

벡은 곰곰이 생각하며 덧붙였다.

"여기 다음 거리에 라이징 문이라는 술집이 있던데, 그곳에 한번 가 보는 게 어떻겠나?"

"이미 가 봤습니다."

"자넨 항상 대답을 준비해 두는군. 시가 한 대 피울 텐가?"

나는 고개를 저었다.

"감사합니다만, 오늘은 시간이 없습니다."

"크로딘으로 돌아가려고?"

"예, 심리에 참석하려고요."

"심리야 그저 형식적인 절차에 불과하지. 크로딘에서 쫓아다니던 아가씨를 만나러 가는 건 아니고?"

"물론 아닙니다."

나는 날카롭게 쏘아붙였다. 벡 대령이 느닷없이 낄낄거렸다.

"허리 아래를 조심해! 욕망이 언제 추악한 본성을 드러낼지 모르니까. 그 아가씨는 만난 지 얼마나 됐나?"

"그런 거 아닙니다. 그러니까…… 뭐……. 시신을 발견한 아가씨가 있긴 합니다."

"그 아가씨가 시신을 발견하고 어떻게 하던가?"

"비명을 질렀어요."

"아주 좋아. 그리고 자네 품에 뛰어들어 울음을 터뜨리며 시체를 발견했다고 말했겠지. 그렇지?"

"무슨 말씀인지 모르겠네요."

나는 냉정하게 대꾸한 후 그에게 경찰 사진들을 건넸다.

"이걸 한 번 보세요."

"이 남자는 누군가?"

"죽은 남자예요."

"십중팔구 자네가 푹 빠져 있는 그 아가씨가 살인범이야. 모든 상황이 아주 수상쩍어."

"아직 어떤 상황인지도 모르시잖아요. 제가 말씀드리지도 않았는데."

"들을 필요도 없어."

벡 대령이 손에 든 시가를 흔들었다.

"어서 심리에나 가 보게. 그리고 그 아가씨를 조심해. 혹시 그 아가씨 이름이 다이애나나 아르테미스인가? 아니면 달과 관련된 다른 이름인가?"

"아니요, 그렇지 않습니다."

"뭐, 그럴 수도 있으니까 명심해 둬!"

14장 : 콜린 램의 이야기

화이트헤븐 맨션을 마지막으로 방문한 것도 꽤 오래전의 일이다. 몇 년 전만 해도 그곳은 단연 눈에 띄는 현대식 아파트였다. 하지만 이제는 더 현대적이고 인상적인 건물들이 양쪽 길가를 따라 죽 늘어서 있었다. 안으로 들어가자 나는 건물이 최근 새 단장을 했다는 사실을 알아차렸다. 벽면이 연한 노란색과 초록색으로 칠해져 있었다.

엘리베이터를 타고 올라가 203호의 벨을 눌렀다. 완벽한 하인인 조지가 문을 열어 주었다. 그의 얼굴에는 반가운 미소가 번졌다.

"콜린 씨! 정말 오랜만입니다."

"네, 그렇죠. 잘 지냈어요, 조지?"

"감사하게도 저는 아주 건강하게 지내고 있습니다."

나는 목소리를 낮추어 물었다.

"그 사람은 어때요?"

조지도 덩달아 목소리를 낮추었다. 사실 그는 처음부터 아주 조용하게 말했기 때문에 굳이 목소리를 더 낮출 필요는 없었다.

"가끔씩 좀 우울해하시는 것 같습니다."

나는 공감하며 고개를 끄덕였다.

"이쪽으로 오시죠……."

조지는 내 모자를 받아 들었다.

"콜린 램이 왔다고 전해 주세요."

"알겠습니다."

조지는 문을 열고 낭랑한 목소리로 말했다.

"주인님, 콜린 램 씨께서 찾아오셨습니다."

조지가 뒤로 물러나자 나는 그를 지나가 방 안으로 들어섰다.

내 친구 에르퀼 푸아로는 항상 그렇듯 벽난로 앞에 놓인 커다란 사각 안락의자에 앉아 있었다. 직사각형 전기난로의 막대 한 개가 빨갛게 타올랐다. 아직 9월 초라 날은 따뜻했지만, 에르퀼 푸아로는 일찌감치 가을의 한기를 감지한 듯 그에 대한 대비를 해 두었다. 푸아로 양쪽 바닥에는 책들이 깔끔하게 쌓여 있었고 왼편 테이블에는 책이 더 많았다. 그가 오른손에 들고 있는 컵에서는 모락모락 김이 솟아올랐다. 허브티 같았다. 그는 허브티를 너무 좋아해 종종 나에게 권하기도 했지만 맛과 냄새가 고약했다.

"일어나지 마세요."

내가 재빨리 말했지만 이미 푸아로는 의자에서 일어나 있었다. 그는 반짝반짝 빛나는 가죽 구두를 신고 양팔을 뻗으며 내게 다가

왔다.

"아하, 자네로구먼. 내 젊은 친구 콜린. 그런데 왜 램(새끼 양이라는 뜻 ― 옮긴이)이라는 이름을 뒤에다 붙인 건가? 어디 보자, 그런 속담이 있는데. 어린 양처럼 꾸민 늙은 양이던가? 아니야, 그건 나이보다 젊게 보이려고 애쓰는 중년 여자들을 두고 하는 말이지. 그건 아닌데. 아하, 알겠다. 양의 탈을 쓴 늑대인가? 그런 거야?"

"그것도 아니에요. 그냥 제 분야에서는 본명을 쓰면 안 될 것 같고, 아버지가 연상되어서 램이라고 했어요. 짧고 간단하고 기억하기도 쉽잖아요. 자화자찬인지 모르지만 제 성격과도 딱 맞고요."

"그런가? 그나저나 자네 아버님은 어떻게 지내시나?"

"아버지는 건강하세요. 접시꽃 키우느라 정신이 없으세요……. 아니, 국화던가요? 계절이 너무 빨리 지나가서 지금이 여름인지 가을인지도 모르겠네요."

"그러면 원예를 하느라 바쁜 건가?"

"다들 결국엔 원예로 빠지는 것 같아요."

"난 아니야. 한때는 페포호박을 길러 볼까 했지만……. 다시는 안 해. 최고의 꽃을 원한다면 그냥 꽃집에 가면 되잖아? 훌륭한 경찰청장이었으니 자서전을 쓸 줄 알았는데?"

"자서전도 쓰기 시작하셨어요. 그런데 쓰다 보니 빼야 하는 내용이 너무 많더래요. 남은 내용들은 자서전에 넣기 민망할 정도로 시시한 내용이라는 게 아버지 말씀이셨어요."

"그래, 사람이라면 분별력이 있어야지. 그래도 안타까운 일이군.

자네 아버지라면 대단히 재미있는 이야기를 쓸 수 있을 텐데. 난 자네 아버지를 매우 존경한다네. 언제나 그랬지. 자네 아버지 방식이 아주 흥미로웠어. 어찌나 직선적인지. 전에는 아무도 사용하지 않은 것처럼 뻔한 수법을 썼지. 너무나도 뻔한 덫을 쳐서 상대방은 '너무 뻔하잖아. 진짜일 리 없어.'라고 생각하다 덫에 빠지는 거야!"

난 웃음을 터뜨렸다.

"요즘에는 아버지를 존경하는 아들이 드물죠. 자리에 앉아 잔뜩 앙심을 품은 펜을 들고, 지나간 지저분한 일들을 기억해 내서 적으며 만족스러워하는 사람들이 대부분인 것 같아요. 하지만 저는 개인적으로 아버지를 굉장히 존경해요. 아버지만큼만 됐으면 하는 게 제 바람이죠. 물론 분야는 다르지만 말이에요."

"하지만 어느 정도 연관은 있지. 아니, 밀접하게 관련이 있어. 물론 아버지와 달리 자네는 은밀히 배후에서 일해야 하지만 말이야."

푸아로가 헛기침을 하고는 말을 이었다.

"최근에 대단한 성공을 거뒀다면서? 축하하네. 라킨 사건을 해결했다고?"

"지금까지는 잘 해결했지만 제대로 마무리하려면 아직 해야 할 일이 많이 남았어요. 하지만 그것 때문에 여길 찾아온 건 아니에요."

"물론이겠지, 물론이겠지."

푸아로는 의자에 앉으라고 손짓을 하며 허브티를 권했지만 난 즉시 거절했다.

마침 그 순간에 조지가 위스키를 담은 유리병과 잔, 사이펀을 들고 들어와 내 팔꿈치께에 놓았다.

"그나저나 요즘에는 어떻게 지내세요? 뭔가 조사를 하고 계시나 봐요?"

나는 푸아로의 주위에 널려 있는 다양한 책에 눈길을 던지며 다시 질문을 던졌다.

푸아로가 한숨을 쉬었다.

"조사라고 할 수도 있지. 그래, 어떻게 보면 조사가 맞아. 최근 들어 사건이 절실히 필요하다는 걸 느꼈지. 어떤 사건이라도 상관없다네. 물론 훌륭한 셜록 홈즈처럼 버터 속에 파묻힌 파슬리의 깊이를 단서로 삼는 심오한 사건(『셜록 홈즈의 귀환』에 수록된 단편「여섯 점의 나폴레옹 상」에 나오는 이야기 ― 옮긴이)일 수도 있지. 그래도 중요한 건 사건이 있어야 한다는 거야. 자네도 알겠지만 내가 사용하는 건 근육이 아니라 뇌세포 아닌가."

"뇌세포의 건강을 유지하기 위해서군요. 알겠어요."

"자네 말이 맞아. 하지만 몽 셰르(친구), 문제는 사건이 잘 일어나지 않는다는 거야. 지난 목요일에 내 눈앞에서 사건이 하나 일어나긴 했지. 우리 집 우산꽂이에 바짝 마른 오렌지 껍질 세 조각이 들어 있지 뭔가. 오렌지 껍질이 어쩌다 거기에 들어간 걸까? 어떻게 오렌지 껍질이 그 안에 들어갈 수 있었을까? 나는 오렌지를 먹지 않고, 조지는 우산꽂이 안에 오렌지 껍질을 버릴 사람이 절대 아니지. 방문객이 오렌지 껍질 세 조각을 가지고 들어왔을 리도 만무하고. 그래, 그게 꽤 골칫거리였어."

"그래서 해결하셨어요?"

"해결했지. 알고 보니 그리 흥미진진한 일도 아니더군. 평소에 오던 청소부가 바뀌고 새 청소부가 왔는데 계약서 내용을 위반하고 자기 아이를 데려왔던 거야. 그리 흥미 있는 사건은 아니지만 그래도 거짓말과 위장을 꾸준히 간파해야 했지. 만족스러웠지만, 대단하진 않았어."

그의 목소리에서 자부심보다는 우울한 기색이 느껴졌다.

"실망하셨겠어요."

"앙팡(결국엔 그랬지). 내가 신중한 사람이긴 하지만 소포 끈을 푸는 데 칼을 사용할 필요는 없잖나."

나는 진지하게 고개를 끄덕였다. 푸아로가 말을 이었다.

"요즘에는 미해결 사건들을 읽는 데 열중하고 있다네. 그 사건들을 나름대로 해결해 보는 거야."

"브라보 사건, 애들레이드 바틀릿 사건 같은 거 말씀하시는 건가요?"

"그래. 하지만 그것도 너무 간단해. 내 생각에 찰스 브라보를 죽인 범인은 분명해. 어쩌면 말벗이 연루되었을 수도 있지만 분명 주동자는 아니야. 그리고 불행한 청춘 콘스턴스 켄트 사건도 있지. 그녀가 분명 사랑했을 어린 남동생을 목 졸라 죽인 진짜 이유가 여태껏 밝혀지지 않았지. 하지만 난 알아. 그 사건에 대한 기사를 읽자마자 확실히 알아냈다네. 그리고 리지 보든 사건은 관련된 사람들에게 필요한 질문을 물어봤으면 좋았을 걸 그랬어. 난 어떤 질문을 던져야 할지 확실히 알고 있는데 말이야. 이런, 지금쯤이면 다들 이 세상 사람이 아니겠지. 안타까워."

전에도 수없이 생각했지만, 에르퀼 푸아로는 절대 겸손해질 수 없는 사람이라는 생각이 들었다.

"그러고 나서 생각했네. 이젠 뭘 하지?"

푸아로는 계속 말을 이었다. 한동안 말 상대가 없어서인지 자신의 목소리를 맘껏 즐기려는 모양이었다.

"그래서 미해결 사건에서 소설로 방향을 바꿨다네. 내 양쪽으로 다양한 범죄 소설이 쌓여 있는 거 보이지? 옛날 책들이지. 자……"

푸아로는 내가 방 안으로 들어섰을 때 의자 팔걸이에 올려놓은 책을 집어 들고는 건넸다.

"콜린, 여기『레번워스 살인 사건』(최초의 여성 추리소설 작가로 알려진 애나 캐러신 그린의 첫 번째 소설 — 옮긴이)이라네."

"꽤 오래전 책이네요. 어릴 적에 아버지가 이 책 얘길 해 주셨던 것 같아요. 저도 한 번 읽은 것 같은데요. 지금 읽기는 좀 구식이죠."

"그래도 아주 놀라운 책이야. 그 시대의 분위기와 정통적이고 섬세한 멜로드라마를 한껏 살렸어. 엘레노어의 금빛 미모와 메리의 달빛 미모를 풍부하게 묘사한 것 좀 보게!"

"다시 한 번 읽어 봐야겠는데요. 그렇게 아름다운 아가씨들에 대한 내용이 있었는지 기억이 나질 않아요."

"그리고 아주 전형적인 하녀 해나에 살인자까지……. 심리학 공부를 하기에 더없이 훌륭해."

나도 모르는 사이 푸아로의 강의에 빠져들어 귀를 기울였다.

"그리고 『괴도 신사 뤼팽』을 예로 들어 보지. 얼마나 환상적이고 비현실적인가. 그런데도 그 안에 생기가 있어. 넘치는 활기와 생동감! 황당무계하지만 화려함과 우아함이 넘쳐. 유머도 있지."

그는 『괴도 신사 뤼팽』을 내려놓고 또 다른 책을 집어 들었다.

"그리고 『노란 방의 비밀』(『오페라의 유령』의 작가 가스통 르루의 소설 ― 옮긴이). 이건…… 이건 정말 고전이야! 처음부터 끝까지 흠잡을 데가 없어. 굉장히 논리적인 전개를 펼치고 있다네! 물론 이 책에 대한 비판도 있었지. 내가 기억하기로는 정당한 트릭이다 아니다 말들이 있었어. 하지만 이건 정당한 트릭일세, 콜린. 그렇고말고. 완전히는 아닐지 몰라도 거의 정당해. 머리카락 한 오라기 정도 차이가 날 뿐이야. 정당한 트릭이고말고. 진실이 감춰져 있어. 세 복도의 모서리에서 남자들이 만나는 순간 모든 수수께끼가 풀리지. 정말 걸작이야. 그런데 요즘 사람들은 잘 모르는 것 같더군."

푸아로는 경건하게 그 책을 내려놓았다. 그러더니 20년 정도의 시간을 훌쩍 뛰어넘어 비교적 최근 작가의 작품을 들었다.

"그리고 아리아드네 올리버 여사의 초기 작품도 몇 권 읽었다네. 우리의 친구인 올리버 여사 말일세. 하지만 난 그녀의 작품을 그리 높이 사지 않아. 작품 속의 사건들이 너무 비현실적이야. 우연도 너무 남발되고 말이야. 게다가 초기 작품이니 올리버 여사도 어려서 잘 몰랐겠지만, 주인공 탐정을 핀란드 사람으로 설정한 것은 어리석은 짓이었어. 시벨리우스 외에는 핀란드 사람이나 핀란드에 대해 아무것도 몰랐던 게 분명해. 그래도 꽤 독창적인 데다 후기 작품을 보니 많이 공부한 티가 나더군. 경찰 조사 과정 같은 거 말일세. 그리고 이젠 총기 분야도 좀 신뢰할 수 있겠더군. 그녀에게 더 필요한 것은 법률 부분을 조언해 줄 수 있는 변호사 친구를 사귀는 거야."

푸아로는 아리아드네 올리버 여사의 책을 옆에 내려놓고 또 다른 책을 집어 들었다.

"자, 이번에는 시릴 퀘인 씨야. 아, 퀘인 씨는 알리바이의 대가지."

"제가 제대로 기억하고 있다면 그분은 끔찍하게 지루한 작가인데요."

"그 사람 책이 특별히 스릴 넘치지 않는다는 건 사실이야. 물론 시체가 등장하긴 하지. 하나 이상 등장할 때도 있고 말이야. 하지만 이 사람 책의 중점은 항상 알리바이에 있어. 열차 시간표, 버스 노선, 도로 계획……. 사실 난 이처럼 복잡하고 정교한 알리바이를 즐긴다네. 시릴 퀘인의 트릭을 간파하는 걸 즐기지."

"그리고 항상 성공하시겠죠?"

푸아로는 솔직히 인정했다.

"항상은 아니라네. 항상은 아니야. 물론 계속 읽다 보면 책이 다 비슷비슷하다는 걸 깨닫게 되지. 알리바이도 아주 똑같진 않지만 매번 비슷해. 몽 셰르(친애하는) 콜린, 난 시릴 퀘인이 자기 방에 앉아 사진에서처럼 파이프 담배를 물고, 영국 철도 여행 안내서, 유럽 철도 여행 안내서, 항공 회사 팸플릿, 온갖 종류의 시간표를 펼쳐 놓고 보았을 거라고 생각하네. 그래도 시릴 퀘인의 작품에는 질서와 체계가 있어."

푸아로는 퀘인의 책을 내려놓고 또 다른 책을 집어 들었다.

"그리고 스릴러의 대가인 게리 그레그슨도 있지. 내가 알기로 적어도 64권의 책을 냈는데, 퀘인과는 정반대야. 퀘인의 책에는 별다른 일이 일어나지 않지만, 게리 그레그슨의 책에는 너무 많은 일이 일어나. 터무니없고 말도 안 되는 일이 정신없이 일어나지. 일어나는 일마다 지나치게 과장해서 표현했어. 막대기로 휘저어 놓은 멜로드라마야. 피, 시체들, 실마리들……. 전율이 난무하고 넘쳐나. 지나치게 자극적이고 비현실적이지. 자네도 알겠지만 내 취향은 아니야. 전혀 아니지. 이것저것 재료가 마구 섞여 있어서 정체가 모호한 미국 칵테일 같아."

말을 멈춘 푸아로가 한숨을 쉬고 다시 강의를 시작했다. 그는 왼편에 쌓인 책 더미에서 책 한 권을 꺼냈다.

"이제 미국을 살펴볼까. 플로렌스 엘크스. 이 작가의 책에도 질서와 체계, 다채로운 이야기들이 있지. 하지만 특징이 아주 많아. 활기차고 생동감이 넘치지. 이 숙녀분은 위트가 있어. 물론 다른 수많은 미국 작가와 마찬가지로 술에 좀 지나치게 집착하는 것 같지만 말이야. 자네도 알겠지만 난 와인 전문가지 않나. 글 속에 클라레 와인이나 부르고뉴 와인이 등장하면서 생산 연도를 자세히 소개하는 장면은 아주 즐거워. 하지만 미국 스릴러 책에서 탐정들이 페이지마다 위스키와 버번을 들이켜 대는 장면은 지루하기 짝이 없단 말이지. 서랍장에서 술을 꺼내 500밀리리터를 마시든 250밀리리터를 마시든 이야기에는 아무런 영향도 미치지 않잖아. 미국 소설에 등장하는 술이라는 모티프는 불쌍한 딕 씨가 자서전을 쓸 때 찰스 왕의 머리를 빼놓지 못한 것(찰스 디킨스의 자전적 소설 『데이비드 코퍼필드』에 나오는 이야기 — 옮긴이)과 똑같아. 뺄 수가 없는 거야."

"갱단은 어때요?"

푸아로는 앵앵거리는 파리나 모기를 쫓듯 손을 내저었다.

"'폭력에는 폭력'이라고 말하는 소설들? 언제부터 그게 그렇게 인기를 얻었지? 난 경찰관으로 일하면서 폭력은 수도 없이 지켜봤어. 흥, 차라리 의학 서적을 읽는 게 낫지. 투드 맴(그래도) 미국 범죄 소설은 전반적으로 수준이 높네. 영국 소설보다 독창적이고 상상력이 있지. 물론 프랑스 소설보다는 분위기가 떨어지고 플롯도 지나치게 복잡하지만 말이야. 이를테면 루이자 오말리의 작품을 봐."

푸아로는 다시 한 번 책에 빠져들었다.

"아주 박식하면서도 독자들에게 엄청난 흥분과 긴장감을 안겨 주잖아. 뉴욕의 브라운스톤 맨션. 그런데 브라운스톤 맨션이라는 게 도대체 뭔지 모르겠단 말이야. 근사한 아파트와 속물근성으로 가득 찬 사람들, 그리고 그 밑에는 예기치 못한 범죄들이 알 수 없는 방향으로 흘러가지. 그런 일은 실제로 일어날 수 있고, 또 실제로 일어나고 있다네. 루이자 오말리는 아주 훌륭해. 정말 아주 훌륭해."

푸아로가 한숨을 쉬며 의자 등받이에 기대어 고개를 절레절레 흔들고는 남아 있던 허브티를 단숨에 들이켰다.

"그리고…… 추억의 고전도 있지."

다시 한 번 푸아로가 책 이야기에 푹 빠져들었다.

"『셜록 홈즈의 모험』."

그는 애정 어린 목소리로 중얼거리고는 한층 더 존경 어린 목소리로 "메트르(선생님)!"라고 외쳤다.

"셜록 홈즈가요?"

"아, 농, 농(아니야, 아니야). 셜록 홈즈가 아니야! 내가 존경하는 것은 그 작가인 아서 코난 도일 경이지. 셜록 홈즈 이야기는 현실성도 떨어지는 데다 오류도 많고 인위적이야. 하지만 글 쓰는 기술은……. 아, 그건 전혀 다른 거지. 언어의 즐거움을 한껏 느낄 수 있고, 게다가 무엇보다도 왓슨 박사라는 훌륭한 캐릭터를 창조해 냈어. 그건 정말 대단한 성공이야."

푸아로는 한숨을 쉬고 고개를 설레설레 저으며 중얼거렸다. 왓슨 박사가 무언가를 연상시킨 게 분명했다.

"스 셰르(친애하는) 헤이스팅스. 내 친구 헤이스팅스 이야기는 자네에게도 많이 했지. 툭하면 혁명이 일어나는 남미에 가서 썩고 있다니 바보 같은 짓이야."

"남미뿐이 아니에요. 요즘에는 전 세계에서 혁명이 일어나고 있는걸요."

"정치 얘기는 그만두세. 꼭 그래야 한다면 그래야겠지. 하지만 그 이야기는 하지 마세."

"사실 전 다른 일을 의논드리러 찾아뵌 거예요."

"아! 자네 결혼할 작정이구먼, 그렇지? 정말 잘됐네. 몽 셰르(내 친구), 정말 잘됐어."

"도대체 왜 그런 생각을 하시는 거예요, 푸아로? 그런 거 아니에요."
"하지만 다들 그러지 않던가? 그것도 매일 일어나는 일이지."
나는 단호하게 말했다.
"어쩌면요. 하지만 전 아니에요. 사실 제가 찾아온 건 우연히 알게 된 살인 사건에 좀 문제가 있어서예요."
"그래? 살인 사건에 문제가 좀 있다고? 그런데 나에게 왔단 말이지? 이유가 뭔가?"
난 좀 부끄러웠다.
"그게……. 전…… 어쩌면 당신이 좋아할 거라고 생각했어요."
푸아로가 가만히 날 바라보며 사랑스러운 손길로 콧수염을 만지작거리더니 입을 열었다.
"주인은 종종 개에게 잘해 주지. 밖으로 나가서 개에게 공을 던져 준다네. 하지만 개 또한 주인에게 친절을 베풀 수가 있다네. 개는 토끼나 쥐를 물어 죽여서 주인의 발밑에 놓지. 그러고는 어떻게 하는지 아나? 꼬리를 흔들지."
나는 나도 모르게 웃음을 터뜨렸다.
"제가 지금 꼬리를 흔들고 있나요?"
"난 자네를 내 친구라고 생각하네. 그래, 자네는 나의 친구야."
"그렇다면 좋아요. 주인님은 어떻게 생각하시죠? 쥐를 잡아오길 원하시나요? 모든 걸 다 알고 싶어 하시나요?"
"물론이지. 당연해. 내가 흥미로워할 거라고 생각한 사건이잖아? 그렇지?"

"문제는 도무지 앞뒤가 맞지 않는다는 거예요."

"그건 말이 안 돼. 모든 일은 앞뒤가 들어맞게 마련이야. 모든 일은."

"그렇다면 이 사건의 앞뒤 좀 맞춰 보세요. 저는 못 하겠어요. 딱히 저와 관련이 있는 사건은 아니고, 우연히 휘말렸어요. 그래도 죽은 남자의 신원을 밝히면 금세 해결될 수도 있을 거예요."

푸아로가 질책했다.

"자넨 질서도 체계도 없이 말하는구먼. 사실만 말해 주겠나? 살인이라고 했지, 그렇지?"

"예, 살인 사건이에요. 그럼, 처음부터 말씀드릴게요."

나는 윌브러험 크레센트 19번지에서 일어난 사건을 자세히 설명했다. 에르퀼 푸아로는 이야기를 듣는 동안 등받이에 기대어 두 눈을 감은 채 의자 팔걸이를 검지로 톡톡 두드렸다. 내가 마침내 이야기를 마쳤을 때 그는 잠시 아무 말이 없었다. 그러다 갑자기 눈도 뜨지 않은 채 질문을 던졌다.

"생 블라그(설마, 농담이겠지)?"

"아, 전혀요."

"에파탕(근사하군)."

푸아로는 그 단어를 혀로 굴리며 한 음절씩 다시 반복했다.

"에파탕."

그런 후에 계속해서 팔걸이를 손가락으로 톡톡 두드리며 가만히 고개를 끄덕였다.

"저, 어떻게 생각하세요?"

나는 더 이상 참지 못하고 성급하게 물었다.

"내가 무슨 말을 하길 원하나?"

"해답을 알려 주셨으면 좋겠어요. 항상 의자에 가만히 앉아 생각하는 것만으로도 사건을 해결할 수 있다고 하셨잖아요. 돌아다니면서 사람들에게 질문을 하고 단서를 찾으러 뛰어다닐 필요 없다고요."

"내가 항상 그렇게 주장하긴 했지."

"뭐, 그러니까 어디 한번 해 보시죠. 제가 사실을 이야기해 드렸으니 이제 해답을 주세요."

"겨우 그걸로? 아직은 알아내야 할 게 더 많아. 몬 아미(친구), 지극히 기초적인 정보밖에 없잖나. 그렇지?"

"그래도 뭔가 말씀해 주셨으면 좋겠어요."

푸아로는 잠시 생각하더니 이렇게 단언했다.

"한 가지는 확실해. 아주 간단한 사건이 분명하다는 거."

"간단하다고요?"

내가 놀란 표정으로 반문했다.

"그렇다네."

"간단하다는 이유가 뭐죠?"

"사건의 양상이 아주 복잡해 보이니까. 일부러 복잡해 보이게 만든 사건의 본질은 간단하게 마련이야. 이해하겠나?"

"잘 모르겠어요."

푸아로는 다시 생각에 잠겼다.

"흥미롭군. 자네가 해 준 얘기와……. 그래, 비슷한 사건이 있었는데, 언제…… 어디서…… 무슨 사건이었더라…….”

푸아로가 말을 멈추었다.

"물론 그동안 범죄 사건을 많이 다루셨으니 머릿속에 어마어마하게 관련 지식을 저장해 두고 계시겠죠. 하지만 그 모든 일을 다 기억하진 못하시죠?”

"불행히도 그렇다네. 하지만 가끔씩 과거의 사건들이 도움이 되기도 해. 한 번은 리에주의 비누 공장 사장이 생각나더군. 그 남자는 금발 머리 비서와 결혼하기 위해 아내를 독살했지. 그런 범죄가 패턴이 되는 거야. 훨씬 나중에 그 패턴이 반복되는 거지. 난 그걸 알아차린 거야. 당시에는 페키니즈 개가 납치당한 사건이었지만 패턴은 같았어. 나는 금발 머리와 비누 공장 사장과의 유사점을 찾아봤고, 부왈라(짠)! 결국 그런 사건이었다는 게 밝혀졌어. 그리고 오늘 또 자네 이야기를 들어 보니 생각나는 게 있어.”

나는 잔뜩 기대하며 재차 물었다.

"시계요? 아니면 가짜 보험 회사 직원요?”

"아니야, 아니야.”

푸아로가 고개를 저었다.

"눈먼 여자요?”

"아니야, 아니야, 아니야. 헷갈리게 만들지 말게.”

"실망했어요, 푸아로. 당신이라면 곧바로 해답을 내놓을 줄 알았는데요.”

"이보게 친구, 자네가 나에게 알려 준 건 패턴뿐이잖아. 그 외에도 많은 것을 알아내야 해. 아마도 죽은 남자의 신원이 곧 밝혀지겠지. 그 부문은 경찰이 최고야. 범죄자 기록도 보유하고 있고 남자의 사진을 여러 군데 배포할 수도 있으며, 실종자들 목록을 찾아보거나 죽은 남자의 옷을 과학적으로 분석해 볼 수도 있으니까 말이야. 경찰은 수백 가지도 더 되는 방법과 수단을 동원할 수 있지. 이 남자의 신원이 밝혀지는 건 시간 문제야."

"그렇다면 지금 당장은 아무것도 할 일이 없다, 이렇게 생각하시는 거예요?"

"할 일은 항상 있게 마련이야."

에르퀼 푸아로는 엄하게 말했다.

"이를테면요?"

푸아로가 한탄하듯 나를 향해 검지손가락을 흔들었다.

"이웃들과 이야기를 나눠 보는 거라네."

"그건 이미 했어요. 하드캐슬이 탐문을 할 때 같이 갔는걸요. 하지만 도움이 될 만한 점은 없었어요."

"아, 쯧쯧. 그게 아니야. 그렇게 해서 될 일이 아닐세. 그저 찾아가서 '수상한 거 보셨습니까?'라고 묻자 그 사람들이 '아니요.'라고 대답했다고 해서 그게 끝이라고 생각하는 건가? 이웃들과 이야기를 나눠 보라는 건 그런 뜻이 아니야. 그 사람들과 대화를 나누라고. 그 사람들이 자네에게 말을 할 수 있도록 말이야. 그렇게 대화를 나누다 보면 항상 실마리는 잡히게 마련이지. 어쩌면 사람들은 자기네 정원이나 애완동물, 머리 스타일이나 옷 또는 친구, 좋아하는 음식에 대해 이야기할 수도 있겠지. 그런 이야기 가운데 빛을 비춰 주는 단어 하나가 있게 마련이야. 자네는 이웃들과 나눈 대화에서 도움이 될 만한 게 아무것도 없다고 했지? 하지만 그렇지 않아. 만약 자네가 그 사람들이 한 말을 일일이 되풀이해 준다면 ……."

"그건 가능해요. 제가 보조 경찰관인 척하면서 들은 이야기를 받아 적어 뒀으니까요. 타이프를 쳐서 가져왔어요. 여기요."

"아, 잘했어, 정말 잘했어! 정말 잘했어. 그렇고말고. 쥬 부 르메르시 인피니멍트(정말 고마워)."

푸아로의 칭찬에 나는 몸 둘 바를 몰랐다.

"더 제안하실 게 있으세요?"

"그럼, 나야 항상 제안할 게 있지. 이 아가씨 말이야. 이 아가씨를 가서 만나 봐. 이미 어느 정도 친해졌겠지, 그렇지 않은가? 그 아가씨가 공포에 질려 집에서 뛰쳐나와 자네 품에 안겼잖아?"

"게리 그레그슨 책을 너무 많이 읽으신 모양이네요. 멜로드라마에 푹 빠지신 것 같아요."

푸아로는 순순히 인정했다.

"어쩌면 자네 말이 옳을지도 모르지. 사람이란 읽고 있는 책에 영향을 받게 마련이니까."

"그 아가씨는……."

내가 머뭇거리자 푸아로가 궁금한 듯 나를 바라보았다.

"응?"

"그러니까 저는…… 별로 만나고 싶지가……."

"아, 그런 거군. 자네 마음 한구석에서는 그 아가씨가 이 사건과 연관이 있다고 생각하는 거였어."

"아니에요. 그 아가씨가 그곳에 간 건 순전히 우연이었어요."

"아니야, 아닐세, 몬 아미(친구). 그건 순전한 우연이 아니었어. 자네도 잘 알잖나. 자네가 그렇게 말했잖아. 전화로 지명을 받고 간 거라고."

"하지만 그 아가씨도 그 이유를 모르던데요."

"그 아가씨가 그 이유를 아는지 모르는지를 어떻게 자네가 확신할 수 있나? 그 아가씨는 이유를 알면서도 숨길 가능성이 높아."

"전 그렇게 생각하지 않아요."

내가 완강하게 대답했다.

"본인은 인식하지 못하더라도, 자네가 그 아가씨와 이야기를 나누면서 이유를 알아낼 수도 있어."

"어떻게요? 그러니까…… 전 그 아가씨를 잘 알지도 못하는데요."

에르퀼 푸아로는 다시 눈을 감았다.

"서로 다른 성(性)을 가진 두 사람이 끌리는 과정에서는 진실된 말이 나올 때가 있지. 그 아가씨 매력적이지?"

"뭐……. 네, 아주 매력적이에요."

푸아로가 명령했다.

"그 아가씨와 이야기를 나눠 보게. 이미 안면이 있으니까 말이야. 그리고 눈먼 여자에게도 이유를 대서 다시 한 번 찾아가 봐. 그리고 타이핑을 부탁할 게 있다는 이유를 대서 속기 협회에도 다시 가 보고. 그러다 보면 그곳에서 일하는 아가씨들 중 한 명이랑 친해질 걸세. 이 사람들과 모두 이야기를 나눠 본 후에 날 다시 찾아와서 다 얘기해 주게."

"좀 봐 주세요!"

"절대 안 돼. 해 보면 재미있을 거야."

"저도 해야 할 일이 있단 말이에요."

"좀 휴식을 취하고 나면 일도 더 잘될 거야."

푸아로가 토닥거렸다.

나는 자리에서 일어서며 웃음을 터뜨렸다.

"뭐, 분부대로 하죠! 제게 더 하실 말씀은 없으세요? 이 이상한 시계 건에 대해서는 어떻게 생각하세요?"

푸아로는 다시 의자 등받이에 기대더니 눈을 감았다.

그의 입에서 예기치 못한 말이 나왔다.

바다코끼리가 말하길,
'시간이 됐으니
많은 것에 대해 이야기하세.
신발, 그리고 배, 봉랍,
양배추, 왕들의 이야기를,
그리고 바다가 왜 끓어오르는지를,
돼지들에게 날개가 있을까 없을까를.'

푸아로는 다시 눈을 뜨고는 고개를 끄덕였다.

"무슨 말인지 알겠나?"

"『거울나라의 앨리스』에 나오는 '바다코끼리와 목수'네요."

"맞아. 지금으로서는 내가 자네에게 해 줄 수 있는 최선의 조언일세. 잘 생각해 봐."

15장

 심리에는 일반 시민도 꽤 많이 참석했다. 크로딘 한복판에서 일어난 살인 사건에 잔뜩 흥분한 사람들이 대단한 사실이라도 밝혀지길 기대하며 몰려든 것이다. 하지만 심리는 언제나 그렇듯 형식적이었다. 실라 웨브는 두려워할 필요도 없었고, 이삼 분 만에 끝났다.
 캐번디시 협회에 전화가 걸려 와 그녀를 윌브러험 크레센트 19번지로 보내 달라고 했다. 도착해서 시킨 대로 응접실로 들어갔다. 그런데 그곳에서 죽은 남자를 발견하고, 비명을 지르며 밖으로 뛰쳐나와 도움을 구했다. 질문도 추가 설명도 없었다. 마틴데일 양의 진술은 실라 웨브보다 더 빨리 끝났다. 펩마시 양이라고 주장하는 사람에게서 실라 웨브 양을 윌브러험 크레센트 19번지로 보내 달라는 전화를 받았으며 몇 가지 지시 사항도 있었다. 그녀는 전화가 온 시각이 정확히 1시 49분이라고 했다. 그렇게 마틴데일 양의 진술이 마무리되었다.

다음에 호명된 펩마시 양은 그날 캐번디시 협회에 전화해 속기사를 보내 달라고 한 적이 없다며 잘라 말했다. 하드캐슬 경위는 사무적인 말투로 전화를 받고 윌브러험 크레센트 19번지로 가서 죽은 남자를 발견했다고 간단하게 진술했다. 검시관이 질문을 던졌다.

"죽은 남자의 신원은 알아내셨습니까?"

"아직 아닙니다. 그런 이유로 심리를 연기하자는 요청을 드리고 싶습니다."

"그렇군요."

그다음 의학적인 증거들이 제시되었다. 경찰의인 리그는 자신을 소개한 후 윌브러험 크레센트 19번지에 가서 죽은 남자를 조사했다고 말했다.

"의사 선생님, 사망 시간을 대략 말씀해 주시겠습니까?"

"제가 검사를 한 것이 3시 30분이었습니다. 따라서 사망 시각은 1시 30분에서 2시 30분 정도로 보고 있습니다."

"그보다 더 좁힐 순 없습니까?"

"그러지 않는 편이 좋을 겁니다. 가장 가능성이 높은 시각은 2시 또는 그보다 조금 더 빠른 시각이겠지만, 나이와 건강 상태 등 여러 가지 고려할 요소가 있으니까요."

"직접 부검을 하셨습니까?"

"예."

"사망 원인은 뭐죠?"

"얇고 날카로운 칼에 찔렸습니다. 어쩌면 날 끝이 뾰족한 프랑스제 주방 칼일 수도 있습니다. 칼끝이 들어간 쪽은……."

의사는 칼이 심장에 박힌 정확한 지점을 전문 용어를 사용하여 설명하기 시작했다.

"순식간에 일어난 일일까요?"

"아주 짧은 순간에 일어났을 겁니다."

"그렇다면 피해자는 소리를 지르거나 반항할 수 없었습니까?"

"칼에 찔린 상황을 보면 그러지 못했을 겁니다."

"무슨 말씀인지 자세히 설명해 주시겠습니까?"

"저는 장기를 살펴보고 몇 가지 실험을 해 봤습니다. 피해자는 칼에 찔릴 당시 약물 복용으로 의식이 없는 상태였습니다."

"어떤 약물인지 말씀해 주시겠습니까?"

"클로랄이었습니다."

"피해자가 그 약물을 어떻게 섭취한 건지 말씀해 주시겠습니까?"

"아마도 술에 섞여 있었을 겁니다. 클로랄의 효과는 즉각 나타나죠."

"일부 지역에서는 미키 핀(마약이나 약물을 넣은 술 — 옮긴이)이라고 알려져 있다죠."

"맞습니다. 피해자는 아무런 의심 없이 술을 마셨을 테고, 얼마 지나지 않아 현기증을 느끼다 기절했을 겁니다."

"그렇다면 의식이 없는 상태에서 칼에 찔렸다는 겁니까?"

"제 소견으로는 그렇습니다. 피해자의 표정이 평화로운 데다 다툼이나 반항의 흔적이 전혀 없었으니까요."

"의식을 잃은 지 얼마 후에 살해당한 겁니까?"

"그건 정확히 말씀드리기 힘듭니다. 피해자의 체질에 따라 다르기도 하니까요. 섭취 후 30분이 지나기 전에는 깨어나지 못했을 게 분명하지만, 어쩌면 그보다 훨씬 오래 의식을 잃었을 수도 있습니다."

"감사합니다, 선생님. 피해자가 마지막으로 언제 식사를 했는지 그 증거도 나왔습니까?"

"점심은 먹지 않았습니다. 적어도 살해되기 4시간 전부터 고형 음식은 먹지 않았습니다."

"감사합니다. 이걸로 된 것 같군요."

검시관은 주위를 둘러보며 다시 입을 열었다.

"심리는 2주 후 9월 28일로 연기합니다."

심리가 끝나자 사람들은 법정을 빠져나가기 시작했다. 캐번디시 협회의 다른 아가씨들과 함께 심리에 참석했던 에드나 브렌트도 미적거리며 문을 나섰다. 캐번디시 비서 협회는 오전 동안 문을 닫았다. 같은 사무실에서 일하는 모린 웨스트가 그녀에게 말을 걸었다.

"에드나, 왜 그래? 우리 블루버드에 가서 점심 먹을래? 아직 시간 많잖아. 적어도 넌 말이야."

에드나가 풀죽은 목소리로 대꾸했다.

"나도 너랑 똑같아. 샌디 캣이 나더러 첫 번째 점심시간에 점심을 먹으라지 뭐야. 정말 치사해. 시간이 많이 남아서 쇼핑도 할 수 있을 줄 알았는데."

"샌디 캣이 그렇지 뭐. 지독하게 치사한 인간이잖아, 안 그래? 2시까지는 사무실 문을 열어야겠네. 누구 기다리는 중이야?"

"실라. 실라가 나오는 걸 못 봐서."

"실라는 벌써 갔는걸. 진술 끝난 다음에 바로 갔어. 웬 젊은 남자와 함께 가던데……. 하지만 누군지는 못 봤어. 안 갈 거야?"

에드나는 여전히 망설이며 말했다.

"먼저 가……. 난 사야 할 게 좀 있어서."

모린과 다른 아가씨들은 함께 떠났다. 에드나는 마침내 용기를 내어 입구에 서 있는 금발의 젊은 경찰관에게 말을 걸었다.

에드나가 소심하게 중얼거렸다.

"다시 안에 들어가도 될까요? 사무실에 오셨던…… 그 뭐라는 경위님과 이야기를 나눠도 될지……."

"하드캐슬 경위님요?"

"맞아요. 법정에서 진술하셨던 그분요."

"글쎄요……."

법정 안으로 눈길을 돌린 젊은 경찰관은 하드캐슬 경위가 검시관 및 경찰서장과 진지하게 이야기를 나누는 모습을 보았다.

"아무래도 지금은 바쁘신 것 같은데요. 나중에 경찰서에 들러 주시거나 아니면 제게 메시지를 남겨 주시죠. 중요한 일인가요?"

에드나가 재빨리 대답했다.

"오, 중요한 건 아니에요. 그냥……. 그러니까……. 그 여자가 한 말이 사실 같지가 않아서……. 그러니까……."

에드나는 복잡한 얼굴로 돌아섰다. 그리고 콘마켓을 지나 하이가를 따라 서성이며 얼굴을 찌푸리고 무언가를 생각해 내려 애썼다. 그러나 머릿속을 정리하려고 하면 할수록 더 복잡해지기만 했다.

"하지만 사실일 리 없어……. 그 여자가 한 말이 사실일 리가 없는데……."

그녀는 혼잣말을 중얼거리다 갑자기 단호한 결심을 한 듯 하이 가를 빠져 나가 윌브러험 크레센트로 이어지는 올버니로로 갔다.

언론이 윌브러험 크레센트 19번지에서 살인 사건이 일어났다고 발표한 날부터 수많은 사람이 매일 그 집을 구경하러 몰려들었다. 벽돌에 회반죽을 바른 평범한 집이 이런 상황이 되자 일반 시민에게 신비하게 비춰진 것이다. 사건이 일어난 후, 24시간 동안은 경찰이 그 앞을 지키며 사람들을 통제했다. 시간이 지나자 사람들의 관심이 점차 누그러들었지만, 아직 완전히 가라앉은 것은 아니었다. 트럭을 몰고 지나가던 잡상인들은 그 집 앞을 지날 때면 속도를 늦추었으며, 유모차를 끌고 산책을 하는 여자들은 그 앞에 멈춰 서서 펩마시 양의 깔끔한 집을 유심히 들여다보았다. 장을 보러 나온 여자들은 호기심 어린 눈으로 그 집을 흘끔거리며 수다를 떨었다.

"저 집이야……. 저기 저 집……."

"응접실에 시체가 있었다며. 아니, 내가 보기에 응접실은 앞쪽에 있을 거야. 왼쪽에 저기 저 방."

"식료품 가게 주인 말로는 오른쪽 방이라던데."

"뭐, 그럴 수도 있겠지. 내가 10번지에 가 본 적이 있는데 분명 식당이 오른쪽이고 응접실이 왼쪽이었어."

"전혀 살인 사건이 일어났던 집처럼 보이지 않는데, 그렇지 않아?"

"그 아가씨가 미친 듯이 비명을 지르면서 뛰쳐나왔다던데……."

"사람들 말로는 그 아가씨가 그 이후 제정신이 아니래. 정말 엄청난 충격이었을 거야."

"어떤 남자가 뒤쪽 창문으로 집 안에 침입했대. 그 남자가 가방에 은그릇을 담고 있었는데 마침 그 아가씨가 들어가서 발견한 거래."

"집주인도 참 불쌍하지. 눈이 안 보인대. 그러니 무슨 일이 일어났는지도 몰랐을 거야."

"오, 하지만 그때 집에 없었다잖아."

"내 생각에는 집에 있었을 것 같아. 위층에 있다가 남자가 들어오는 소릴 들었겠지? 오, 이런. 빨리 장을 보러 가야겠어."

펩마시 양의 집 앞에서는 이런 대화가 끊이지 않았다. 그럴 것 같지 않은 사람들까지 자석에 이끌린 듯 월브러험 크레센트로 와 그 집 앞에 멈춰 서서 안을 흘끔거리고는 내심 만족스러워하며 떠났다.

에드나 브렌트는 멍하니 서서 살인 사건이 난 집을 바라보며 숙덕거리는 대여섯 명의 사람들 틈에서 부대꼈다.

주위의 분위기에 쉽사리 휩쓸리는 에드나 역시 그 집을 뚫어져라 바라보았다.

저게 바로 그 일이 일어난 집이었구나! 창문에는 레이스 커튼이 쳐져 있었다. 아주 근사해 보였다. 그래도 그 집은 남자가 살해당한 곳이었다. 주방 칼에 찔려서. 평범한 주방 칼, 주방 칼이 없는 사람은 없지…….

주변 분위기에 완전히 넋을 빼놓고 에드나는 아무 생각 없이 그 집을 바라보았다.

무엇 때문에 이곳에 온 건지조차 잊어버릴 정도였다…….

순간 귓가에 들려오는 목소리에 에드나는 흠칫 놀랐다.

분명 아는 목소리였다. 그녀는 놀란 눈으로 고개를 돌렸다.

16장 : 콜린 램의 이야기

I

나는 실라 웨브가 조용히 법정을 빠져나가는 모습을 보았다. 그녀는 침착하게 진술했다. 초조해 보이긴 했지만 심하진 않았다. 그저 자연스러운 수준이었다. (벡이라면 뭐라고 했을까? '연기를 꽤 잘하는군.' 그의 목소리가 들리는 듯했다!)

나는 리그의 놀라운 진술을 들은 다음(딕 하드캐슬은 그 이야기를 내게 해 주지 않았지만, 그는 분명 알고 있었을 것이다.) 실라 웨브를 따라가 물었다.

"그렇게 나쁘진 않았죠?"

"네, 사실은 꽤 편했어요. 검시관께서 아주 친절하던데요."

실라 웨브가 머뭇거리며 다시 입을 열었다.

"이제는 어떻게 되는 거죠?"

"증거가 부족하니 심리를 미룰 겁니다. 2주 후나 어쩌면 죽은 남자의 신원을 알아낼 때까지요."

"경찰이 그 남자의 신원을 알아낼 거라고 생각하세요?"

"오, 그럼요. 확실히 알아낼 겁니다. 그건 분명해요."

실라 웨브가 몸을 떨었다.

"오늘은 쌀쌀하네요."

특별히 쌀쌀한 날씨는 아니었다. 사실 나는 날씨가 따뜻하다고 생각하던 참이었다.

"이른 점심 어떠세요? 사무실로 바로 돌아가야 하는 건 아니죠?"

"예, 오늘은 2시에 문을 열어요."

"그럼 갑시다. 중국 음식 어때요? 요 아래 작은 중국 음식점이 있던데요."

실라가 망설이는 표정을 지었다.

"뭘 좀 사야 할 게 있어서요."

"식사하고 가면 되잖아요."

"안 돼요……. 1시나 2시 사이에 문을 닫는 가게들도 있어서요."

"그럼 좋습니다. 식당에서 만날까요? 30분 후 어때요?"

실라는 그러겠다고 대답했다.

나는 바닷가로 걸어가 버스 정류장에 앉았다. 거세게 밀려오는 바닷바람을 고스란히 맞았다.

생각을 해 보고 싶었다. 나 자신에 대해 나보다도 다른 사람들이 더 많은 걸 알고 있다는 건 정말 화나는 일이었다. 하지만 벡과 에르퀼 푸아로, 딕 하드캐슬 모두 내가 스스로를 솔직히 인정하지 못한다는 사실을 알고 있었다.

나는 이 아가씨를 신경 쓰고 있다……. 전에는 한 번도 그런 적이 없는 방식으로 신경 쓰고 있다.

미모 때문은 아니다. 물론 그녀는 보기 드물게 아름답지만 그 때문이 아니었다. 그렇다고 성적 매력 때문도 아니었다. 나는 그동안 그런 여자는 수도 없이 만나 보았기 때문에 이미 면역이 되어 있었다.

그저 처음 만난 그 순간 그녀가 내 여자라는 걸 알아차렸을 뿐이다. 그녀에 대해 아는 거라곤 아무것도 없는데 말이다!

II

내가 경찰서로 들어가 딕을 찾은 것은 2시가 조금 넘은 시각이었다. 딕이 책상 앞에 앉아 서류를 넘기고 있었다. 딕은 날 올려다보더니 심리가 어땠냐고 물었다.

나는 꽤 체계적이고 신사적이었다고 대답했다.

"이 나라가 그런 건 잘하잖아."

"의사의 진술은 어떻게 생각해?"

"좀 놀랐어. 왜 나에게 미리 말해 주지 않은 거야?"

"자네는 런던에 있었잖아. 그 전문가라는 사람은 만났어?"

"응."

"나도 어렴풋이 그 사람이 기억나. 콧수염이 풍성하지?"

나는 고개를 끄덕였다.

"어마어마하지. 그 콧수염을 얼마나 자랑스러워하는데."

"나이가 꽤 많잖아?"

"나이는 많지만 노망이 나진 않았어."

"그 사람을 만나러 간 진짜 이유가 뭐야? 순수하게 인간적인 정 때문이었던 거야?"

"누가 경찰 아니랄까 봐 의심은! 주된 이유는 그거였어. 물론 호기심도 있긴 했지만. 이 사건에 대해 그가 뭐라고 할지 궁금했거든. 자네도 알겠지만 푸아로는 툭하면 그저 의자에 앉아 손가락을 가지런히 모으고 눈을 감은 다음 생각만 하면 사건을 쉽게 풀 수 있다고 허풍을 떨었단 말이야. 그래서 직접 보고 싶었지."

"그래서 그렇게 하던가?"

"그래."

하드캐슬이 호기심 어린 목소리로 물었다.

"그리고 뭐래?"

"아주 간단한 사건이라던데."

"간단하다고? 세상에! 도대체 간단하다는 이유가 뭐야?"

하드캐슬이 발끈 화를 냈다.

"내가 이해한 바로는 모든 정황이 너무나 복잡하기 때문이래."

하드캐슬이 고개를 설레설레 저었다.

"무슨 말인지 모르겠군. 첼시의 젊은이들이나 할 법한 말 같아. 이해가 안 돼. 다른 말은?"

"뭐, 이웃들과 이야기를 나눠 보라고 하더군. 이미 해 봤다고 했지."

"이젠 의학적인 증거보다 이웃들의 증언이 더 중요한 시점이긴 하지."

"피해자가 다른 곳에서 약을 먹고 19번지로 옮겨진 후 살해당했다고 생각하는 거야?"

순간 어떤 낯익은 이야기가 머릿속에 떠올랐다.

"그 뭐라는 부인, 이름은 잘 모르지만 고양이 키우는 여자가 뭐라고 했는데, 그 말을 듣는 순간 흥미로운 말이라고 생각했어."

"그 고양이들."

딕이 몸서리를 치고는 이렇게 덧붙였다.

"참, 어제 범행 도구를 찾았어."

"그래? 어디서?"

"고양이장 안에서. 아마도 살인범이 범행을 한 후에 그리로 던진 것 같아."

"지문은 없겠지?"

"치밀하게 다 닦아 냈더군. 게다가 너무 흔한 칼이야. 최근에 날을 갈았고, 좀 사용했던 것 같아."

"그러면 이렇게 된 일이군. 피해자는 약을 먹고 19번지로 옮겨졌다……. 자동차로? 아니면 어떻게?"

"어쩌면 정원이 붙어 있는 집 중 한 곳에서 옮겨졌을 수도 있어."

"그건 좀 위험하지 않을까?"

하드캐슬이 내 말에 동의했다.

"그러려면 대담해야겠지. 그리고 이웃들의 습관을 빠삭하게 꿰뚫고 있어야 할 거야. 자동차로 옮겼다는 게 더 그럴 듯하지."

"하지만 그 역시 위험하긴 마찬가지야. 사람들이 차를 볼 수도 있으니까."

"하지만 차를 본 사람은 아무도 없어. 물론 살인범이 그 점을 확신할 순 없었을 거야. 지나가던 행인이 그날 19번지 앞에 서 있는 차를 볼 수도 있는 일이니까……."

"혹시 누군가 본 사람이 있을까? 요즘 사람들은 차에 대해 잘 알잖아. 물론 아주 근사한 차, 특이한 차가 아니라면 말이야. 하지만 그럴 가능성은 희박하지."

"게다가 그때가 점심시간이었잖아. 콜린, 그렇다면 밀리센트 펩마시 양도 다시 용의선상에 올려야 한다는 거 알고 있지? 앞이 안 보이는 여자가 신체 건강한 남자를 칼로 찌른다는 건 말도 안 되는 것 같지만. 남자가 약에 취했다면……."

"다시 말해 우리 헤밍 부인의 말대로 그 남자가 '그 집에 죽으러 왔다면' 집에 온 이유는 어떤 약속 때문이겠지. 셰리주나 칵테일을 대접받았을 거야. 미키 핀이 효과를 발휘하자 펩마시 양이 작업에 착수했을 테고. 그런 후에 미키 핀이 담겼던 잔을 씻어 내고 시체를 바닥에 정돈해 둔 다음 칼은 이웃집 정원에 던져 버리고 평소처럼 외출을 나갔겠지."

"외출하는 길에 캐번디시 비서 협회에 전화를 걸고 말이야."

"그런데 왜 그랬을까? 그리고 왜 실라 웨브를 지명한 것일까?"

하드캐슬이 날 바라보았다.

"나도 그걸 알았으면 좋겠어. 그 아가씨 본인은 그 이유를 알까?"

"모른다고 했어."

하드캐슬이 무심한 어조로 내 말을 되뇌었다.

"모른다고 했다……. 나는 자네 생각을 묻고 있는 거야."

잠시 말문이 막혔다. 내가 어떻게 생각하냐고? 나는 당장 행동 방침을 결정해야 했다. 결국에는 진실이 밝혀질 것이다. 그리고 내가 믿는 대로라면, 그 진실은 실라에게 아무런 해도 끼치지 않을 것이다.

나는 무뚝뚝하게 주머니에 있는 엽서를 꺼내어 테이블 위에 올려놓았다.

"실라가 이 엽서를 받았어."

하드캐슬이 그 엽서를 훑어보았다. 런던의 건물들이 그려진 시리즈 엽서 중 하나로, 런던 중앙 형사 법원이 그려져 있었다. 하드캐슬이 엽서를 뒤집었다. 오른쪽에는 서섹스 크로딘, 팔머스턴로 14번지, R. S. 웨브 양이라고 깔끔하게 주소가 인쇄되어 있었다. 왼쪽에는 '기억하라!'라는 말 밑에 4.13이라는 숫자가 인쇄되어 있었다.

하드캐슬이 고개를 저었다.

"그날 시계가 맞춰져 있던 시간이잖아. 4.13이라……. 올드 베일리(런던 중앙 형사 법원의 별명 — 옮긴이)와 '기억하라.'라는 말 그리고 4시 13분. 무언가와 연관이 있는 게 분명해."

"실라는 그게 무슨 의미인지 모르겠대."

나는 한마디 덧붙였다.

"난 그녀의 말을 믿어."

하드캐슬이 고개를 끄덕였다.

"이 엽서는 내가 보관할게. 뭔가 알아낼 수 있을지도 모르니까."

"나도 그러길 바라."

잠시 침묵이 흘렀다. 난 어색한 상황에서 벗어나기 위해 입을 열었다.

"서류가 굉장히 많네."

"항상 그렇지 뭐. 도움이 되는 건 거의 없어. 죽은 남자는 범죄 기록이 없고 지문도 등록되어 있지 않아. 대부분은 죽은 남자를 안다고 주장하는 사람들에게서 온 편지야."

하드캐슬이 편지를 읽었다.

"신문에 실린 사진 속의 그 남자는 일전에 윌스덴 환승역에서 지하철을 탔던 남자가 확실합니다. 혼잣말로 무언가 중얼거리고 있었으며 굉장히 흥분한 것 같았습니다. 그 남자를 봤을 때 무언가 일이 잘못 됐구나 하는 생각을 했습니다."

"경위님, 그 남자는 제 남편의 사촌인 존과 굉장히 닮았어요. 남미로 나갔지만 어쩌면 다시 돌아온 건지도 모르죠. 남미로 나갈 당시에는 콧수염을 기르고 있었지만 면도를 했을 수도 있잖아요."

"경위님, 사진 속의 남자를 어젯밤 지하철에서 봤습니다. 당시에 그 남자가 좀 이상하다고 생각했습니다."

"거기다 많은 여자가 이 사진을 보고 자기 남편이라고 생각해. 도대체가 자기 남편이 어떻게 생겼는지도 제대로 모르는 모양이야! 20년 동안 보지 못한 아들이라고 생각하는 어머니들도 있지.
 그리고 이건 실종자 명단인데 이것도 별 도움은 안 될 것 같아. '조지 배로, 65세, 집에서 사라졌음. 아내는 남편이 기억 상실일 거라고 생각함.' 그리고 그 아래 첨부 사항에는 '빚이 많음. 빨강 머리의 과부와 돌아다니는 모습을 목격함. 도망을 친 게 분명함.'
 그다음은 '하그레이브스 교수. 지난주 화요일에 강의를 하기로 되어 있었음. 강의실에 나타나지 않았으며 전화나 편지도 없었음.'"

하드캐슬은 하그레이브스 교수의 실종에 대해 그리 심각하게 생각하지 않는 모양이었다.

"아마 강의가 일주일 전인지 일주일 후인지 잊었겠지. 어쩌면 어딜 가야 하는 건지 까먹은 건지도 몰라. 그런 경우가 많아."

책상 위에 있던 버저가 울렸다. 하드캐슬이 수화기를 들었다.

"네? 뭐……? 누가 발견했나? 그 아가씨 이름은……? 알겠어. 계속해."

하드캐슬이 수화기를 다시 내려놓았다. 고개를 돌려 나를 바라보는 하드캐슬의 표정이 변해 있었다. 잔뜩 굳은, 화가 잔뜩 난 듯한 표정이었다.

"윌브러험 크레센트에 있는 공중전화 박스에서 한 아가씨가 죽은 채로 발견됐다는군."

"죽었다고? 어떻게?"

나는 눈을 크게 뜨고 하드캐슬을 바라보았다.

"목이 졸렸어. 아가씨가 매고 있던 스카프로 말이야!"

갑자기 오한이 밀려왔다.

"누구야? 설마……."

하드캐슬은 내가 싫어하는, 냉정하고 평가하는 듯한 눈길로 나를 바라보았다.

"자네 여자 친구는 아니야. 혹시 자네가 걱정하는 게 그거라면. 현장에 나가 있는 경찰관이 그 아가씨를 안다더군. 실라 웨브와 같은 사무실에 근무하는 아가씨래. 에드나 브렌트라네."

"누가 발견했대? 그 경찰관?"

"18번지에 사는 워터하우스 양이 발견했다는군. 집 전화가 고장 나 전화를 걸러 나왔다가 그 아가씨가 쓰러져 있는 걸 발견했대."

문이 열리더니 경찰관 한 명이 말했다.

"리그 선생님께서 전화하셨습니다. 바로 윌브러험 크레센트로 가시겠답니다."

17장

 1시간 30분 후, 하드캐슬 경위는 책상 앞에 앉아 차 한 잔과 함께 휴식을 취하고 있었다. 그의 얼굴은 여전히 냉랭하고 분노에 차 있었다.

 "실례합니다, 경위님. 피어스가 경위님께 드릴 말씀이 있답니다."

 하드캐슬은 퍼뜩 정신을 차렸다.

 "피어스? 좋아. 들여보내."

 초조해 보이는 젊은 경찰관 피어스가 안으로 들어섰다.

 "실례합니다, 경위님. 꼭 말씀을 드려야 할 것 같아서요."

 "그래? 무슨 일인가?"

 "심리가 끝난 후의 일입니다. 제가 문 앞을 지키고 있었는데, 이 아가씨가…… 살해당한 아가씨가 제게 말을 걸었습니다."

 "자네에게 말을 걸었다고? 뭐라고 하던가?"

"경위님과 이야기하고 싶다고 했습니다."

하드캐슬이 자리에서 벌떡 일어섰다.

"나와 이야기를 나누고 싶어했다고? 그 이유가 뭐라고 하던가?"

"정확히는 말하지 않았습니다. 죄송합니다. 제가…… 제가 어떻게든 했어야 했는데. 그저 제게 메시지를 남기거나…… 나중에 경찰서로 찾아오라고만 했습니다. 경위님께서 서장님과 검시관님과 한창 이야기 중이시길래 저는……."

하드캐슬이 이를 앙다물고 욕설을 내뱉었다.

"젠장! 조금만 기다리라고 말했어야지!"

젊은 경찰관의 얼굴이 벌게졌다.

"죄송합니다. 일이 이렇게 될 줄 알았더라면 그렇게 했을 겁니다. 중요한 일이라고는 생각 못 했습니다. 그 아가씨 역시 중요한 일이라고 생각하지 않는 것 같았습니다. 그저 뭔가를 걱정하는 듯했습니다."

"걱정했다고?"

하드캐슬은 잠시 몇 가지 사실을 떠올려 보았다. 에드나는 그가 로턴 부인 댁에 가는 도중 길거리에서 마주친, 실라 웨브를 만나러 왔던 바로 그 아가씨였다. 그 아가씨는 하드캐슬을 알아보고는 말을 걸까 말까 잠시 망설이기도 했다. 분명 마음에 걸리는 게 있었던 것이다. 그래, 분명히 그랬던 것이다. 그런데 기회를 놓치고 말았다. 굴러 들어온 공을 놓쳐 버렸다. 실라 웨브의 배경을 조금이라도 더 알아내고자 하는 목표에 눈이 멀어 중요한 부분을 간과해 버린 것이다. 그 아가씨가 걱정을 했다고? 왜? 이제는 절대 알 수 없을 것이다.

하드캐슬이 상냥한 말투로 입을 열었다.

"피어스, 계속하게. 기억나는 대로 얘기해 보게. 그 아가씨 이야기가 중요한지 아닌지 자네가 모르는 것도 당연해."

하드캐슬은 이성적인 남자였다. 자신의 분노와 좌절을 이 젊은이에게 쏟아부어 봤자 좋을 게 없다는 걸 잘 알고 있었다. 이 친구가 어떻게 알았겠는가? 게다가 이 친구는 상관에게 말을 걸 때는 적절한 시간과 적절한 장소에서만 가능하다는 엄격한 훈련을 받았을 것이다. 만약 중요하거나 다급한 일이라고 했다면, 상황은 달라졌을 것이다. 하지만 하드캐슬이 기억하는 한 에드나는 그런 성격이 아니었다. 느릿느릿한 아가씨였다. 자기 자신의 생각을 신뢰하지 못할 정도로 말이다.

"정확히 어떤 일이 있었는지, 그 아가씨가 무슨 말을 했는지 기억하나, 피어스?"

피어스는 너무나도 감사하다는 듯한 눈길로 하드캐슬을 바라보았다.

"사람들이 전부 법정을 떠날 때, 그 아가씨가 잠시 머뭇거리며 누구를 찾는 듯 둘러보다가 제게 다가왔습니다. 경위님이 아니라 다른 사람을 찾는 것 같았습니다. 그러다 제게 오전에 법정에서 진술한 경찰분과 이야기를 나눌 수 있겠냐고 물었습니다. 그래서 전 말씀드린 대로 경위님께서 서장님과 이야기 중이시라 지금은 바쁘시니까 메시지를 남기거나 나중에 경찰서로 찾아가는 게 어떠냐고 했습니다. 그리고 그 아가씨는 그러는 게 좋겠다고 대답했던 것 같습니다. 저는 혹시 중요한 일이냐고 물었고…….”

“그래서?”

하드캐슬이 몸을 앞으로 숙였다.

“그 아가씨는 그렇지는 않다고 대답했습니다. 그리고 왜 그 여자가 그렇게 말했는지 모르겠다고 말을 했습니다.”

“그 여자가 왜 그렇게 말했는지 모르겠다고?”

하드캐슬이 반복했다.

“맞습니다. 정확히 그렇게 말했는지는 잘 모르겠습니다. 어쩌면 ‘그 여자가 한 말이 사실일 리가 없는데.’ 이렇게 말했던 것 같기도 합니다. 얼굴을 찌푸리고 당황하는 표정이었습니다. 하지만 제가 묻자 그렇게 중요한 건 아니라고 했습니다.”

중요한 건 아니다……. 그렇게 말한 지 얼마 지나지 않아 공중전화 박스에서 목이 졸린 채로 발견되었다…….

“그 아가씨가 자네에게 말을 걸 때 근처에 누가 있었나?”

“사람들이 밖으로 쏟아져 나올 때라 꽤 많았습니다. 심리에 사람들이 많이 참석했으니까요. 언론에서 떠든 덕분에 이번 살인 사건이 꽤 반향을 불러일으킨 것 같습니다.”

“당시에, 특히 근처에 있던 사람 중 기억나는 사람 없나? 이를테면 오전에 진술한 사람들이나?”

“죄송하지만 특별히 기억나는 사람은 없습니다.”

"뭐, 할 수 없지. 좋아, 피어스. 혹시라도 더 기억나는 게 있으면 나에게 즉시 알려 주게."

혼자 남은 하드캐슬은 끓어오르는 분노와 자책감을 가라앉히려 애썼다. 그 소심해 보이는 아가씨가 무언가를 알고 있었던 것이다. 어쩌면 아주 중요한 것은 아닐지 몰라도, 보았거나 들은 것이 있었다. 무언가가 마음에 걸렸고, 심리가 끝나자 불편한 마음은 더 커졌을 것이다. 무엇이? 어떤 진술이? 혹시 실라 웨브가 말한 게 이상했던 걸까? 그녀는 이틀 전 실라를 만나기 위해 집에 찾아갔다. 사무실에서도 얼마든지 실라와 이야기를 나눌 수 있었을 텐데 왜 굳이 집까지 찾아갔던 걸까? 실라 웨브의 어떤 점이 이상하다는 걸 알아차렸던 걸까? 무슨 일인지는 몰라도 그에 대한 실라의 설명을 듣고 싶었던 걸까? 다른 아가씨들이 없는 조용한 곳에서? 그런 것 같다. 분명 그런 것 같다.

하드캐슬은 피어스를 내보낸 뒤 크레이 경사에게 몇 가지 지시를 내렸다.

"그 아가씨가 무슨 일로 윌브러험 크레센트에 갔다고 생각하십니까?"

크레이 경사가 물었다.

"나도 그 점이 궁금해. 물론 그냥 호기심에 갔을 수도 있어. 사건이 일어난 집을 보고 싶어서 말이야. 이상할 것도 없지. 크로딘에 사는 사람 중 반은 호기심에 그 집을 찾아가니까."

"그야 모르는 일이죠."

하드캐슬이 천천히 입을 열었다.

"어쩌면 그곳에 사는 누군가를 만나기 위해 간 건지도 몰라……."

크레이 경사가 다시 나가자 하드캐슬은 메모지 위에 세 가지 숫자를 적었다.

'20'이라고 쓴 후 물음표를 붙였다. '19?' 그리고 '18?' 그는 숫자에 해당하는 이름을 썼다. 헤밍, 펩마시, 워터하우스. 이 세 집이 크레센트 위쪽에 위치하고 있다. 세 집 중 한 곳을 방문할 작정이었기 때문에 에드나 브렌트는 아래쪽으로 들어서지 않았을 것이다.

하드캐슬은 이 세 가지 가능성을 고민했다.

먼저 20번지. 살인에 사용된 칼이 이 집에서 발견되었다. 19번지에서 범인이 이 집으로 칼을 던졌을 가능성이 높지만 확실한지는 알 수 없다. 20번지의 주인이 직접 그랬을 가능성도 배제할 순 없었다. 하지만 질문을 던졌을 때 헤밍 부인의 반응은 오로지 분노뿐이었다.

"그렇게 끔찍한 칼을 우리 고양이들한테 던지다니 나쁜 사람 같으니!"

헤밍 부인과 에드나 브렌트 사이에 무슨 연관이 있는 걸까? 아닐 것이다. 하드캐슬 경위는 이렇게 결론을 내린 뒤 펩마시 양으로 넘어갔다.

에드나 브렌트는 펩마시 양을 방문하기 위해 윌브러험 크레센트로 간 것일까? 펩마시 양은 심리에 참석해 진술을 했다. 그녀의 진술 내용에 에드나가 의구심을 품은 것일까? 하지만 에드나는 심리가 열리기 전에도 무언가로 고심하고 있었다. 그렇다면 이미 펩마시 양에 대해 무언가를 알고 있었던 걸까? 이를테면 펩마시 양과 실라 웨브의 관계를? 그렇다면 피어스에게 했다는 말과 딱 맞아떨어진다. '그 여자가 한 말이 사실일 리가 없는데.'

'추측일 뿐이야. 죄다 추측일 뿐이야.'

하드캐슬은 화가 났다.

18번지? 워터하우스 양이 에드나 브렌트의 시신을 발견했다. 하드캐슬 경위는 직업적으로 시체를 발견한 사람에 대해 편견을 가지고 있었다. 살인범이 시체를 발견했다고 하면 꽤 많은 이점이 있다······. 알리바이를 꾸며 낼 필요도 없고, 미처 지우지 못한 지문에 대한 설명도 가능하다. 여러 면에서 유리한 위치이다. 단, 한 가지 조건을 수반해야 한다. 명확한 범행 동기가 없어야 한다는 조건 말이다. 워터하우스 양이 에드나 브렌트를 살해할 만한 동기는 분명 없다. 워터하우스 양은 심리 때 진술을 하지도 않았다. 하지만 심리에는 참석했을 수도 있다. 혹시 에드나는 어떤 이유로 워터하우스 양이 펩마시 양을 사칭해 19번지로 속기사를 보내 달라는 전화를 했다고 생각했던 게 아닐까?

이것 또한 순전한 추측일 뿐이었다.

그리고 실라 웨브도 있다······.

하드캐슬은 전화기로 손을 뻗었다. 콜린 램이 머물고 있는 호텔로 전화를 걸었다. 콜린이 전화를 받았다.

"나야······. 자네 오늘 실라 웨브와 몇 시에 점심을 먹었지?"

콜린은 잠시 아무 말이 없었다.

"우리가 같이 점심을 먹은 건 어떻게 알았어?"

"제대로 맞혔군. 점심을 같이 먹은 거 맞지?"

"실라와 같이 점심을 먹으면 안 될 이유라도 있나?"

"전혀. 그냥 몇 시에 먹었는지만 알면 돼. 심리가 끝나고 바로 점심 식사하러 간 건가?"

"아니. 실라가 뭘 좀 살 게 있다고 해서 1시에 마켓가(街)에 있는 중국 음식점에서 만났어."

"그렇군."

하드캐슬은 수첩을 내려다보았다. 에드나 브렌트는 12시 30분에서 1시 사이에 사망했다.

"우리가 점심으로 뭘 먹었는지도 알려 줄까?"

"진정해. 난 그저 정확한 시간만 알면 된다고. 기록을 해야 하니까."

"알았어. 그렇군."

순간 침묵이 흘렀다. 하드캐슬은 말투를 누그러트리려 애쓰며 입을 열었다.

"혹시 오늘 저녁에 별일 없으면……."

콜린이 끼어들었다.

"조금 있으면 떠나야 해. 짐 싸는 중이었어. 돌아와 보니 메시지가 있더군. 해외 출장이야."

"언제 돌아오는데?"

"나도 모르지. 적어도 일주일은 걸리겠지……. 어쩌면 더 오래 걸릴 수도 있고……. 어쩌면 아예 안 올 수도 있어!"
"운이 나쁘군……. 아닌가?"
"나도 모르겠어."
콜린은 전화를 끊었다.

18장

I

하드캐슬이 윌브러험 크레센트 19번지에 도착했을 때 마침 펩마시 양이 집 밖으로 나오고 있었다.

"잠시만 실례해도 되겠습니까, 펩마시 양?"

"오, 하드캐슬 경위님이신가요?"

"예, 잠시 이야기를 나눌 수 있을까요?"

"복지관에 늦고 싶진 않아요. 오래 걸리나요?"

"삼사 분이면 충분합니다."

펩마시 양이 다시 집 안으로 들어갔고 하드캐슬도 그 뒤를 따랐다.

"오늘 오후에 어떤 일이 일어났는지 들으셨습니까?"

"무슨 일인데요?"

"이미 알고 계신 줄 알았는데요. 한 아가씨가 요 아래 공중전화 박스에서 살해당했습니다."

"살해당했다고요? 언제요?"

"2시간 45분 전입니다."

하드캐슬이 괘종시계를 바라보았다.

"난 아무 얘기도 못 들었어요. 아무 얘기도요. 아가씨가 살해를 당했다고요! 어떤 아가씨가요?"

순간적으로 펩마시 양의 목소리에서 분노가 느껴졌다. 자신의 장애가 상처로 다가온 모양이었다.

"에드나 브렌트라는 아가씨인데 캐번디시 비서 협회의 직원이었습니다."

"또 거기군요! 그 아가씨도 실라 뭐라는 그 아가씨처럼 누군가가 지명을 한 거예요?"

"그런 것 같지 않습니다. 혹시 그 아가씨가 펩마시 양을 만나러 이 집에 오지 않았습니까?"

"우리 집에요? 아니요. 분명히 아니에요."

"그 아가씨가 이 동네에 왔을 때 집 안에 계셨습니까?"

"잘 모르겠네요. 몇 시라고 하셨죠?"

"대략 12시 30분이나 그보다 조금 늦은 시간이었을 겁니다."

"예, 그때쯤이면 집 안에 있었을 거예요."

"심리가 끝난 후 어디로 가셨습니까?"

"곧장 집으로 왔어요."

펩마시 양은 잠시 말을 멈추었다가 질문을 던졌다.

"왜 그 아가씨가 날 찾아왔을 거라고 생각하는 거죠?"

"에드나 브렌트 양은 오늘 아침 심리에 참석했고 그곳에서 펩마시 양을 봤을 겁니다. 그런 후에 윌브러험 크레센트로 왔으니 분명 무슨 이유가 있었겠죠. 저희가 아는 바로는 그 아가씨는 이 동네에 아는 사람이 없습니다."

"하지만 심리에서 날 봤다고 해서 꼭 날 찾아오라는 법은 없지 않을까요?"

"글쎄요······."

하드캐슬은 조금 미소를 짓다가, 곧 펩마시 양에게는 미소를 지어 봐야 아무런 이득도 없다는 사실을 깨닫고는 서둘러 상냥한 목소리를 내려 애썼다.

"아가씨들 속이야 알 수가 없죠. 그저 사인을 받고 싶었다거나 뭐 그런 것일 수도 있어요."

"사인이라고요!"

펩마시 양이 한심하다는 듯 인상을 찌푸렸다가 다시 입을 열었다.

"네······. 네. 그럴 수도 있겠네요. 사람들은 그러기도 하니까요."

그러고는 씩씩하게 고개를 저었다.

"하지만 하드캐슬 경위님, 오늘은 그런 일 절대 없었어요. 심리에 참석했다 돌아온 이후로 이 집에는 아무도 찾아오지 않았어요."

"감사합니다. 모든 가능성을 확인해 보는 게 좋을 것 같아 찾아온 겁니다."

"그 아가씨 몇 살이었죠?"

"19살일 겁니다."

그녀의 목소리가 조금 침울해졌다.

"19살요? 너무 어리네요. 너무 어려요……. 불쌍하기도 하지. 어떻게 그렇게 어린 아가씨를 죽일 수 있을까요?"

"흔히 벌어지는 일이죠."

"그 아가씨가 예뻤나요? 귀엽고 인기가 많을 만한 아가씨였나요?"

"아니요. 본인은 그러길 바랐겠지만 제가 보기에는 아니었습니다."

"그렇다면 그 이유는 아니겠군요."

펩마시 양이 다시 고개를 저었다.

"정말 유감이네요. 경위님에게 도움이 되지 않아 말로 표현할 수 없을 정도로 유감스러워요."

하드캐슬은 항상 그랬지만, 이번에도 펩마시 양의 성격에 감탄하며 그 집을 나섰다.

II

이디스 워터하우스 또한 집에 있었다. 그녀 역시 성격에 걸맞게 들어와서는 안 되는 사람을 공격할 것처럼 느닷없이 문을 열어젖혔다.

"오, 경위님이시군요! 경찰관들에게 제가 아는 건 다 말씀드렸는데요."

"물론 경찰들이 묻는 질문에 모두 답하셨을 겁니다. 하지만 경찰이 모든 질문을 한꺼번에 할 순 없죠. 좀 더 자세한 세부 사항을 알아봐야 합니다."

이디스는 마치 모든 게 하드캐슬의 탓인 양 못마땅하게 그를 쏘아보며 사납게 대꾸했다.

"이유를 모르겠네요. 정말이지 너무 끔찍하고 충격적이었어요. 좋아요, 들어오세요, 들어오세요. 마냥 현관 앞에 서 있을 순 없죠. 들어와 앉으셔서 무슨 질문인지 모르겠지만, 원하시는 대로 질문하세요. 이미 말씀드렸지만 저는 전화를 걸러 나갔었어요. 그런데 공중전화 박스 문을 여니 그 아가씨가 있지 뭐예요. 그런 일은 내 평생 처음이었어요. 저는 부리나케 달려가서 경찰을 데려왔죠. 혹시 궁금해하실까 봐 말씀드리는 건데, 그 후에는 집으로 돌아와서 마음을 가라앉히느라 브랜디를 조금 마셨어요. 마음을 가라앉히려고요."

"아주 현명하십니다, 마담."

"그게 끝이에요."

이디스가 단호하게 말했다.

"그 아가씨를 전에 본 적이 없다는 게 확실합니까?"

"어쩌면 제법 봤을 수도 있죠. 하지만 기억은 나지 않아요. 그러니까 그 아가씨가 울워스에서 서빙을 했을 수도 있고, 버스 안에서 제 옆자리에 앉았을 수도 있으며, 극장에서 제게 표를 팔았을 수도 있잖아요."

"그 아가씨는 캐번디시 협회에서 일하는 속기사였습니다."

"전 속기사를 고용한 적이 없는데요. 게인스포드 앤드 스웨트넘에 있는 오빠 사무실에서 일했을 수도 있죠. 그렇게 생각하세요?"

"아, 아닙니다. 그런 연관성은 없는 것 같습니다. 그저 그 아가씨가 살해당하기 전에 워터하우스 양을 찾아왔는지 여부를 알고 싶습니다."

"저를 보러 왔냐고요? 아니요, 물론 아니에요. 그 아가씨가 왜 절 보러 오겠어요?"

"글쎄요, 그거야 저희도 모르죠. 오늘 오전에 그 아가씨가 이 집으로 들어오는 걸 봤다는 사람이 있는데, 그 사람이 잘못 본 모양이군요?"

하드캐슬은 아무렇지 않은 듯 그녀를 바라보았다.

"누가 그 아가씨가 우리 집으로 들어오는 걸 봤다고요? 말도 안 돼요."

이디스는 강하게 부인했다. 그러다 머뭇거리며 입을 열었다.

"어쩌면……."

"네?"

하드캐슬은 잔뜩 긴장했지만 전혀 표는 내지 않았다.

"뭐, 어쩌면 그 아가씨가 문 안으로 전단지 같은 걸 밀어 넣었을 수도 있죠……. 점심시간 때 정문 앞에 전단지 한 장이 놓여 있었어요. 핵군축 모임에 대한 그런 전단지였던 것 같아요. 매일 그런 게 오죠. 어쩌면 그 아가씨가 우리 집 앞에 와서 우편함에 뭔가 밀어 넣었을 수도 있어요. 설마 그걸로 절 탓하려는 건 아니죠?"

"물론 아닙니다. 그리고 전화 말인데요……. 집 전화가 고장 났다고 하셨죠? 교환 말로는 그렇지 않다고 하던데요."

"교환들은 아무렇게나 말하죠! 제가 다이얼을 돌렸는데 연결 신호가 가지 않고 정말 이상한 잡음이 들렸어요. 그래서 공중전화 박스로 간 거예요."

하드캐슬이 자리에서 일어섰다.

"워터하우스 양, 이렇게 귀찮게 해 드려 죄송합니다. 하지만 죽은 아가씨가 크레센트에 사는 누군가를 만나러 왔을 가능성이 높습니다."

"그래서 크레센트에 사는 사람들 집을 다 돌아다니셔야 하는 거예요? 가장 가능성이 높은 집은 옆집…… 그러니까 펩마시 양 집일 것 같은데요."

"왜 그렇게 생각하십니까?"

"그 아가씨가 캐번디시 협회에서 일하는 속기사라고 하셨잖아요. 제 기억이 맞다면, 그 남자가 살해당한 날 속기사를 요청한 게 펩마시 양이라던데요."

"네, 그런 말이 있었죠. 하지만 펩마시 양 본인은 그런 적이 없다고 하셨습니다."

"글쎄요, 이런 말을 해도 될지 모르겠지만, 그분은 머리가 좀 이상해요. 제 생각에는 펩마시 양이 협회에 전화를 걸어 속기사를 보내 달라고 했을 것 같아요. 그러고 나서 그 사실을 잊어버린 거죠."

"하지만 그분이 살인을 저질렀다고 생각하는 건 아니겠지요?"

"전 그런 말은 하지 않았어요. 그 집에서 남자 한 명이 살해당했다는 건 알지만, 단 한순간도 펩마시 양이 그 일과 연관이 있다는 말은 하지 않았어요. 절대로요. 그냥 왜 이상한 데에 병적으로 집착하는 사람들처럼 펩마시 양도 그런 게 아닌가 생각했던 것뿐이에요. 제가 아는 한 여자는 툭하면 제과점에 전화를 걸어 머랭을 열두 개 주문하죠. 먹고 싶은 것도 아니면서 말이에요. 그러다 머랭이 집에 도착하면 주문한 적이 없다고 잡아떼요. 뭐 그런 거요."

"물론 그것도 가능한 이야기입니다."

하드캐슬은 작별 인사를 한 후 집을 나섰다.

하드캐슬은 이디스가 마지막에 한 말로 자신을 정당화하긴 힘들다고 생각했다. 만약 이디스가 진짜로 그 아가씨가 자신의 집에 들어오는 장면을 목격한 사람이 있다고 믿는다면, 그 아가씨가 19번지로 갔을 거라고 추측하는 것은 그런 상황에서는 꽤 기민한 반응이다.

하드캐슬은 손목시계를 흘끗 바라보고 캐번디시 비서 협회에 들를 시간이 충분하다고 생각했다. 그가 아는 것이 맞다면 오늘 오후 2시에 사무실 문을 열었을 것이다. 그곳에 있는 아가씨들에게서 유용한 정보를 얻을지도 모르는 일이었다. 그리고 그곳에 가면 실라 웨브도 만날 수 있을 것이었다.

III

하드캐슬이 사무실로 들어서자 한 아가씨가 벌떡 자리에서 일어섰다.

"하드캐슬 경위님이시죠? 마틴데일 양께서 지금 기다리고 계세요."

그 아가씨는 하드캐슬을 안쪽에 있는 방으로 안내했다. 마틴데일 양은 숨 돌릴 틈도 없이 다짜고짜 쏘아붙였다.

"하드캐슬 경위님, 어떻게 이런 일이 일어날 수 있죠? 정말이지 말도 안 돼요! 경위님께서 반드시 이 사건을 해결해 주셔야 해요. 지금 당장요. 꾸물거리면서 시간 낭비하지 말고요. 경찰이란 원래 시민을 보호할 의무가 있는 거 아닌가요? 우리에게 필요한 것도 바로 보호예요. 우리 직원들을 보호해 주셔야죠."

"마틴데일 양, 저희는……."

"우리 직원 중 두 명이나 사건에 휘말려 피해를 당했다는 사실을 부정하시려는 거예요? 속기사나 비서 협회에, 그걸 요즘에 뭐라고들 하죠, 콤플렉스나 집착을 가진 무책임한 사람의 소행이 분명해요. 우리 사무실을 작정하고 망하게 하려는 거라고요. 처음에는 무자비하게도 실라 웨브가 시체를 발견하도록 만들어서……. 안 그래도 겁 많은 아가씨를 신경 쇠약에 걸리게 만들더니……. 이번에는…… 아무런 죄도 없는 착한 아가씨를 공중전화 박스에서 살해하다니요. 반드시 범인을 잡아 주셔야 해요, 경위님."

"마틴데일 양, 저도 이번 사건의 범인을 잡을 수 있길 그 누구보다 바라고 있습니다. 제가 찾아온 건 도움을 좀 받을 수 있을까 해섭니다."

"도움이라고요! 제가 무슨 도움을 드릴 수 있죠? 도움드릴 게 있었다면 진즉에 경위님께 달려갔겠죠. 경위님께서는 누가 불쌍한 에드나를 죽이고 실라를 무자비한 함정에 빠뜨렸는지 알아내셔야 해요. 저는 직원들에게 아주 엄격한 사람이에요. 마감은 꼭 지키도록 하고 지각이나 일을 대충대충하는 건 용납하지 않죠. 하지만 우리 직원들이 사건의 희생자가 되거나 살해당하는 건 참을 수 없어요. 나라 돈을 받는 분들이 국민을 지키는 건 당연한 의무 아닌가요?"

하드캐슬을 잔뜩 쏘아보는 마틴데일 양은 마치 호랑이 같았다.

"마틴데일 양, 저희에게 시간을 주십시오."

"시간이라뇨? 그 어리석었던 아이가 죽었으니 이제 시간이 많을 거라고 생각하시는 모양이네요. 다음번에는 우리 직원 중 또 한 명이 살해당할지도 모른단 말이에요."

"마틴데일 양, 그런 걱정은 하실 필요 없습니다."

"그러면 경위님은 오늘 아침에 잠에서 깼을 때 에드나가 살해될 거라는 걸 아셨어요? 물론 그랬다면 그 아이를 미리 보호하셨겠죠. 직원이 살해당하는 거나 끔찍한 범죄 현장을 목격하거나 정말이지 둘 다 말도 안 되는 일이에요. 정말이지 터무니없다고요! 이상한 상황이라는 건 경위님도 인정하시죠? 그러니까 신문에 실린 내용이 사실이라면 말이에요. 이를테면 그 시계들요, 오늘 아침 심리 때는 언급되지 않던데요."

"오늘 아침에는 기본적인 사항만 논의한 겁니다, 마틴데일 양. 아시겠지만 자세한 심리는 미뤄졌으니까요."

마틴데일 양은 다시 한 번 하드캐슬을 쏘아보며 말했다.

"제가 하고 싶은 말은 경위님이 어떻게든 조치를 취하셔야 한다는 거예요."

"그렇다면 제게 말씀해 주실 것은 아무것도 없습니까? 에드나가 마틴데일 양께 어떤 암시를 주진 않았습니까? 혹시라도 어떤 일로 걱정하는 것 같아 보였다든가, 상담을 청하는 일은 없었습니까?"

"무슨 걱정이 있었다 해도 저에게 상의하진 않았을 거예요. 하지만 그 애에게 무슨 걱정이 있었다는 거죠?"

이 질문이야말로 하드캐슬이 답을 듣고자 하는 그 질문이었다. 하지만 마틴데일 양에게서 그 해답을 얻을 수 있을 것 같지는 않았다.

"가능하다면 이곳에서 일하는 아가씨들과 이야기를 나눠 보고 싶습니다. 제가 보기에도 에드나 브렌트가 마틴데일 양께 고민을 말하진 않았을 것 같군요. 하지만 동료 직원들에게는 털어놓았을 수도 있죠."

"충분히 가능한 일이에요. 곧잘 수다들을 떠니까요. 제가 복도로 걸어 나가면, 발자국 소리를 듣고 그제야 후다닥 타자를 치기 시작하죠. 그전에는 일을 안 하고 수다만 떨었던 거예요. 조잘조잘 떠들어 대기 바쁘다니까요!"

조금 진정한 마틴데일 양이 다시 입을 열었다.

"지금 사무실에는 세 명밖에 없어요. 그 아가씨들과 이야기를 나눠 보시겠어요? 다른 직원들은 예약 건으로 외출 중이에요. 원하신다면 그 직원들 이름과 집 주소를 적어 드리지요."

"감사합니다, 마틴데일 양."

"따로 이야기를 나누시는 편이 좋을 거예요. 제가 함께 있으면 편하게 얘길 못 하겠죠. 근무 시간에 잡담이나 하면서 시간을 낭비했다는 사실을 인정해야 할 테니까요."

마틴데일 양은 자리에서 일어나 방문을 열었다.

"여러분, 하드캐슬 경위님께서 하실 말씀이 있답니다. 잠시 일은 멈춰도 좋아요. 에드나 브렌트를 살해한 범인을 찾아낼 수 있도록 아는 대로 경위님께 말씀드리세요."

그러고는 자신의 방으로 되돌아가 문을 단단히 닫았다. 세 아가씨들은 깜짝 놀란 표정으로 하드캐슬을 바라보았다. 하드캐슬은 재빨리 아가씨들로부터 원하는 정보를 얻을 수 있을 만큼만 요약하여 상황을 간략히 설명해 주었다. 하얀 피부에 착실해 보이고, 안경을 쓴 아가씨를 보며 믿음직스럽지만 특별히 똑똑하진 않을 거라고 하드캐슬은 생각했다. 최근 유행하는 헤어스타일에 검은 머리카락의 멋쟁이 아가씨는 눈을 보면 상황을 이해하는 것 같지만, 기억력은 엉터리일 것이다. 모든 기억을 다 만들어 낼 만한 소지가 다분했다. 세 번째 아가씨는 깔깔거리며 남의 말이면 무조건 맞장구를 칠 거란 확신이 들었다.

하드캐슬은 조용하고 상냥하게 물었다.

"이곳에서 일하던 에드나 브렌트에게 어떤 일이 생겼는지는 다들 들어서 알고 계시죠?"

세 명 모두 정신없이 고개를 끄덕였다.

"모두 어떻게 알았죠?"

셋은 누가 나설지 결정하려는 듯 서로를 바라보았다. 결국 재닛이라는 금발 아가씨가 나섰다.

"에드나는 2시까지 사무실에 돌아왔어야 했는데 돌아오지 않았어요."

"그래서 샌디 캣이 잔뜩 화가 났죠."

검은 머리 아가씨 모린이 끼어들었다가 말을 멈추고는 다시 설명했다.

"그러니까 마틴데일 양요."

세 번째 아가씨가 깔깔거리며 덧붙였다.

"샌디 캣은 우리가 부르는 별명이에요."

하드캐슬은 그리 나쁜 별명은 아니라고 생각했다.

모린이 말했다.

"마틴데일 양이 화를 낼 때는 상대하기가 힘들어요. 마구 호통을 치거든요. 저희에게도 에드나가 오늘 오후에 사무실로 돌아오지 않겠다고 했는지 물으셨고, 늦는 데 대한 합당한 이유가 있어야 할 거라고 하셨어요."

이번에는 금발 머리 아가씨가 입을 열었다.

"전 마틴데일 양께 에드나가 저희와 함께 심리에 참석했지만, 그 후에는 보질 못했고 어디로 갔는지도 모른다고 말씀드렸어요."

"그리고 그게 사실이죠, 그렇죠? 심리가 끝난 후에 에드나가 어디로 갔는지는 전혀 모르시죠?"

하드캐슬의 물음에 모린이 답했다.

"전 에드나에게 함께 점심을 먹자고 했어요. 하지만 그 애는 뭔가 근심거리가 있는 것 같았어요. 점심을 먹을 시간이 안 될 것 같다면서, 그냥 뭘 좀 사서 사무실에서 먹겠다고 했어요."

"그렇다면 사무실로 돌아오겠다는 말이었나요?"

"그럼요. 2시까지 돌아와야 한다는 건 다들 알고 있었는걸요."

"최근 며칠 사이에 에드나 브렌트의 행동에서 좀 이상한 점은 없었나요? 뭔가 걱정거리가 있어 보이지 않았습니까? 혹시 그에 관련한 이야기를 하지는 않았나요? 혹시라도 아는 게 있으시다면 제게 꼭 말씀해 주셨으면 합니다."

아가씨들은 서로를 바라보았지만 뭔가 숨기는 것 같진 않았다. 그저 잘 모르겠다는 표정뿐이었다.

모린이 말했다.

"에드나는 원래 걱정이 많은 앤걸요. 실수가 잦아서 일을 망치곤 했어요. 이해가 좀 느려서요."

깔깔거리던 아가씨가 말했다.

"아무 일 없이 지나가는 날이 없었어요. 일전에 그 애 구두 굽이 떨어졌던 것 기억하세요? 에드나에게는 그런 일이 심심하면 일어나요."

"기억합니다."

하드캐슬은 손에 든 구두 한 짝을 애처롭게 내려다보던 에드나의 모습을 떠올렸다.

"저는 에드나가 2시까지 사무실에 돌아오지 않길래 뭔가 끔찍한 일이 일어난 거라는 예감이 들었어요."

재닛이 진지한 얼굴로 고개를 끄덕였다.

하드캐슬은 혐오감 어린 시선으로 그녀를 바라보았다. 그는 사건이 일어난 후 그럴 줄 알았다며 잘난 척하는 사람들을 싫어했다. 이 아가씨는 분명 그런 생각 따윈 조금도 하지 않았을 것이다. 오히려 '에드나가 사무실에 들어온다면 샌디 캣에게 혼쭐이 나겠구나 생각했어요.'라고 말하는 편이 훨씬 그럴듯했을 것이다.

"오늘 일은 언제 아셨죠?"

하드캐슬이 다시 물었다.

아가씨들은 서로를 바라보았다. 깔깔거리던 아가씨는 죄책감에 얼굴이 발갛게 달아올랐다. 그녀는 마틴데일 양의 방문 쪽으로 흘끗 눈길을 주었다.

"그게, 제가…… 음…… 제가 잠시 자리를 비웠거든요. 패스트리를 좀 사려고 잠깐 나갔어요. 퇴근할 때쯤이면 다 팔려 버리거든요. 그래서 가게에 갔는데…… 요 앞 길모퉁이에 있는 가겐데 제가 거기 단골이에요. 그 집 아주머니가 이렇게 말씀하시지 뭐예요. '그 아가씨랑 같은 사무실에서 근무하지?' 그래서 전 '누구 말씀이세요?'라고 물었죠. 그랬더니 '공중전화 박스에서 죽은 채로 발견된 아가씨 말이야.' 이러시는 거예요. 오, 얼마나 놀랐는지! 그래서 전 당장 사무실로 달려와 다른 사람들에게 이야기를 해 줬고, 결국 마틴데일 양께도 말씀드리려고 했어요. 그런데 마침 마틴데일 양이 방문을 벌컥 열고 나오면서 호통을 치셨죠. '다들 뭐하는 거예요? 타자를 치는 사람이 어떻게 단 한 명도 없어요?'"

금발 머리 아가씨가 무용담을 이어받았다.

"그래서 제가 말씀드렸어요. '저희 잘못이 아니에요. 방금 에드나에 대한 끔찍한 소식을 들었어요, 마틴데일 양.'이라고요."

"그랬더니 마틴데일 양이 뭐라고 하시던가요?"

멋쟁이 아가씨가 대답했다.

"처음엔 믿지 않으셨어요. '말도 안 되는 소리, 가게에서 바보 같은 소문을 주워들었나 보군요. 다른 사람 얘기겠죠, 에드나일 리가 없어요.' 이렇게 말씀하시고는 방으로 돌아가셔서 경찰서에 전화를 해 보고서야 사실이라는 걸 아셨어요."

재닛이 멍하니 말했다.

"정말 모르겠어요. 누가 왜 에드나를 죽인 건지 정말 모르겠어요."

"에드나에게 남자 친구 같은 건 없었던 것 같아요."

검은 머리 아가씨가 말했다.

세 아가씨는 하드캐슬이 자신들이 궁금해하는 것에 답이라도 줄 수 있다는 듯 기대하는 눈길로 그를 바라보았다. 하드캐슬은 한숨을 쉬었다. 이 아가씨들 역시 아무런 도움이 되지 않았다. 어쩌면 자리에 없는 아가씨들이 더 유용할 수 있을지도 몰랐다. 그리고 실라 웨브도.

"실라 웨브와 에드나 브렌트가 특별히 친한 사이였습니까?"

하드캐슬이 묻자 아가씨들은 잘 모르겠다는 표정으로 서로를 바라보았다.

"그렇게 친하지는 않았던 것 같아요."

"그런데 웨브 양은 지금 어디 있죠?"

실라 웨브는 컬류 호텔에서 퍼디 교수와 일하고 있다고 했다.

19장

퍼디 교수는 구술을 중단하고 짜증스러운 목소리로 전화를 받았다.
"누구? 뭐? 그 사람이 지금 여기 와 있다고? 내일 괜찮겠냐고 물어봐……. 아, 좋아……. 좋아……. 올라오라고 해."

그러더니 속상한 듯 말했다.

"꼭 이렇게 일이 생긴다니까. 이렇게 계속 방해를 하는데 어떻게 진지하게 일을 할 수가 있겠어."

그는 약간 골난 얼굴로 실라 웨브를 바라보며 물었다.

"자, 어디까지 했더라?"

실라가 대답을 하려는 찰나 문을 두드리는 소리가 들렸다. 대략 3000년 전의 연대 문제로 고민하던 퍼디 교수는 내키지 않는 듯 문 앞으로 다가가 퉁명스럽게 말했다.

"네, 들어오세요. 무슨 일이죠? 오늘 오후에는 방해받고 싶지 않다고 말씀드렸을 텐데요."

"정말 죄송합니다. 정말 죄송하지만 꼭 필요한 일이라서요. 안녕하십니까, 웨브 양."

실라 웨브는 노트북을 옆으로 치워 두고 자리에서 일어섰다. 순간 그녀의 눈에서 고마워하는 기색이 스쳐 하드캐슬은 자신이 맞게 봤는지 의심했다.

"자, 무슨 일이죠?"

퍼디 교수가 다시 날카롭게 물었다.

"저는 하드캐슬 경위라고 합니다. 웨브 양을 꼭 만나 뵐 일이 있어 찾아왔습니다."

"그렇군요."

"잠시만 웨브 양과 이야기를 나눴으면 합니다만."

"좀 기다릴 순 없겠습니까? 지금은 곤란합니다. 정말 곤란해요. 막 중요한 부분을 하던 참이었거든요. 웨브 양은 15분 정도……. 뭐, 어쩌면 30분 후면 끝날 겁니다. 오, 이런. 벌써 6시야?"

"정말 죄송합니다, 퍼디 교수님."

하드캐슬의 목소리는 단호했다.

"아, 좋아요, 좋아. 뭐……. 주차 위반 같은 겁니까? 요새 주차 단속을 얼마나 심하게 해 대던지. 일전에는 경찰관 하나가 내가 주차장에 4시간 30분 동안 차를 세워 뒀다고 우기지 뭡니까. 그럴 리가 없는데 말입니다."

"주차 위반보다 더 심각한 일입니다."

"아, 네. 네. 그러고 보니 우리 웨브 양은 자동차가 없군요, 그렇죠? 응, 이제 기억이 나네. 웨브 양은 버스를 타고 오죠. 자, 경위님. 무슨 일이죠?"

퍼디 교수는 실라 웨브를 흐릿하게 쳐다보며 말했다.

"에드나 브렌트라는 아가씨에 대한 일입니다."

하드캐슬은 실라 웨브에게로 고개를 돌렸다.

"이미 알고 계시겠죠?"

실라는 하드캐슬을 가만히 바라보았다. 아름다운 눈이었다. 수레국화처럼 푸른 눈, 다른 누군가를 연상시키는 그런 눈이었다.

실라가 눈썹을 추켜올렸다.

"에드나 브렌트라고 하셨어요? 오, 물론 알죠. 그 애가 왜요?"

"아직 소식을 못 들으셨나 보군요. 점심은 어디서 하셨습니까, 웨브 양?"

그녀의 뺨이 발갛게 물들었다.

"굳이……. 굳이 아셔야겠다면 말씀드리죠. 친구와 호텅 레스토랑에서 점심을 먹었어요."

"그 후에 사무실로 돌아가지 않으셨습니까?"

"캐번디시 협회 말씀이세요? 전화를 받고 사무실에 갔는데, 예약이 잡혀 있다고 해서 2시 30분에 곧장 이리로 왔어요."

교수가 고개를 끄덕이며 대꾸했다.

"그렇군요. 2시 30분이라, 그래요, 그때부터 쭉 같이 일했죠. 그때부터 쭉. 오, 이런. 차를 준비했어야 했는데. 정말 미안해요, 웨브 양.

차를 마시고 싶었을 텐데. 나한테 얘기하지 그랬어요."

"오, 괜찮아요, 퍼디 교수님. 정말 괜찮아요."

"그런 걸 잊다니, 참내. 소홀했군요. 참, 내가 끼어들어서는 안 되겠죠? 경위님이 실라 양에게 질문할 게 있으시다니까."

"그러면 에드나 브렌트에게 무슨 일이 생겼는지 모르시는 겁니까?"

하드캐슬의 질문에 실라가 목소리를 높이며 날카롭게 물었다.

"에드나에게 무슨 일이 생겼어요? 에드나에게 무슨 일이 생겼다니요? 그게 무슨 말씀이세요? 에드나가 무슨 사고라도……. 차에 치이기라도 했어요?"

교수가 한마디 했다.

"요즘 차들은 과속을 해서 아주 위험하지."

하드캐슬이 대답했다.

"네. 에드나 브렌트에게 무슨 일이 생겼습니다."

그는 잠시 멈추었다가 가능한 적나라하게 덧붙였다.

"12시 30분쯤 공중전화 박스 안에서 목을 졸려 살해당했습니다."

"공중전화 박스 안에서요?"

교수가 흥미를 내보이며 물었다.

실라 웨브는 아무 말이 없었다. 두 눈을 크게 뜨고 입을 약간 벌린 채 멍하니 하드캐슬을 바라볼 뿐이었다.

'이 소식을 처음 들었거나 빌어먹을 정도로 연기력이 뛰어나거나 둘 중의 하나겠지.'

하드캐슬은 속으로 생각했다.

다시 교수가 끼어들었다.

"이런, 이런. 공중전화 박스 안에서 목을 조르다니. 그것 참 이상한 일이군요. 아주 이상해요. 나라면 그런 장소를 고르지는 않을 겁니다. 그러니까 내가 그런 짓을 저지른다면 말이에요. 절대로요. 이런, 이런. 가엾기도 해라. 그렇게 끔찍한 일을 당하다니."

"에드나가…… 살해당했다고요? 하지만 왜요?"

"웨브 양, 혹시 에드나 브렌트가 엊그제 당신을 만나기 위해 이모 댁에 찾아갔다는 걸 아십니까? 웨브 양이 돌아오길 잠시 기다렸다가 돌아갔다죠."

교수가 미안한 듯 말했다.

"또 제 잘못인 것 같군요. 제 기억으로는 제가 그날 저녁 늦게까지 웨브 양을 붙잡아 뒀죠. 아주 늦은 시간까지요. 그건 아직까지도 정말 미안하게 생각해요. 웨브 양, 그러니 항상 제게 시간을 알려 줘야 해요. 꼭요."

"이모에게 이야기는 들었어요. 하지만 중요한 일인 줄은 몰랐어요. 그게 중요한 일이었나요? 에드나가 무슨 곤경에 처했던 거예요?"

"저희도 모릅니다. 아마 앞으로도 알 수 없겠죠. 웨브 양께서 말씀해 주지 않는 한은 말입니다."

"제가 말해 준다고요? 제가 어떻게 알고요?"

"웨브 양이라면 에드나 브렌트가 무슨 일로 만나려고 했는지 짐작 가는 데가 있지 않을까요?"

실라가 고개를 저었다.

"전 모르겠어요. 전혀 모르겠어요."

"혹시 사무실 안에서 무슨 문제인지는 몰라도 그런 암시를 준 적은 없었나요?"

"없었어요. 정말이지 그런 말은 전혀……. 전혀……. 어제는 제가 사무실에 한 번도 나가지 않았어요. 랜디스 베이에 있는 작가 한 분 댁에 가서 하루 종일 있었거든요."

"최근 들어 에드나에게 뭔가 근심이 있어 보인다는 생각은 안 하셨습니까?"

"글쎄요, 에드나는 항상 뭔가 근심스러워 보이거나 쩔쩔매니까요. 에드나는…… 어떻게 말해야 할지…… 자신의 생각에 자신이나 확신이 없는 타입이었어요. 그러니까 자기 생각이 옳은 건지 아닌 건지를 제대로 몰랐어요. 한 번은 아먼드 레빈의 작품을 타자 치다가 두 페이지를 완전히 빼먹은 적이 있는데, 그 사실을 알기도 전에 원고를 보내 버려서 어떻게 해야 할지 몰라 안절부절못했죠."

"그렇군요. 에드나 브렌트가 그 일로 웨브 양에게 조언을 구했습니까?"

"예. 작가들은 교정을 보기 위해 받는 즉시 원고를 읽어 볼 테니까 빨리 연락을 하는 게 좋을 거라고 말해 줬어요. 그분이 마틴데일 양에게 항의를 하기 전에 편지를 써서 양해를 구할 수 있으니까요. 하지만 에드나는 그렇게 하고 싶지 않다고 하더군요."

"문제가 생기면 그런 식으로 조언을 구하곤 했습니까?"

"오, 네. 언제나 그랬죠. 하지만 다들 저마다 다른 해결책을 내놓는 게 문제였어요. 그러면 에드나는 다시 어쩔 줄 몰라 했고요."

"그렇다면 문제가 생기면 동료들 중 한 명을 찾아가는 것도 아주 흔한 일이었겠군요? 자주 있는 일이었습니까?"

"네, 네. 그랬어요."

"이번에는 좀 더 심각한 문제였을 거라고 생각하지 않으십니까?"

"그럴 것 같지 않아요. 도대체 어떤 심각한 문제가 있었다는 거죠?"

실라 웨브가 일부러 아무것도 모르는 척, 태연한 척하는 것일까? 하드캐슬은 궁금했다.

실라는 갑자기 말이 빨라지더니 다급하게 말을 이었다.

"에드나가 저에게 무슨 말을 하려 했던 건지 모르겠어요. 전혀 모르겠어요. 그리고 왜 이모 집까지 찾아와서 저와 이야기를 하려고 했던 건지 도무지 이해가 안 돼요."

"캐번디시 협회에서는 말하고 싶지 않은 이야기였을 수도 있겠죠. 그러니까 다른 동료들 앞에서요. 웨브 양과 단둘이 있는 곳에서만 해야 할 것 같은 주제라서 그런 것 아닐까요?"

"그럴 가능성은 없는 것 같아요. 그럴 리가 없어요."

실라의 숨이 거칠어졌다.

"그렇다면 아는 게 전혀 없으십니까, 웨브 양?"

"예, 죄송해요. 에드나 일은 정말 유감이지만 저는 아는 게 없어요."

"9월 9일에 일어난 사건과 연관이 있는지도요?"

"그러니까……. 윌브러험 크레센트의 그 남자 말씀이세요?"

"예, 그렇습니다."

"그럴 리가 없어요. 에드나가 그 일에 대해 뭘 안다고요?"

"어쩌면 중요한 건 아닐 수도 있죠. 하지만 그래도 도움이 될 무언가를 알고 있었을 겁니다. 아무리 사소한 것이라도 좋습니다. 에드나 브렌트가 살해당한 곳은 윌브러험 크레센트에 있는 공중전화 박스 안이었습니다. 뭐 떠오르는 것 없으십니까, 웨브 양?"

"전혀요."

"오늘 윌브러험 크레센트에 간 적이 있으십니까?"

실라가 격하게 대꾸했다.

"아니요. 근처에도 간 적이 없어요. 끔찍한 곳이라는 생각이 들어서요. 다시는 그곳에 가고 싶지도 않고, 이 일에 연루되고 싶지도 않아요. 도대체 왜 그날 날 지명한 걸까요? 왜 에드나는 그 근처에서 살해당한 걸까요? 경위님, 꼭 진상을 밝혀 주세요. 꼭, 꼭요!"

"반드시 밝혀낼 겁니다. 웨브 양. 그건 장담드리죠."

하드캐슬 경위의 목소리에는 희미하게 위협적인 기색이 서렸다.

퍼디 교수가 끼어들었다.

"이런, 웨브 양. 떨고 있잖아요. 셰리주 한잔 하는 게 좋겠어요. 정말로요."

20장 : 콜린 램의 이야기

나는 런던에 도착하자마자 벡에게 보고했다.

그는 내 쪽으로 시가를 흔들며 말했다.

"자네의 그 바보같은 크레센트 조사에 뭔가 있을 수도 있겠어."

"제가 결국 뭔가를 밝혀낸 건가요?"

"그렇게까진 말하지 않겠네. 그저 가능성이 있다고만 해 두지. 윌브러험 크레센트 62번지에 사는 우리의 건설 기술자 램지 씨는 겉보기와는 다르더군. 최근 들어 아주 수상한 임무들을 맡았어. 실제 존재하는 회사이긴 한데 뒷배경을 별로 알아낼 수 없는 데다, 그나마 알아낸 것도 좀 수상해. 램지는 대략 5주 전에 루마니아로 떠났어."

"아내에게 말한 곳이 아닌데요."

"그럴지도 모르지만 어쨌든 그가 간 곳은 루마니아야. 지금도 그곳에 있고. 램지에 대해 좀 더 알아보려고 하네. 그러니 자네도 이제 일을 시작해야지. 내가 이미 비자와 새 여권도 준비해 놨네. 이번에는 나이젤 트렌치 행세를 하게 될 거야. 발칸 반도의 야생 식물에 대해 공부해 둬. 직업이 식물학자니까."

"특별한 지시 사항은요?"

"없어. 자네가 서류를 가져갈 때 연락책을 알려 주지. 램지에 관한 한 샅샅이 알아내."

그가 날카롭게 날 바라보았다. 자욱한 시가 연기 사이로 나를 응시하는 시선이 느껴졌다.

"자네, 생각했던 것만큼 기뻐하는 기색이 아니군."

"감이 맞아떨어졌다는 건 언제나 기분 좋은 일이죠."

나는 대충 얼버무렸다.

"크레센트는 맞지만, 번지수가 틀렸어. 61번지 주인은 결백한 건축업자가 확실해. 우리 관점에서는 결백하다 이거지. 불쌍한 핸버리가 번지수를 잘못 알아 오긴 했지만 얼추 맞긴 해."

"다른 사람들도 조사하셨어요? 아니면 램지만 조사하신 거예요?"

"다이애나 로지는 다이애나 여신만큼이나 결백한 것 같아. 고양이를 키운 지도 오래됐고. 맥노턴도 좀 흥미롭더군. 자네가 말한 대로 퇴직한 교수야. 수학 교수. 꽤 머리가 좋은 것 같더군. 건강상의 이유를 들어 어느 날 갑자기 사임했어. 뭐 사실일 수도 있지만……. 겉보기엔 꽤 건강하고 원기 왕성하단 말이야. 게다가 옛날 친구들과도 연락을 아예 안 하는 것 같은데, 그것도 좀 이상하지."

"문제는 우리가 모든 사람의 행동을 다 수상하게 생각한다는 거예요."

"그러다 보면 뭔가 나올 수도 있지. 난 콜린, 자네가 다른 편으로 옮긴 건 아닌가 의심할 때가 있다네. 나 자신이 전향했다가 다시 이쪽으로 돌아온 것은 아닌지 의심할 때도 있어! 모든 게 다 혼란스럽지."

비행기는 밤 10시 출발이었다. 나는 먼저 에르퀼 푸아로를 찾아갔다. 이번에는 시로 드 카시스(우리 사이니까 하는 얘기지만 까막까치밥나무열매 시럽이다.)를 마시고 있었다. 푸아로는 나에게도 권했지만 거절했다. 조지가 위스키를 가지고 들어왔다. 모든 것이 변함없었다.

"자네, 기분이 별로 안 좋아 보이는군."

"아니에요. 저 조금 후에 해외 출장 떠나요."

푸아로가 날 쳐다보았다. 난 고개를 끄덕였다.

"그럼 그렇게 된 건가?"

"예, 그렇게 된 거예요."

"일이 잘되길 빌겠네."

"예. 그나저나 푸아로, 숙제는 잘하고 계시는 거예요?"

"뭐라고?"

"크로딘에서 일어난 시계 살인 사건 말이에요……. 눈을 감고 의자에 기대앉아서 해답을 발견하셨나요?"

"자네가 두고 간 걸 아주 흥미롭게 읽었네."

"별건 없었죠? 그 사람들은 이미 용의선상에서 제외됐기 때문에……"

"정반대야. 적어도 두 명은 아주 흥미로운 발언을 했어."

"누가요? 무슨 말인데요?"

푸아로가 짜증스러운 말투로 기록을 좀 더 자세히 읽어 보라며 훈계했다.

"자네도 직접 보면 알 거야……. 금방 눈에 띄니까. 이제 해야 할 일은 더 많은 이웃과 이야기를 나눠 보는 것이지."

"더 이상은 없어요."

"분명히 있어. 누군가는 항상 무언가를 보게 마련이지. 그건 자명한 이치야."

"그럴 수도 있지만 이 사건에서는 아니에요. 사건의 세부 사항은 당신보다 제가 더 많이 알고 있잖아요. 사실 살인 사건이 한 건 더 있었어요."

"정말이야? 이렇게 빨리? 그것 참 흥미롭군. 어서 말해 봐."

나는 푸아로에게 이야기하기 시작했다. 내가 사소한 세부 사항을 죄다 말할 때까지 푸아로는 끈질기게 질문을 던졌다. 나는 하드캐슬에게 건네준 엽서 이야기도 해 주었다.

"기억하라……. 4, 1, 3……. 또는 4, 13. 그래……. 똑같은 패턴이야."

푸아로가 가만히 되뇌었다.

"그게 무슨 말씀이세요?"

푸아로가 눈을 감았다.

"그 엽서에는 딱 한 가지 빠진 게 있어. 바로 피 묻은 지문이지."

나는 의아한 눈길로 푸아로를 바라보았다.

"이 사건을 어떻게 생각하시는 거예요?"

"점점 명확해지고 있어……. 언제나 그렇듯 살인범은 현재에 만족하지 않는 법이지."

"하지만 누가 살인범인데요?"

푸아로는 교묘하게 대답을 회피했다.

"자네가 나가 있는 동안 내가 몇 가지 조사를 좀 해도 되겠지?"

"어떤 조사요?"

"내일 레몬 양에게 내 오랜 친구인 변호사 엔더비 씨에게 편지를 쓰라고 지시할 걸세. 서머싯 하우스(런던 템스 강변에 있는 등기소, 세무서 건물 — 옮긴이)에서 결혼 기록을 살펴보라고 부탁할 참이야. 그리고 해외 전보도 치라고 할 셈이네."

내가 불퉁한 목소리로 항의했다.

"그건 불공평해요. 그건 앉아서 생각만 하는 게 아니잖아요."

"아니야. 난 앉아서 생각만 한다고! 레몬 양이 하는 일은 그저 내가 이미 도달한 결론을 확인해 주는 것뿐이야. 내가 부탁하는 건 정보가 아니라 확인이라고."

"말도 안 돼요, 푸아로! 괜히 허세 부리시는 거죠? 아직 죽은 남자가 누군지도 모르는데……."

"난 알지."

"그 남자 이름이 뭔데요?"

"몰라. 그 남자 이름은 중요하지 않아. 자네가 이해할지 모르겠지만, 그가 누군지는 모르지만 그가 어떤 사람인지는 안다네."

"공갈범?"

푸아로가 눈을 감았다.

"사립 탐정?"

푸아로가 눈을 떴다.

"자네에게 간단한 인용문을 들려주지. 지난번처럼 말이야. 그것 빼고는 아무 말도 하지 않겠네."

푸아로는 아주 진지하게 인용문을 암송했다.

"딜리, 딜리, 딜리……. 죽으러 왔네."

21장

하드캐슬 경위는 책상 위의 달력을 바라보았다. 9월 20일. 이제 막 열흘이 지났다. 죽은 남자의 신원을 밝히지 못해 수사는 아직 초기 단계에서 통 진전이 없었다. 생각보다 수사가 길어졌다. 기대했던 단서들은 모조리 실망만 안겨 주었다. 실험실로 보낸 옷에서도 별다른 결과가 없었다. 옷 자체에서는 아무런 단서도 발견하지 못했다. 수출해도 될 만큼 질이 좋았지만 새것이 아니라 관리를 잘한 옷이었다. 치과 의사도, 세탁소도, 가정부들도 아무런 도움이 되지 않았다. 죽은 남자는 여전히 '미스터리의 남자'였다. 그래도 하드캐슬이 보기에 그 남자는 진짜로 '미스터리의 남자'가 아니었다. 그에게는 극적인 건 아무것도 없었다. 그저 아무도 얼굴을 알아보지 못하는 남자일 뿐이었다. 그게 패턴이라고 하드캐슬은 생각했다. 그는 '이 남자를 아십니까?'라는 설명과 함께 사진을 내보낸 이후 밀려든 편지와 전화를 떠올리며 한숨을 쉬었다. 놀라울 정도로 많은 사람이 그 남자를 안다는 착각에 빠져 있었다. 수년 동안 헤어진 아버지를 찾을 희망에 부푼 딸들. 사진 속의 남자가 30년 전 집을 떠난 아들일 것이라고 확신하는 90살의 노부인. 실종된 남편이 분명하다고 주장하는 수많은 아내. 자신의 남동생, 또는 오빠라고 주장하는 누이들. 그 중에서는 그나마 누이들이 희망을 덜 품는 편일 것이다. 그리고 그 남자가 링컨셔, 뉴캐슬, 데번, 런던에 있는 지하철이나 버스에 탄 것을, 또는 부둣가에 숨어 있는 것을, 뭔가 수상한 표정으로 길모퉁이에 서 있는 것을, 혹은 영화관에서 나오며 얼굴을 숨기려 하는 것을 보았다는 사람들의 제보도 넘쳤다. 수백만 개의 실마리 중에서 가능성이 높은 것을 따라가 보았지만 아무런 것도 밝혀내지 못했다.

하지만 오늘, 하드캐슬은 약간의 희망을 품었다. 그는 다시 한 번 책상 위에 놓인 편지를 바라보았다. 멀리나 라이벌. 그는 세례명을 그다지 좋아하지 않았다. 상식이 있는 사람들이라면 아이에게 멀리나라는 세례명을 지어 주진 않을 거라는 생각이 들었다. 본인이 직접 지은 이름이 분명했다. 하지만 편지의 느낌은 좋았다. 과장하지도 지나치게 자신만만하지도 않았다. 그저 사진 속의 남자가 서너 해 전 헤어진 남편일 수도 있다는 내용뿐이었다. 오늘 아침 경찰서로 오기로 했다. 하드캐슬이 버저를 누르자 크레이 경사가 들어왔다.

"라이벌 부인은 아직 도착하지 않은 건가?"

"방금 도착하셨습니다. 안 그래도 말씀드리려던 참이었습니다."

"어때 보여?"

크레이는 잠시 생각해 보더니 대답했다.

"배우 같습니다. 화장이 진하고……. 세련되게 화장한 것도 아닙니다. 전반적으로는 꽤 신뢰할 수 있는 여자 같습니다."

"초조해 보이던가?"

"아니요. 겉보기에는 그렇지 않습니다."

"좋아. 안으로 들여보내."

밖으로 나간 크레이 경위는 잠시 후 다시 돌아왔다.

"라이벌 부인이십니다."

하드캐슬은 자리에서 일어나 그녀와 악수를 나누었다. 대략 50살 정도 되어 보였지만 멀리서, 아주 멀리서 본다면 30대로 볼 수도 있을 정도였다. 가까이서 보니 엉망으로 바른 화장 때문에 그 이상은 되어 보였지만 전반적인 인상으로 봐서는 50살 내외라는 것이 하드캐슬의 결론이었다. 헤나로 짙게 염색한 검은 머리카락, 모자는 쓰지 않았으며 보통 키와 체격에 검은 재킷과 스커트, 하얀 블라우스를 입고 있었다. 커다란 체크무늬 모직 가방을 한 손에 들고 있었고 손목에서는 팔찌 한두 개가 짤랑거렸으며, 반지도 서너 개 끼고 있었다. 그간의 경험에 비춰 보자면 전반적으로 괜찮은 사람이라고 할 수 있었다. 지나치게 꼼꼼하지도 않고 대하기 편하며, 관대하고 어쩌면 상냥한 사람일 것이다. 하지만 신뢰할 수 있을까? 그게 문제였다. 그렇게 생각하지 않을 것이고, 그러길 바랄 수도 없었다.

하드캐슬이 입을 열었다.

"만나서 정말 반갑습니다, 라이벌 부인. 부인께서 꼭 저희에게 도움이 되었으면 좋겠습니다."

라이벌 부인이 겸연쩍은 듯 대꾸했다.

"저도 확실하진 않아요. 하지만 정말 해리와 닮았어요. 아주 많이요. 물론 아닐 수도 있다는 마음의 준비는 하고 있어요. 괜히 경위님 시간만 빼앗는 건 아닌지 모르겠네요."

그녀는 그 부분에 굉장히 미안해하는 듯했다.

"그러실 필요 없습니다. 저희도 이 사건에 대한 도움이 절실히 필요하니까요."

"예, 알겠어요. 저도 확신이 섰으면 좋겠어요. 아시겠지만 그이를 본 지 너무 오래돼서요."

"그렇다면 몇 가지 사실을 먼저 확인해 볼까요? 남편을 마지막으로 본 게 언제죠?"

"기차를 타고 오는 내내 정확하게 기억을 떠올려 보려고 했어요. 시간이 지나면 왜 이렇게 기억력이 형편없어지는지. 경위님께 보낸 편지에는 10년 전이라고 했지만, 그보다 더 오래됐어요. 거의 15년 정도 된 것 같아요. 시간 참 빠르네요. 사람들은 자신을 조금이라도 젊게 여기고 싶어서 흘러간 시간을 줄여서 생각하는 경향이 있는 것 같아요. 안 그런가요?"

"그럴 수도 있다고 생각합니다. 그렇다면 마지막으로 남편을 본 게 대략 15년 정도 된다고 생각하시는 거죠? 결혼은 언제 하셨습니까?"

"그 3년쯤 전이었을 거예요."

"그때는 어디에 살고 계셨죠?"

"서편의 시프턴 보이스요. 좋은 마을이에요. 장도 서고. 뭐, 손바닥만한 마을이었어요."

"남편분께서는 어떤 일을 하셨습니까?"

"보험 회사 직원이었어요. 적어도……."

그녀가 말을 멈추었다.

"……그이 말로는 그랬어요."

하드캐슬이 날카롭게 그녀를 올려다보았다.

"그 말이 거짓이었습니까?"

"글쎄요. 아니요, 그렇지는 않아요……. 당시에는 아니었죠. 그 후에야 어쩌면 거짓말일지도 모른다는 생각이 들었어요. 남자들은 보험 회사 직원이라고 하는 게 편한가 봐요?"

"특정 상황에서는 그럴 수도 있겠지요."

"자주 집을 비우는 데 대한 변명거리를 만들기 쉽잖아요."

"남편께서 자주 집을 비우셨습니까, 라이벌 부인?"

"예. 처음에는 그리 심각하게 생각하진 않았어요……."

"나중에는요?"

그녀가 머뭇거리다 입을 열었다.

"먼저 확인해 보면 안 될까요? 혹시라도 해리가 아니라면……."

하드캐슬은 라이벌 부인이 정확히 무슨 생각을 하고 있는지가 궁금했다. 그녀의 목소리에서 긴장감인지 감정 같은 게 느껴졌다. 하드캐슬은 알 수가 없었다.

"먼저 확인하고 싶으시다는 점, 저도 충분히 이해합니다. 지금 가보시죠."

하드캐슬은 자리에서 일어나 바깥에 세워 둔 경찰차로 그녀를 안내했다. 마침내 장소에 도착했을 때 초조해하는 라이벌 부인의 모습은, 전에도 그가 데려왔던 사람들과 다를 바 없었다. 하드캐슬은 그저 일반적인 확인 절차일 뿐이라고 말했다.

"괜찮으실 겁니다. 보기 괴롭진 않으실 거예요. 일이 분이면 끝날 테니까요."

직원이 트레이를 끌어내고 천을 들어 올렸다. 가만히 서서 그 모습을 내려다보던 라이벌 부인의 숨이 점차 가빠지더니, 희미하게 숨을 헉 들이마시는 소리가 났다. 그녀가 느닷없이 고개를 돌렸다.

"해리예요. 네, 훨씬 나이가 들었고 좀 달라 보이지만……. 해리가 맞아요."

하드캐슬은 직원에게 고개를 끄덕이고는, 라이벌 부인의 팔을 부축해 다시 자동차에 오른 다음 경찰서로 돌아왔다. 하드캐슬은 아무 말도 하지 않고 라이벌 부인이 스스로 마음을 추스를 수 있도록 내버려 두었다. 다시 방에 들어가자마자 경찰관 한 명이 차 쟁반을 들고 들어왔다.

"여기 있습니다, 라이벌 부인. 차 한 잔 하시면 마음이 좀 가라앉을 겁니다. 그런 후에 이야기를 나누도록 하죠."

"고맙습니다."

라이벌 부인은 찻잔에 꽤 많은 설탕을 집어넣은 후 순식간에 벌컥벌컥 들이켰다.

"좀 낫군요. 기분이 나빴던 건 아니에요. 그저…… 그저…… 그런 일은 사람을 심란하게 만들잖아요, 그렇죠?"

"이 남자가 부인의 남편이 확실합니까?"

"확실해요. 물론 그때보다 훨씬 나이가 들긴 했지만, 그렇게 많이 변하지는 않았어요. 그이는 항상…… 뭐라고 할까요, 아주 단정했거든요. 상류층 사람처럼 근사했어요."

그래, 꽤 적절한 표현이야. 하드캐슬은 생각했다. 상류층이라. 아마도 해리는 원래의 계급보다 훨씬 더 높은 계급에 속한 것처럼 보였을 것이다. 세상에는 그런 남자들이 있으며, 그중 몇몇은 자기의 모습을 원하는 목표를 이루는 데 꽤 잘 써먹곤 했다.

라이벌 부인이 다시 입을 열었다.

"그이는 옷 입는 거며 모든 것에 아주 까다로웠어요. 그래서 사람들은 그이에게 쉽게 빠져든 것 같아요. 절대 그이를 의심하지 않았어요."

"누가 그분에게 빠져들었습니까, 라이벌 부인?"

하드캐슬의 목소리는 상냥하고 다정했다.

"여자들요, 여자들. 항상 그이 주변에는 여자가 끊이지 않았어요."

"그렇군요. 그래서 부인께서 알아내신 거고요."

"그게, 전…… 전 의심이 들었어요. 집을 너무 자주 비웠으니까요. 물론 저도 남자들이 어떤지는 잘 알아요. 가끔씩은 바람을 피울지도 모른다고 생각은 했죠. 하지만 그런 이야기를 직접 물어봐야 소용없는 짓이잖아요. 거짓말로 둘러대면 끝이니까요. 하지만 전 꿈에도…… 정말이지 꿈에도 몰랐어요. 그이가 그걸로 돈벌이를 할 줄은."

"남편분께서 그러셨습니까?"

라이벌 부인이 고개를 끄덕였다.

"분명해요."

"어떻게 알아내셨습니까?"

그녀가 어깨를 으쓱했다.

"어느 날 그이가 출장에서 돌아왔어요. 자기 말로는 뉴캐슬에 다녀왔다고 하더군요. 어쨌든 돌아와서는 빨리 해결해야 할 문제가 생겼다고 했어요. 계획이 실패로 돌아갔다면서요. 어떤 여자랑 문제가 생겼다더군요. 학교 교사인데 말썽이 좀 있을 것 같다고 했어요. 그제서야 전 그이에게 대놓고 물어봤죠. 거리낌 없이 말해 주더군요. 아무래도 제가 많이 알고 있다고 생각했나 봐요. 여자들은 제가 그랬듯이 그이에게 푹 빠지곤 했어요. 그이는 학교 교사라는 그 여자에게 반지를 주고 약혼을 한 다음……. 그 여자 돈을 대신 투자해 주겠다고 했어요. 여자들은 쉽게 돈을 내줬고요."

"부인께도 똑같은 수법을 시도했습니까?"

"사실 그랬어요. 하지만 제가 돈을 주지 않았죠."

"왜죠? 처음부터 남편을 믿지 않으셨습니까?"

"글쎄요. 전 아무나 덥석덥석 믿는 사람이 아니었어요. 남자 경험 같은 면에서 겪은 바가 좀 있었으니까요. 어쨌든 전 그이가 제 돈을 가져가 투자하는 걸 원치 않았어요. 제 돈은 직접 투자를 했죠. 자기 돈은 자기가 움켜쥐고 있어야 확실하니까요! 전 그동안 바보짓 하는 여자들을 너무나도 많이 봤어요."

"남편께서는 언제 투자 제안을 하셨습니까? 결혼 전입니까, 아니면 결혼 후입니까?"

"결혼 전에 그 비슷한 제안을 했지만, 제가 아무런 반응도 하지 않으니까 곧바로 화제를 바꿨어요. 그리고 결혼한 뒤에도 대단한 기회를 잡았다고 말한 적도 있어요. 저는 안 된다고 했죠. 제가 그이를 믿지 못해서가 아니라, 좋은 거라고 혹해서 덤볐다가 빈털터리 신세가 되곤 하는 남자들 이야기를 자주 들었기 때문이에요."

"남편께서 경찰과 문제가 생긴 적이 있습니까?"

"그런 건 조금도 걱정할 필요가 없었죠. 자기가 속았다는 사실을 알고 싶은 여자는 이 세상에 없으니까요. 하지만 이번에는 달랐어요. 교육을 받은 여자였거든요. 다른 여자들처럼 쉽게 속아 넘어가지 않았을 거예요."

"그 여자분이 임신을 했나요?"

"예."

"다른 여자분들 경우에도 그랬습니까?"

"아마도 그랬을 거예요. 솔직히 그이가 어쩌다 그런 일에 발을 들여놓은 건지 모르겠어요. 그저 돈, 그러니까 벌어먹고 살려고 그랬는지 아니면 여자들과 즐기고 나서 그 여자에게 대가를 받아 내는 그런 인간이었는지."

라이벌 부인의 목소리에는 이제 신랄한 기색은 전혀 없었다.

하드캐슬이 조용히 입을 열었다.

"남편을 사랑하셨습니까, 라이벌 부인?"

"모르겠어요. 정말 모르겠어요. 사랑하긴 했겠죠. 그러니까 결혼을 했겠죠……."

"실례지만 그분과 정식으로 결혼을 하셨습니까?"

라이벌 부인이 솔직히 털어놓았다.

"그것도 잘 모르겠어요. 결혼식을 올리긴 했죠. 교회에서요. 하지만 다른 이름을 써서 다른 여자와도 결혼식을 올렸을지도 모르는 일이에요. 제가 결혼할 때 그이 이름은 캐슬턴이었어요. 본명은 아니었을 거예요."

"해리 캐슬턴, 맞습니까?"

"예."

"그리고 함께 시프턴 보이스에서 사셨죠. 얼마나 사셨습니까?"

"그곳에서는 한 2년 동안 살았어요. 그전에는 동커스터 근처에서 살았고요. 사실 그날 그이가 집에 돌아와서 그런 말을 했을 때도 전 놀라지 않았어요. 전 한동안 그이를 전혀 다른 사람으로 알고 있었던 것 같아요. 정말 믿을 수가 없었어요. 아시겠지만 그이는 정말 훌륭한 사람 같았으니까요. 정말 신사였어요!"

"그래서 어떻게 됐습니까?"

"그곳에서 당장 벗어나야 한다고 하길래, 잘됐다고, 속 시원하다고 더 이상은 참을 수 없다고 쏘아붙였어요!"

라이벌 부인은 곰곰이 생각해 보며 덧붙였다.

"전 그이에게 10파운드를 줬어요. 제가 집에 가지고 있던 돈은 그게 전부였거든요. 그이 말이 돈이 없다고 했어요……. 그 이후로는 그이를 본 적도, 그이 소식을 들은 적도 없어요. 오늘까지요. 아니, 신문에 실린 그이 사진을 보기 전까지요."

"그분에게 눈에 띄는 특징은 없습니까? 상처 같은 거요. 수술 자국이나 골절상……. 뭐 그런 것 없습니까?"

라이벌 부인이 고개를 저었다.

"없는 것 같아요."

"남편께서 커리라는 이름을 사용한 적이 있습니까?"

"커리요? 아니요, 없는 것 같아요. 어쨌든 제가 알기로는 없어요."

하드캐슬이 테이블 위로 명함을 내려놓았다.

"이 명함이 그분 주머니 속에 있었습니다."

"여태껏 보험 회사 직원을 사칭하고 다녔군요. 그이라면 온갖 종류의 이름은 다 갖다 썼을 거예요."

"지난 15년 동안 남편의 소식을 전혀 듣지 못했다고 하셨지요?"

라이벌 부인의 말투에서 갑자기 익살스러운 기색이 드러났다.

"정 궁금하시다면 말씀드리지요. 그는 크리스마스카드 한 장도 보내지 않았어요. 제가 어디 사는지도 몰랐을 거예요. 전 헤어진 후에 다시 무대로 돌아갔어요. 주로 순회공연을 했죠. 인생 뭐 별거 있나요. 캐슬턴이라는 남편 성도 떼 버렸어요. 멀리나 라이벌로 돌아온 거죠."

"멀리나……. 음……. 본명은 아니시겠죠?"

라이벌 부인이 고개를 저었고, 그녀의 얼굴 위로 희미하게 유쾌한 미소가 스쳤다.

"제가 지은 이름이에요. 특이하죠? 제 본명은 플로시 갭이에요. 분명히 세례명은 플로렌스겠지만 다들 절 플로시나 플로라고 불렀죠. 그래서 플로시 갭이에요. 그리 낭만적인 이름은 아니죠."

"현재는 무얼 하고 계십니까? 아직 연기를 하고 계십니까?"

"가끔씩요. 하다 말다 해요."

라이벌 부인이 말하기 싫은 기색을 보였다.

하드캐슬이 재빨리 대응했다.

"그러시군요."

"여기저기서 아르바이트를 하기도 해요. 파티에서 헬퍼를 하기도 하고 호스티스로 일하기도 해요. 그리 나쁘진 않아요. 많은 사람을 만나니까요. 가끔 추잡한 일이 생기기도 하지만요."

"해리 캐슬턴 씨와 헤어진 이후 그분에게서 소식을, 아니면 그분에 대한 소식을 들은 적이 한 번도 없으십니까?"

"단 한마디도요. 어쩌면 외국에 나갔거나…… 죽었을지도 모른다고 생각했어요."

"라이벌 부인, 한 가지만 더 질문드리겠습니다. 해리 캐슬턴이 왜 이 동네에 왔는지 그 이유를 혹시 아십니까?"

"아니요. 물론 저야 모르죠. 그동안 그 사람이 뭘 하고 살았는지도 모르는걸요."

"혹시 그분이 보험 사기를 치거나 했을 가능성이 있을까요?"

"전 정말 모르겠어요. 그랬을 가능성이 아주 높은 것 같진 않아요. 그러니까 해리는 아주 신중한 사람이었어요. 위험을 자초하지는 않았을 거예요. 여자와 관련된 소동이라면 혹시 또 모르죠."

"라이벌 부인, 혹시 협박을 했을 가능성도 있다고 생각하십니까?"

"글쎄요, 모르겠어요……. 예, 어쩌면 가능할지도 모르겠네요. 과거를 들키고 싶지 않은 여자들을 협박했을 수도 있죠. 그거라면 안전하다고 생각했을 테니까요. 하지만 꼭 그렇다고 말하는 건 아니에요. 가능성이 있다는 거죠. 그이가 돈을 아주 밝히는 사람은 아니에요. 다른 사람을 무자비하게 몰아세우는 사람도 아니지만 소소한 수준에서는 그랬을 수도 있을 거예요."

라이벌 부인은 자기 말이 맞는다는 듯 고개를 끄덕이며 말했다.

"여자들이 남편분을 좋아했죠?"

"예. 언제나 쉽게 빠져들었어요. 아무래도 그이가 상류층 사람처럼 훌륭해 보였기 때문인 것 같아요. 여자들은 그런 남자를 정복하는 데서 자부심을 느끼잖아요. 그이와 함께할 근사하고 안전한 미래를 꿈꿨지요. 그게 가장 적절한 설명일 것 같네요. 저도 그렇게 느꼈으니까요."

라이벌 부인이 솔직하게 덧붙였다.

"사소한 부분입니다만, 한 가지 더 확인할 게 있습니다."

하드캐슬이 부하 직원에게 지시를 내렸다.

"그 시계를 이리 가지고 오겠나?"

잠시 후 부하 직원이 천으로 덮인 쟁반을 가지고 들어왔다. 하드캐슬은 천을 벗겨 라이벌 부인에게 그 밑의 시계를 보여 주었다. 그녀는 솔직하게 흥미로운 기색을 보이며 시계들을 살펴보았다.

"예쁘네요, 그렇죠? 전 이게 마음에 들어요."

그녀가 금박 시계를 손가락으로 톡 건드렸다.

"이 시계들을 전에 본 적 없습니까? 전혀 모르는 시계들입니까?"

"예, 그래요."

"혹시 남편분과 로즈메리 사이에 무슨 연관이 있는지 아십니까?"

"로즈메리요? 어디 보자. 빨강 머리 아가씨가 있었는데……. 아니에요, 그 여자 이름은 로잘리였어요. 죄송하지만 생각이 나질 않아요. 하지만 제가 모르는 여자일 수도 있잖아요, 그렇죠? 해리는 아주 은밀하게 움직였으니까요."

"혹시 4시 13분을 가리키고 있는 시계를 보신다면……."

하드캐슬이 말을 멈추었다.

라이벌 부인이 유쾌하게 깔깔거렸다.

"4시 13분이면 티타임이죠."

하드캐슬이 한숨을 쉬었다.

"라이벌 부인, 부인께 정말 감사드립니다. 아까 말씀드린 대로 연기된 심리는 내일모레 열릴 겁니다. 그때 참석하셔서 진술을 해 주시겠습니까?"

"네, 네. 괜찮아요. 그 사람이 누구인지만 말하면 되는 거죠? 자세히 말할 필요는 없겠죠? 그 사람이 어떻게 살았는지…… 뭐 그런 것까지 말하지 않아도 괜찮겠죠?"

"현재로서는 그럴 필요는 없을 겁니다. 그저 그 남자가 해리 캐슬턴이고 부인께서 결혼하셨던 남자라는 점만 진술하시면 됩니다. 정확한 날짜는 서머싯 하우스에 기록되어 있을 테니까요. 결혼은 어디서 하셨습니까? 기억나세요?"

"던브룩이라는 곳이었어요……. 성 미카엘, 교회 이름이 성 미카엘이었던 것 같아요. 결혼한 게 20년 이상이 되지만 않았으면 좋겠네요. 그렇다면 인생 다 산 것 같은 기분이 들 테니까요."

라이벌 부인이 자리에서 일어나 손을 내밀었다. 하드캐슬은 작별 인사를 한 후, 책상 앞으로 돌아와 앉아 연필로 책상을 톡톡 두드렸다. 잠시 후 크레이 경사가 방 안으로 들어왔다.

"결과가 만족스럽습니까?"

"그런 것 같아. 해리 캐슬턴이라는 이름은 아마도 가명이겠지. 이 친구에 대해 좀 더 알아봐야겠어. 복수할 만한 이유를 가진 여자가 적어도 한 명 이상인 것 같으니까."

"겉보기에는 훌륭한 사람 같던데요."

"아무래도 그게 이 남자의 장사 밑천이었던 것 같아."

하드캐슬은 로즈메리라는 글자가 새겨진 시계를 다시 한 번 생각했다. 추억?

22장 : 콜린 램의 이야기

I

"이제 돌아왔구먼."
에르퀼 푸아로가 말했다.
그는 읽고 있던 책에 조심스럽게 책갈피를 끼워 넣었다. 테이블 위의 팔꿈치께에는 코코아 한 잔이 놓여 있었다. 정말이지 음료에 관한 푸아로의 취향은 최악이었다! 다행히 이번에는 나에게 권하지 않았다.
"잘 지내셨어요?"
"마음이 어지러워. 아주 어지러워. 이 아파트 건물을 재건축한다지 뭔가. 새 단장을 하고 구조까지 바꾼대."
"그렇게 하면 더 낫지 않을까요?"

"낫기야 하겠지, 그래……. 하지만 나한테는 곤욕이야. 마음이 뒤숭숭할 게 분명해. 사방에서 페인트 냄새가 진동을 할 테니까 말이야!"
푸아로는 잔뜩 못마땅한 표정으로 날 바라보았다.
그런 후 손을 저어 괴로움을 떨쳐 버리더니 질문을 던졌다.
"자네는 성공했지, 그렇지?"
나는 천천히 입을 열었다.
"잘 모르겠어요."
"아…… 그렇게 됐군."
"지시받은 걸 찾긴 했어요. 그 남자는 찾지 못했죠. 제가 찾으려던 게 무언지 저도 모르겠어요. 정보? 아니면 시체?"
"시체 얘기가 나왔으니 말인데, 크로딘에서 연기된 심리에 대한 보고서를 읽었다네. 알 수 없는 사람, 또는 사람들에 의한 고의적인 살인 사건. 그리고 마침내 그 남자의 이름이 밝혀졌어."
난 고개를 끄덕였다.
"해리 캐슬턴이죠. 실제로는 누구인지 모르겠지만."
"부인이 신분을 확인해 줬지. 크로딘에 가 봤나?"
"아직요. 내일 가 볼까 생각 중이에요."
"아, 이제 여유가 생겼나 보군?"
"아직은 아니에요. 아직 일이 끝나지 않아서요. 일 때문에 가는 거죠."
나는 잠시 말을 멈추었다가 덧붙였다.
"제가 해외에 나가 있는 동안 어떤 일이 있었는지 잘 몰라요. 신원이 확인되었다는 사실밖에요. 어떻게 생각하세요?"

푸아로는 어깨를 으쓱했다.

"신원이 확인되리라는 것은 예상한 일이었지."

"네, 영국 경찰은 훌륭하죠."

"그리고 아내들은 친절하고."

"멀리나 라이벌 부인이라니! 이름 참!"

"그 이름을 들으면 무언가 떠오른단 말이야. 도대체 그게 뭐지?"

푸아로가 가만히 날 쳐다보았지만 도와줄 수가 없었다. 내가 볼 때 푸아로는 뭔가 생각난 것 같았다.

"시골에 사는 친구를 방문했을 때……. 아니……. 그렇게 오래전은 아닌데."

푸아로가 곰곰이 고민하다 고개를 저었다.

"런던에 돌아가면 하드캐슬에게서 멀리나 라이벌에 대해 가능한 한 알아내 전해 드릴게요."

내가 약속하자 푸아로가 손을 저었다.

"그럴 필요 없다네."

"벌써 그녀에 대해 다 안다는 말씀이세요?"

"아니, 내 말은 그녀에게 관심이 없다는 거야."

"관심이 없으시다구요. 왜요? 이해가 안 되는데요."

나는 고개를 저었다.

"핵심에만 집중해야지. 대신 에드나라는 아가씨……. 윌브러험 크레센트에 있는 공중전화 박스에서 죽은 아가씨 이야길 해 보게."

"이미 말씀드린 게 전부예요. 그 아가씨에 대해서는 아는 게 없는

걸요."

"그러니까 자네가 알고 있거나 내게 말해 줄 수 있는 건 그 아가씨가 속기 사무실에서 맨홀 뚜껑에 굽이 빠진 구두를 들고 있던 불쌍하고 소심한 어린 아가씨라는 게 전부라는 얘기인가?"

푸아로가 힐난조로 말하더니 뜬금없이 질문을 던졌다.

"그나저나 그 맨홀은 어디에 있는 거지?"

"푸아로, 정말. 제가 그걸 어떻게 알아요?"

"자네가 물어봤더라면 알고 있겠지. 적절한 질문을 던지지 않는다면 어떻게 알겠나?"

"하지만 구두 굽이 어디서 빠졌는지가 뭐가 중요하죠?"

"중요하지 않을 수도 있지. 하지만 이 아가씨가 갔던 곳, 어쩌면 누군가를 만나거나 어떤 사건에 휘말렸을 수도 있는 그 정확한 장소를 알아내야 해."

"좀 뜬금없는 말씀이네요. 어쨌든 사무실에서 가까운 곳이었다는 건 알아요. 그 아가씨가 그렇게 말했거든요. 그래서 사무실에서 먹으려고 빵을 샀는데 스타킹 신은 맨발로 절뚝거리면서 돌아왔다고. 그리고 그런 꼴로 집에 어떻게 가겠냐고 하더군요."

"아, 그래서 집에는 어떻게 갔다던가?"

푸아로가 흥미진진한 표정으로 물었다.

나는 푸아로를 빤히 쳐다보았다.

"저야 모르죠."

"아, 정말 믿기 힘들군. 제대로 된 질문을 절대 하지 않다니! 그 결과 자네는 중요한 사실을 아무것도 모르지 않나."

"크로딘에 가셔서 직접 물어보시던지요."

내가 뾰루퉁하게 대꾸했다.

"지금은 안 돼. 다음 주에 작가들의 원고 특별 판매가 있어……."

"아직도 그 취미 생활 중이세요?"

"하지만, 그래, 그렇지. 존 딕슨 카나 카터 딕슨의 작품을 예로 들자면……."

푸아로의 눈이 반짝였다.

나는 푸아로가 또다시 강의를 늘어놓기 전에 급한 약속이 있다는 핑계를 대고 재빨리 자리를 빠져나왔다. 과거 범죄 소설의 대가들에 대한 강의를 들을 기분이 아니었다.

II

나는 하드캐슬의 집 앞 계단에 앉아 있다가 해 질 녘에야 집에 도착한 그를 맞이하기 위해 자리에서 불쑥 일어섰다.

"콜린? 자네야? 이번에도 백주대낮에 불쑥 나타나는군."

"해 질 녘에 불쑥 나타난다는 표현이 훨씬 적절할걸."

"여기서 얼마나 기다린 거야?"

"아, 30분 정도."

"집 안에 들어가 기다리지 못했다니 유감이야."

"자네 집이야 쉽게 들어갈 수 있지. 우리가 어떤 훈련을 받는지 자넨 몰라!"

내가 발끈했다.

"그렇다면 왜 들어가지 않은 거야?"

"자네 위신을 깎고 싶진 않았으니까. 경찰 나리의 집에 손쉽게 침입한다면 체면이 깎이지 않겠어?"

하드캐슬이 주머니에서 열쇠를 꺼내 현관문을 열었다.

"어서 들어와. 허튼소리 하지 말고."

하드캐슬은 날 응접실로 안내한 다음 마실 것을 내왔다.

"됐으면 말해."

나는 잔이 적당히 채워지자 그만 됐다고 했다. 우리는 잔을 든 채 자리에 앉았다. 하드캐슬이 말했다.

"드디어 사건이 풀릴 기미가 보여. 시체의 신원을 알아냈지."

"알아. 신문에서 봤어……. 해리 캐슬턴은 뭐하는 사람이었대?"

"겉보기에는 지극히 훌륭한 신사지만 부유하고 순진한 여자들을 꼬드겨 결혼 사기 행각을 벌인 남자였어. 여자들이 경제 지식에 감탄하며 돈을 맡기면 남자는 어느 순간 사라지고 말았던 거야."

"그런 사람으로는 보이지 않던데."

나는 기억을 되짚으며 대꾸했다.

"그게 그 남자가 가진 최고의 자산이었지."

"경찰의 처벌을 받은 적은 없어?"

"없어……. 우리도 알아봤지만 정보를 찾기가 힘들어. 이름을 꽤 자주 바꾸었더군. 경시청에서는 해리 캐슬턴, 레이먼드 블레어, 로런스 돌턴, 로저 바이런을 모두 동일 인물로 보고 있는데 증명할 길이 없어. 여자들이 통 입을 열지 않으니까 말이야. 차라리 돈을 잃고 마는 편이 낫다고 생각하는 거야. 이 남자는 정말이지 이름뿐이야. 여기저기서 툭툭 튀어나와……. 항상 같은 패턴이지만 종잡을 수가 없어. 이를테면 로저 바이런이 사우스엔드에서 사라지고, 로런스 돌턴이라는 남자가 타인 강변의 뉴캐슬에서 작업을 개시하는 거지. 사진 찍는 걸 쑥스러워했대. 그렇게 해서 여자들이 그의 사진을 찍으려는 걸 피한 거야. 이 사건은 아주 오래전으로 거슬러 올라가지. 15년에서 20년 정도. 그때 이 남자는 정말로 사라지고 말아. 그가 죽었다는 소문이 돌았지만, 또 어떤 사람들은 해외로 나간 거라고도 하더군…….”

"어쨌든 그 사람이 펩마시 양의 응접실 바닥에서 죽은 채로 발견되기 전까지 소식을 들은 사람은 전혀 없었던 거지?"

"그래."

"덕분에 여러 가지 가능성이 생긴 건 확실하군."

"확실히 그래."

"원한을 잊지 못한 여자일까?"

"그것도 가능하지. 절대 못 잊는 여자들도 있잖아."

"만약 그런 여자가 눈이 멀었다면. 그전의 일은 뒷전으로 밀려나지 않을까…….”

"그건 추측일 뿐이야. 그 사실을 뒷받침할 만한 증거는 아직 발견되지 않았어."

"그 남자 아내는 어때? 그 뭐더라, 멀리나 라이벌 부인 말야. 이름 참! 본명일 리가 없어."

"본명은 플로시 갭이야. 멀리나 라이벌은 자기가 지어낸 가명이지. 그 여자 직업과 아주 잘 어울리는 이름이야."

"무슨 일을 하는데? 매춘부?"

"전문적으로 하는 건 아니야."

"그걸 뭐라고 부르더라……. 가벼운 여자?"

"그래도 성품은 좋아. 친구들에게도 잘할 테고. 전에 배우였다고 하더군. 가끔씩 호스티스 일도 한다고 했고. 꽤 호감 가는 인상이야."

"믿을 만해?"

"꽤 믿을 만해. 대답도 확실했고. 망설이지도 않았어."

"그거 다행이군."

"그래. 사실 일이 풀릴 기미가 보이지 않아 절망하던 참이었거든. 정말 수없이 많은 아내를 만나 봤지! 자기 남편이 누군지 아는 여자는 현명한 여자라는 생각마저 들 정도야. 하지만 라이벌 부인은 털어놓은 것보다 남편에 대해 더 많은 걸 알고 있을 수도 있어."

"그 여자 범죄 사건에 연루된 적 있어?"

"기록상으로는 없어. 하지만 그랬을 수도 있지. 어쩌면 지금도 그럴지 몰라. 수상한 친구들이 있을 테니까. 그래 봐야 심각한 건 아니고……. 사소한 사기 행각 정도겠지."

"시계는 어때?"

"모르는 시계래. 사실인 것 같아. 참, 그 시계의 출처를 알아냈어.

포토벨로 마켓이야. 그곳에서 금박 시계와 드레스덴 도자기를 판매 했다더군. 하지만 별 도움은 안 돼! 토요일이면 그곳이 어떤지 잘 알잖아. 노점상 주인은 미국 숙녀분이 사 간 것 같다고 하지만 내가 보기엔 그저 추측뿐인 것 같아. 포토벨로 마켓은 항상 미국 관광객들로 붐비니까. 주인 아내 말로는 시계를 사 간 건 남자라고 하더군. 하지만 어떻게 생겼는지는 기억나지 않는다고 했어. 은색 시계는 본머스에 있는 은 세공인이 만든 거고. 키 큰 숙녀가 어린 딸에게 선물한다고 사 갔대! 기억나는 거라곤 녹색 모자를 쓰고 있었다는 것뿐이라더군."

"그리고 네 번째 시계는? 사라진 그 시계 말야?"

"노코멘트야."

나는 그게 무슨 뜻인지 알아차렸다.

23장 : 콜린 램의 이야기

내가 머물고 있는 호텔은 역 근처에 있는 작고 허름한 곳이었다. 구운 생선 요리가 근사했지만 그것뿐이었다. 물론 가격이 저렴하다는 것도 빼고 말이다.

다음 날 아침 10시, 나는 캐번디시 속기 및 비서 협회에 전화를 걸어 편지를 받아 적고 사업 계약서를 다시 작성할 속기사가 필요하다고 했다. 이름은 더글라스 웨더비이며 클래런던 호텔(형편없이 초라한 호텔들이 이름은 항상 거창하다.)에 머문다고 했다. 실라 웨브 양이 시간이 될까? 내 친구 말로는 꽤 유능하다고 했다.

운이 좋았다. 실라가 당장 이리로 올 수 있다고 했다. 물론 12시에 예약이 되어 있다고도 했지만, 그전에는 충분히 끝날 거라고 대답했다.

나는 클래런던 호텔의 여닫이문 밖에 나가 기다리다 실라를 발견하고 앞으로 한 발짝 나섰다.

"더글라스 웨더비 대령입니다."

"전화한 사람이 당신이었어요?"

"예."

"이러시면 안 돼요."

실라는 화난 표정이었다.

"왜요? 난 캐번디시 협회에 돈을 지불할 의사가 있는데요. '귀하의 세 번째 서신은 잘 받았습니다.'로 시작하는 따분한 편지나 치는 대신, 요 앞길 건너에 있는 버터컵 카페에서 당신의 귀중한 시간을 보낸다 해도 그 사람들에게는 해될 것 없잖아요. 어서요, 평화로운 분위기에서 평범한 커피나 마시지요."

버터컵 카페는 온통 격렬하고 공격적인 노란색으로 치장되어 있는, 이름에 딱 걸맞는 공간이었다. 포마이카로 된 테이블 상단, 쿠션과 컵, 컵받침 모두 카나리아 빛이었다.

나는 커피 두 잔과 스콘을 주문했다. 이른 시각이라 안에는 우리 밖에 없었다.

주문을 받은 웨이트리스가 자리를 뜨자 우리는 마주 앉아 서로를 바라보았다.

"괜찮아요, 실라?"

"무슨 뜻이에요······. 괜찮냐니요?"

그녀의 눈 밑에는 깊이 다크서클이 있어 눈동자가 푸르기보다는 보랏빛으로 보였다.

"힘들었죠?"

"예……. 아니요……. 잘 모르겠어요. 해외에 나가신 줄 알았는데요."

"그랬죠. 하지만 돌아왔습니다."

"왜요?"

"왜인지는 잘 알잖아요."

실라가 눈길을 떨구었다.

실라는 적어도 1분 동안 아무 말 없다가 마침내 입을 열었다. 꽤 긴 침묵이었다.

"난 그 사람이 무서워요."

"누가 무섭다는 거죠?"

"당신 친구요. 그 경위님. 그 사람은…… 그 사람은 내가 그 남자를 죽였고, 에드나도 죽였다고 생각해요……."

"아, 그건 그저 경찰이라 그런 거예요. 그 친구는 모든 사람을 의심의 눈길로 봐야 하죠."

나는 그녀를 안심시켜 주었다.

"아니에요, 콜린. 그런 게 아니에요. 날 위로하려고 해 봤자 소용없어요. 그 사람은 내가 이 사건과 처음부터 연관이 있다고 생각해요."

"당신에게 불리한 증거는 전혀 없어요. 당신이 그날 그 장소에 있었다고 해서, 누군가 당신을 그 장소로 불러냈다고 해서……."

실라가 끼어들었다.

"그 사람은 내가 그곳에 내 발로 찾아갔다고 생각해요. 전부 꾸며 낸 이야기라고 생각하죠. 그리고 에드나가 뭔가를 알고 있었다고 생각해요. 에드나가 펩마시 양인 척 전화를 건 내 목소리를 알아차린 거라고요."

"당신이 전화를 건 거였어요?"

"물론 아니에요. 절대 그런 전화를 건 적이 없어요. 당신에게도 말했잖아요."

"날 봐요, 실라. 다른 사람에게는 뭐라고 하든 나에게는 진실만 말해야 해요."

"당신은 내가 한 말을 한마디도 안 믿는군요!"

"아니요, 믿어요. 하지만 아무것도 모르고 그 전화를 했을 수도 있잖아요. 어쩌면 누군가 장난처럼 그렇게 전화를 걸라고 부탁했을 수도 있죠. 그러다 사건이 나자 겁이 나서 거짓말을 했을 수도 있고요. 한 번 거짓말을 하면 계속하게 되니까. 그렇지 않아요?"

"아니에요, 아니에요, 아니에요! 도대체 얼마나 더 말해야 해요?"

"알았어요, 실라. 하지만 당신이 나에게 말하지 않은 게 있어요. 당신이 날 믿었으면 좋겠어요. 만약 하드캐슬이 당신에게 불리한 어떤 증거를 가지고 있다면, 그 친구가 내게 말하지 않은 어떤 증거가 있다면……."

실라가 다시 끼어들었다.

"그 사람이 당신에게 모든 걸 다 말할 거라고 생각해요?"

"뭐, 그러지 않을 이유는 없죠. 우린 같은 직종에 종사하니까요."

그 순간 웨이트리스가 주문한 것을 가져왔다. 커피는 최신 유행의 밍크 색처럼 연했다.

"당신이 경찰과 연관이 있는 줄은 몰랐어요."

실라가 천천히 커피를 저으며 말했다.

"정확히 말하면 경찰은 아니에요. 분야가 전혀 다르죠. 하지만 만약 딕이 당신에 대해 알고 있는 사실을 내게 말하지 않는다면, 거기에는 특별한 이유가 있기 때문이에요. 내가 당신에게 관심이 있다고 생각하기 때문이죠. 그리고 난 당신에게 관심이 있어요. 아니, 그 이상이에요. 당신이 어떤 사람이든, 실라 당신을 믿어요. 그날 당신은 잔뜩 겁에 질려 그 집에서 뛰쳐나왔죠. 연기를 하는 게 아니라 정말로 겁을 먹고 있었어요. 당신은 그런 연기 따위는 못할 사람이죠."

"물론 나는 겁이 났어요. 무서웠다고요."

"겁을 먹은 게 시체를 발견했기 때문인가요? 아니면 다른 이유도 있어요?"

"다른 이유가 뭐 있겠어요?"

나는 용기를 냈다.

"왜 로즈메리라는 글자가 새겨진 시계를 가져갔죠?"

"무슨 소리예요? 내가 왜 그걸 가져가겠어요?"

"난 왜 가져갔는지를 묻고 있는 거예요."

"그 시계는 건드리지 않았어요."

"당신은 사건 당일 장갑을 놓고 왔다면서 그 방으로 다시 들어갔어요. 하지만 당신은 그날 장갑을 끼고 있지 않았죠. 화창한 9월이었으니까. 난 당신이 장갑을 끼고 있는 모습을 보지 못했어요. 당신은 그 방으로 되돌아가 그 시계를 가져왔죠. 아니라는 거짓말은 하지 말아요. 당신이 그런 것 맞죠?"

실라는 접시 위에 올려놓은 스콘을 뜯으며 잠시 침묵을 지켰다.

그녀가 마침내 거의 속삭이는 듯 입을 열었다.

"좋아요. 내가 그랬어요. 그 시계를 집어서 가방에 넣고 다시 나왔어요."

"왜 그런 거예요?"

"그 이름…… 로즈메리란 이름 때문이에요. 내 이름이거든요."

"당신 이름이 실라가 아니라 로즈메리예요?"

"둘 다예요. 로즈메리 실라죠."

"그게 다예요? 당신의 이름이 시계에 적혀 있어서 가지고 나왔다는 거예요?"

실라는 내 목소리에서 의심의 기색을 느꼈겠지만 그 이야기를 고수했다.

"난 겁에 질려 있었어요."

나는 그녀를 바라보았다. 실라는 내 여자였다……. 내가 원하고 영원히 함께하고 싶은 여자. 그렇다고 해서 환상만 가질 수는 없었다. 실라는 거짓말을 했고, 어쩌면 앞으로도 계속 그럴 수 있었다. 그게 그녀가 살아남기 위한 투쟁 방식이었다. 재빠른 부정. 어린아이의 무기였다. 그리고 실라는 그런 습관에서 결코 빠져나오지 못할 수도 있었다. 내가 실라를 원한다면, 그녀를 있는 그대로, 약점까지도 받아들여야 할 것이다. 모든 사람에게는 나름의 약점이 있지 않던가. 나의 약점은 실라의 약점과는 다르지만, 그래도 약점은 있다.

나는 마음을 굳게 먹고 공격을 감행했다. 그 방법밖에는 없었다.

"그건 당신의 시계였죠? 당신 시계 맞죠?"

실라가 숨을 헉 들이마셨다.

"어떻게 알았어요?"

"나에게 털어놔 봐요."

실라는 더듬더듬 이야기를 쏟아냈다. 그건 어릴 때부터 가지고 있던 시계였다. 6살이 될 때까지는 로즈메리라는 이름으로 불렸지만 그 이름이 싫어 실라로 불러 달라고 고집을 피웠다. 최근에 그 시계가 고장이 나서 사무실에서 가까운 시계 수리점에 맡겼다. 하지만 어딘가에……. 버스나 어쩌면 점심때 샌드위치를 먹으러 가는 밀크 바에 두고 왔다.

"윌브러험 크레센트 19번지의 살인 사건이 일어나기 얼마 전에 시계를 잃어버린 거예요?"

실라는 일주일 정도 전이라고 했다. 시계는 낡은 데다 쉽게 고장이 났기 때문에 별로 아쉽게 생각하질 않았다고 했다.

"처음에는 그 시계를 알아보지 못했어요. 그 방에 들어갔을 때요. 그러다…… 죽은 남자를 발견했죠. 너무 놀라서 그 자리에 얼어붙었어요. 그 남자를 만져 본 후에 자리에서 일어나서 멍하니 서 있는데 벽난로 옆 테이블에 올려져 있는 시계가 보였어요. 내 시계가요. 제 손에는 피가 묻어 있었고. 그러다 그분이 안으로 들어와 남자를 밟으려 하는 바람에 아무 생각도 나질 않았어요. 그리고……. 그래서…… 난 그 집에서 뛰쳐나왔어요. 도망치고 싶었어요. 그 생각뿐이었어요."

나는 고개를 끄덕였다.

"그 후에는요?"

"생각을 해 봤어요. 그분은 협회에 절 보내 달라고 전화하지 않았다고 했어요……. 그렇다면 누가…… 누가 날 그리로 부르고 내 시계를 갖다 놨을까? 난, 난 장갑을 두고 왔다고 말하고는 그 시계를 가방에 챙겼어요. 내가 바보짓을 한 거겠죠."

"그보다 더한 바보짓은 없겠죠. 실라, 당신은 어떤 면에서는 너무 무분별해요."

"하지만 누군가가 날 모함하려 하잖아요. 그 엽서도요. 그 엽서는 분명 내가 그 시계를 가져갔다는 사실을 아는 사람이 보낸 게 분명해요. 그리고 그 엽서에 그려진 그림도 중앙 형사 법원이었고요. 만약 내 아버지가 범죄자였다면……."

"부모님에 대해서 아는 거 있어요?"

"부모님은 내가 어릴 적에 사고로 돌아가셨어요. 이모가 그렇게 말씀했고, 내가 아는 건 그뿐이에요. 하지만 이모는 절대 부모님에 관한 이야기를 해 주지 않았어요. 아무것도요. 가끔씩, 한두 번 부모님에 대해 물어보면 전에 해 줬던 얘기와 다른 이야기를 했어요. 그래서 알았어요, 뭔가 잘못되었다는걸."

"계속해요."

"그래서 아버지가 범죄자일지도 모른다고……. 살인자일수도 있다고 생각해요. 아니면 어머니가 그럴 수도 있죠. 뭔가가 있지 않다면, 알아서는 안 되는 끔찍한 사연이 있지 않다면야 돌아가신 부모님 이야기를 해 주지 않을 이유가 없잖아요."

"그래서 속을 태웠군요. 어쩌면 아주 간단한 건지도 몰라요. 어쩌면 그저 당신이 사생아였던 건지도 몰라요."

"그것도 생각해 봤어요. 아이들에게는 그런 사실을 숨기려고 하니까요. 정말 바보 같은 짓이죠. 차라리 사실대로 말해 주는 편이 훨씬 좋은데요. 요즘에는 그런 거 별로 신경 쓰지 않잖아요. 중요한 점은 내가 아무것도 모른다는 거예요. 뭐가 뭔지 통 모르겠어요. 왜 내가 로즈메리라는 이름으로 불렸던 걸까요? 그건 성도 아닌데요. 로즈메리에는 추억이란 뜻이 있죠, 그렇죠?"

"근사한 뜻일 수도 있어요."

"네, 그럴 수도 있죠……. 하지만 왠지 그럴 것 같지가 않아요. 어쨌든 그날 경위님이 나에게 질문을 한 후에 생각해 봤어요. 왜 누군가 날 그곳으로 유인한 것일까? 내가 죽은 남자와 함께 있도록 만들기 위해서? 아니면 죽은 남자가 날 그곳에서 만나려 했던 걸까? 그 사람이, 어쩌면…… 아버지이고 내 도움을 원했던 걸까? 그런데 누군가가 찾아와 먼저 그를 죽인 걸까? 아니면 그 누군가가 애초부터 날 살인자로 만들려고 작정했던 걸까? 너무 혼란스럽고 두려웠어요. 마치 모든 정황이 날 가리키는 것 같았어요. 누군가 날 부른 곳에 죽은 남자와 내 이름, 로즈메리가 적힌 내 시계가 있었어요. 그래서 전 너무 당황한 나머지 당신 말대로 바보짓을 한 거예요."

나는 고개를 젓고는 이어서 추궁했다.

"스릴러와 미스터리 책을 너무 많이 읽거나 타자를 쳐서 그래요. 에드나는요? 그 아가씨가 당신에 대해 어떤 생각을 했는지 전혀 모르겠어요? 왜 그 아가씨는 매일 같은 사무실에서 얼굴을 보는 당신을 집까지 찾아가 만나려고 했던 걸까요?"

"모르겠어요. 하지만 내가 살인 사건과 무슨 연관이 있다고는 생각하지 않았을 거예요. 그럴 리 없어요."

"혹시 그 아가씨가 뭔가를 엿듣고 착각했을 가능성은요?"

"아무 일도 없었어요. 아무 일도요!"

나는 의아한 마음을 억누를 수가 없었다……. 지금도 실라가 진실을 말하고 있는 건지 확신할 수가 없었다.

"혹시 개인적으로 사이가 안 좋은 사람 있어요? 당신에게 심술 난 젊은 남자나 당신을 질투하는 아가씨, 당신을 미워할 만한 사람요?"

말을 하는 동안에도 정말 터무니없는 소리라는 생각이 들었다.

"물론 없어요."

그것뿐이었다. 지금도 그 시계 이야기가 믿어지지 않았다. 정말이지 허무맹랑한 이야기였다. 413. 이 숫자는 무엇을 의미하는 것일까? 왜 그 숫자가 엽서에 기억하라는 말과 함께 쓰여 있던 것일까? 엽서를 받은 사람에게 무언가 의미가 있는 게 아니고서야?

나는 한숨을 쉬었다. 계산을 하고 자리에서 일어섰다.

"걱정 말아요."

내가 실라에게 말했다. (영어에서나 다른 어떤 언어에서나 이 말은 가장 멍청한 말이다.)

"이 콜린 램이 언제든 대기하고 있을 테니까요. 다 괜찮을 거예요. 1년 후면 우리는 결혼해서 행복하게 살게 되겠죠. 그런데……."

나는 낭만적인 말로 끝내는 게 나을 거라는 걸 알았지만 개인적인 호기심 때문에 멈출 수가 없었다.

"그 시계는 어떻게 했어요? 서랍장 안에 숨겨 뒀어요?"

실라는 잠시 아무 말 없다가 입을 열었다.

"옆집 쓰레기통에 버렸어요."

나는 꽤 감탄했다. 간단하고 효과적인 방법이었다. 그런 생각을 해내다니 아주 영리했다. 어쩌면 내가 실라를 과소평가했던 건지도 모른다는 생각이 들었다.

24장 : 콜린 램의 이야기

I

 실라가 떠난 후, 나는 클래런던 호텔로 돌아와 가방을 싸서 프런트에 맡겨 두었다. 그 호텔은 정오 전에 체크아웃을 해야 했다.
 그리고 난 호텔을 나섰다. 내가 가려는 곳은 경찰서를 지나야 했다. 난 잠시 머뭇거리다 경찰서로 들어가 하드캐슬을 찾았다. 마침 그는 자리에 있었다. 하드캐슬은 인상을 찌푸린 채 손에 든 편지 한 장을 내려다보고 있었다.
 "딕, 난 오늘 저녁에 다시 떠나. 런던으로 돌아가."
 하드캐슬이 묘한 표정으로 날 올려다보았다.
 "내가 충고 하나 해 줄까?"
 "됐어."

나는 재빨리 대꾸했지만 하드캐슬은 신경도 쓰지 않았다. 충고 한마디 하겠다는 사람들이 거절을 받아들이는 경우는 절대 없다.

"자넨 여기서 떠나 먼 곳에 머물러야 해……. 자네에게 최선이 뭔지 안다면 말이야."

"나에게 뭐가 최선인지는 다른 사람이 판단해 줄 수 없어."

"과연 그럴까?"

"딕, 자네에게 할 말이 있어. 현재 맡은 임무만 마치면 그만둘 거야. 적어도…… 생각은 그래."

"왜?"

"내가 케케묵은 빅토리아 시대의 성직자 같다는 생각이 들어서. 자꾸 의구심이 생겨."

"시간을 두고 천천히 생각해 봐."

나는 그가 무슨 뜻으로 그런 말을 하는 건지 알 수가 없었다. 나는 하드캐슬에게 왜 그렇게 걱정스러운 표정이냐고 물었다.

"이것 좀 읽어 봐."

하드캐슬이 읽고 있던 편지를 나에게 건넸다.

경위님께.

제가 생각을 좀 해 봤어요. 남편에게 남다른 특징이 있냐고 물으셨을 때 제가 없다고 했죠. 하지만 제가 잘못 알았네요. 사실 그 사람 왼쪽 귀 뒤쪽에 흉터 자국이 있어요. 면도를 하던 중에 개가 덤비는 바람에 찢어져서 꿰매야 했죠. 너무 사소한 부분이라 일전에는 미처 생각을 하지 못했어요.

멀리나 라이벌 올림

"글씨를 아주 잘 쓰는데. 보라색 잉크로 편지를 쓴 건 처음 보지만 말이야. 죽은 남자에게 흉터 자국이 있어?"

"그래. 이 여자 말대로야."

"시신을 보여 줬을 때 봤던 건 아닐까?"

하드캐슬이 고개를 저었다.

"귀 때문에 가려서 보이지 않았을 거야. 흉터 자국을 보려면 귀를 앞으로 구부려야 해."

"그렇다면 잘됐네. 딱 맞아떨어지잖아. 그런데 뭐가 걱정이야?"

하드캐슬은 이번 사건이 끔찍하다면서 우울하게 중얼거렸다. 그러고는 나더러 런던에 있는 프랑스인인지 벨기에인인지 그 친구를 만나러 갈 거냐고 물었다.

"아마도. 왜?"

"지난번에 서장님에게 그 사람 이야기를 했더니 꽤 자세히 기억하고 있던데……. 그 걸가이드(1910년 영국에 창설된 소녀단 — 옮긴이) 살인 사건. 나더러 그 사람이 이리로 내려오면 아주 극진하게 대접해 주라더군."

"안 내려올걸. 의자에 딱 붙어서 떨어질 생각을 안 한다니까."

II

내가 월브러험 크레센트 62번지의 초인종을 눌렀을 때는 12시 15분이었다. 램지 부인이 문을 열어 주었다. 그녀는 날 제대로 쳐다보지도 않았다.

"무슨 일이죠?"

"잠시 이야기를 나눌 수 있을까요? 제가 열흘 전쯤에 이 집에 찾아온 적이 있는데, 기억하시는지 모르겠군요."

그녀가 눈을 들어 날 자세히 살펴보았다. 미간에 살짝 주름이 잡혔다.

"그 경위분과 함께 오셨죠, 그렇죠?"

"맞습니다. 램지 부인, 들어가도 될까요?"

"정 그러시다면요. 경찰을 쫓아낼 순 없지요. 그러면 경찰 체면이 말이 아니잖아요."

램지 부인은 날 응접실로 안내하더니 경쾌하게 의자를 가리키고는 맞은편에 앉았다. 이전 그녀의 목소리에는 신랄한 기색이 희미하게 깃들어 있었지만, 지금의 태도는 전과 다르게 무심한 듯했다.

내가 입을 열었다.

"오늘은 집 안이 조용하네요. 아이들은 학교로 돌아간 모양이죠?"

"예, 덕분에 전과는 아주 딴판이죠. 지난번 살인 사건 때문에 질문하러 오신 거겠죠? 공중전화 박스에서 죽은 아가씨 말이에요."

"아니요, 꼭 그런 건 아닙니다. 사실 저는 경찰이 아닙니다."

그녀의 얼굴에 희미하게 놀란 기색이 떠올랐다.

"당신이 램…… 경사인 줄 알았는데요, 아닌가요?"

"이름은 램이 맞습니다. 하지만 전혀 다른 분야에 종사하고 있죠."

램지 부인의 태도에서 무심한 기색이 사라졌다. 그녀는 단호한 눈길로 나를 쏘아보았다.

"그렇다면 무슨 일이죠?"

"남편께서는 아직 해외에 계신가요?"

"그런데요."

"꽤 오랫동안 나가 계시는군요. 아주 먼 곳에 가신 모양입니다?"

"뭘 알고 있는 거죠?"

"남편께서는 철의 장막(제2차 세계 대전 후 소련 진영에 속하는 국가들을 가리키는 말 — 옮긴이)을 넘어가셨죠, 그렇지 않습니까?"

램지 부인이 잠시 침묵하다가 조용하고 아무런 억양 없는 목소리로 대꾸했다.

"예. 예, 맞아요."

"알고 계셨습니까?"

"어느 정도는요."

그녀는 잠시 말을 멈추었다가 다시 입을 열었다.

"남편은 저도 그리로 합류하길 바랐죠."

"남편께서는 오랫동안 그런 생각을 하고 계셨나 보죠?"

"그랬던 것 같아요. 하지만 제게는 최근까지도 말해 주지 않았어요."

"부인께서는 남편과 생각이 다르십니까?"

"저도 한때는 남편과 같은 생각을 했어요. 하지만 당신도 이미 알고 있는 사실이겠죠······. 철저하게 조사해 봤을 테니까요, 그렇죠? 과거에 어떤 사람들과 여행을 했는지, 어떤 사람들과 모임을 가졌는지, 그런 것들을 다 알아내셨겠지요."

"부인께서 정보를 주신다면 많은 도움이 될 겁니다."

내 말에 램지 부인이 고개를 저었다.

"아니요. 전 알려 드릴 수가 없어요. 알려 드리지 않겠다는 게 아니에요. 아시겠지만 그이는 제게 확실한 이야기는 절대 하지 않아요. 저도 알고 싶지 않고요. 모든 게 다 진절머리가 났어요! 마이클이 이 나라를 떠나 모스크바로 가겠다고 했을 때도 전 놀라지 않았어요. 다만 결정을 내려야 했죠. 내가 어떻게 하고 싶은지를."

"그리고 남편의 생각에 동조하지 않는다는 결론을 내리셨군요?"

"그렇게는 말하지 않겠어요! 제 견해는 전적으로 개인적인 거예요. 항상 결국엔 여자들이 문제죠. 여자가 정치에 열광하지 않는다면 말이에요. 물론 정치에 열광하는 여자들도 있지만 저는 그렇지 않았어요. 저는 약간 좌파이긴 했지만 그 이상은 결코 아니었어요."

"남편께서 라킨 사건과 연관이 있습니까?"

"모르겠어요. 그럴 수도 있다는 생각은 들어요. 하지만 그에 관한 이야기는 제게 단 한마디도 하지 않았어요."

램지 부인이 갑자기 한층 활기가 넘치는 표정으로 나를 바라보았다.

"확실히 하는 편이 좋겠네요, 램 씨. 아니면 양의 탈을 쓴 늑대인지 누군지 모르겠지만요. 전 제 남편을 사랑했어요. 그의 정치적 견

해에 동의하든 하지 않든, 모스크바에 따라갈 정도로 사랑했는지도 몰라요. 그이는 아이들도 데려가길 원했지만, 전 아이들은 데려가고 싶지 않았어요! 아주 간단하죠. 그래서 전 아이들과 함께 남기로 결정을 내린 거예요. 마이클을 다시 볼 수 있을지 어떨지는 저도 모르겠어요. 그이는 그이의 인생을 선택해야 했고 전 제 인생을 선택해야 했지만, 한 가지는 확실했어요. 그이가 아이들을 데려가자는 얘기를 한 후에요. 전 아이들은 조국에서 키우고 싶었어요. 우리 아이들은 영국인이에요. 전 그 애들이 평범한 영국 아이들처럼 자라길 바라요."

"그렇군요."

"그게 전부예요."

램지 부인이 자리에서 일어섰다. 태도에서 갑자기 단호함이 느껴졌다.

내가 상냥하게 말했다.

"힘든 결정이셨겠습니다. 부인께서 정말 안되셨습니다."

그리고 나 또한. 어쩌면 내 목소리에 담긴 진심이 그녀에게도 전해진 모양이었다. 램지 부인이 설핏 미소를 지었다.

"어쩌면 당신은 정말로……. 그런 일을 하려면 사람들 아픈 데를 파고들어서 그 사람들이 어떤 기분이고 어떤 생각을 하고 있는지 알아내야 하겠죠. 저도 한 대 얻어맞은 기분이지만, 최악의 상황은 이미 극복했어요……. 이제는 계획을 세워야 하죠. 무엇을 해야 할지, 어디로 가야 할지, 여기서 계속 살아야 하는지, 다른 곳으로 이

사를 해야 할지. 직장도 구해야겠죠. 한때는 비서 일을 했죠. 속기와 타자 재교육을 받아 두는 것도 좋겠네요."
"그래도 캐번디시 협회에 취직하지는 마세요."
"왜요?"
"그곳에서 일하는 아가씨들이 불행한 일을 겪는 것 같더군요."
"제가 그 일에 대해 뭔가 알고 있다고 생각하신다면, 그건 오산이에요. 전 아무것도 몰라요."
나는 인사를 건네고 그 집을 나왔다. 그녀에게서는 아무것도 알아내지 못했다. 그래야 한다는 생각조차 하지 못했다. 하지만 마무리를 지어야 한다.

III

나는 정문을 나서다 하마터면 맥노턴 부인과 부딪힐 뻔했다. 그녀는 장바구니를 들고 비틀거리며 힘겹게 걷고 있었다.
"제가 들어 드릴게요."
나는 맥노턴 부인에게서 장바구니를 잡아당겼다. 그녀는 처음에는 장바구니를 꽉 잡고 놓지 않다가, 고개를 앞으로 기울여 날 빤히 쳐다보고는 그제야 손을 풀었다.
"경찰서에서 나왔던 그 젊은이군요. 처음에는 못 알아봤어요."
나는 현관문 앞까지 장바구니를 운반했고 맥노턴 부인은 옆에서 어슬렁거리며 걸었다. 장바구니는 생각 외로 무거웠다. 나는 그 안에 무엇이 들었는지 궁금했다. 감자 한 포대?

"벨은 누르지 말아요. 문은 안 잠갔으니까."

윌브러험 크레센트에 사는 사람들은 아무도 문을 잠그고 살지 않는 모양이었다.

맥노턴 부인이 조잘거렸다.

"어떻게 잘돼 가고 있어요? 그 남자는 수준이 낮아도 한참 낮은 여자랑 결혼한 것 같아요."

나는 무슨 소린지 몰라 어리둥절했다.

"누구 말씀인지……. 저는 해외에 나가 있었습니다."

"오, 그래요? 누굴 미행하러 갔던 모양이군요. 내 말은 라이벌 부인 말이에요. 나도 심리에 갔어요. 아주 평범해 보이는 여자더군요. 남편이 죽었다는데도 그리 놀라지 않는 모양이던데요."

"15년 동안 남편을 보지 못했다던데요."

그녀가 한숨을 쉬었다.

"앵거스와 난 결혼한 지 20년이 됐는데. 정말 오래됐죠. 대학에 나가질 않으니 요새는 정원 가꾸는 데만 여념이 없어요……. 그러니 뭘 해야 할지 도통 모르겠네요."

그 순간 손에 삽을 든 맥노턴 씨가 모퉁이에서 걸어 나왔다.

"아, 왔어, 여보? 내가 들게……."

"주방에 갖다 놔 줘요."

맥노턴 부인이 재빨리 팔꿈치로 나를 툭툭 쳤다.

"콘플레이크랑 달걀, 멜론이 전부예요."

그녀가 환하게 웃으며 남편에게 말했다.

나는 식탁 위에 장바구니를 내려놓았다. 땡그랑 소리가 났다.

콘플레이크라고? 어림없는 소리! 나는 스파이의 본능을 유감없이 발휘했다. 젤라틴 상자 아래에는 위스키 세 병이 들어 있었다.

그제야 맥노턴 부인이 왜 가끔씩 그렇게 밝고 수다스러운지, 왜 가끔씩 불안정하게 비틀대는지 그 이유를 알 수 있었다. 그리고 어쩌면 왜 맥노턴 씨가 교수직을 사임했는지까지도.

아직 이른 아침이었다. 나는 크레센트가를 따라 올버니로 방향으로 걷다가 블랜드 씨와 마주쳤다. 블랜드 씨는 아주 활기차 보였다. 그는 즉시 날 알아보았다.

"잘 지내세요? 사건은 어떻게 되어 갑니까? 시체의 신원을 알아냈다면서요. 그분 아내에게 안된 일인 것 같아요. 그런데 실례합니다만 우리 동네분은 아니죠?"

나는 런던에서 왔다고 대충 얼버무렸다.

"경시청에서도 이 사건에 관심을 보이겠군요, 그렇죠?"

"글쎄요……."

나는 애매하게 말끝을 흐렸다.

"이해합니다. 비밀을 밖으로 누설해서는 안 되겠죠. 그런데 심리에 참석하지 않으셨더군요?"

나는 외국에 나가 있었다고 대답했다.

"이런, 저도요. 저도요!"

그가 날 보며 눈을 찡긋했다.

"파리의 번화가에라도 다녀오셨나요?"

나도 눈을 찡긋하며 물었다.

"그랬으면 좋았을 텐데요. 불로뉴에 하루 일정으로 갔다 왔을 뿐이죠."

그가 팔꿈치로 내 옆구리를 찔렀다. (맥노턴 부인처럼!)

"아내는 데려가지 않았죠. 멋진 팀과 합류했거든요. 금발에 꽤 섹시했죠."

"사업상 가신 여행이었죠?

내 말에 우리는 세상을 다 가진 남자들처럼 웃음을 터뜨렸다.

블랜드 씨는 61번지로 향했고, 나는 올버니로 방향으로 걸었다.

개운하지가 않았다. 푸아로의 말대로 이웃들에게서 뭔가 더 알아낼 수 있을 것이다. 아무도, 아무것도 보지 못했다는 것은 확실히 부자연스러웠다! 어쩌면 하드캐슬이 적절한 질문을 던지지 못한 것일 수도 있다. 하지만 나라고 더 나은 질문을 생각해 낼 수 있을까? 나는 올버니로로 접어들면서 머릿속으로 질문 목록을 만들어 보았다.

누군가 커리 씨(캐슬턴)에게 약물을 먹였다…… 언제?

누군가 커리 씨(캐슬턴)를 살해했다…… 어디서?

누군가 커리 씨(캐슬턴)를 19번지로 옮겼다…… 어떻게?

누군가 무언가를 본 게 분명하다! …… 누가? 어떻게? 무엇을?

나는 왼쪽으로 방향을 틀어 9월 9일에 왔던 그 길에 들어섰다. 펩마시 양을 찾아가 봐야 할까? 초인종을 누르고 뭐라고 말하지?

워터하우스 양을 찾아갈까? 하지만 그녀에게 도대체 무슨 말을 할 수 있을까?

헤밍 부인? 헤밍 부인에게는 무슨 말을 해도 큰 상관은 없을 것이다. 그녀는 내 말을 듣지도 않을 테다. 어쩌면 그녀가 하는 말은 뒤죽박죽 앞뒤가 안 맞긴 하지만 뭔가 단서를 던져 줄 수도 있다.

나는 번지수를 하나하나 살펴보며 길을 걸었다. 고(故) 커리 씨 또한 이곳을 따라 걸으며 원하는 곳의 번지수에 도달할 때까지 번지수를 하나하나 살펴봤을까?

윌브러험 크레센트는 더없이 깔끔해 보였다. 하마터면 빅토리아 시대 사람처럼 '오! 이 돌들이 말을 할 수 있다면!'이라고 환성을 지를 뻔했다. 그 시대에는 그 인용문이 유행했다. 아니, 그랬던 것 같다. 하지만 돌은 말할 수가 없고, 벽돌과 회반죽, 치장 벽토도 마찬가지이다. 윌브러험 크레센트는 조용히 침묵을 지키고 있었다. 고풍스럽고 고고하고 다소 낡았으며 아무런 이야기도 하지 않았다. 원치도 않는 낯선 떠돌이를 거부하는 것이 분명했다.

거리에는 자전거를 타고 내 곁을 지나가는 두어 명의 소년들과 장바구니를 들고 가는 여자 두 명을 제외하고는 한산했다. 집들은 모든 생명력을 안에 감춘 미라 같았다. 나는 그 이유를 알고 있었다. 이미 신성한 1시, 영국에서 전통적으로 정찬을 하는 시간인 1시가 된 것이다. 커튼을 치지 않은 창문 사이로 한두 명이 정찬용 식탁에 마주 앉은 모습이 보였지만, 이 또한 극히 드문 풍경이었다. 유행이

지난 노팅엄 레이스와 정반대로 나일론 레이스를 창가에 꼼꼼히 쳐 두어서 안의 풍경을 가렸거나 훨씬 가능성이 높게는 1960년대의 관습에 따라 '현대적인' 주방에서 식사를 하고 있기 때문이었다.

나는 살인을 저지르기에는 완벽한 때라고 생각했다. 살인자 또한 그렇게 생각했던 것일까? 살인자가 이 점을 염두에 두었을까? 나는 마침내 19번지에 도착했다.

수많은 멍청한 군중처럼 나는 가만히 서서 그 집을 바라보았다. 사람은 한 명도 보이지 않았다.

난 우울하게 중얼거렸다.

"이웃들이 없군. 똑똑한 구경꾼도 없고."

나는 어깨에서 날카로운 통증을 느꼈다. 내가 틀렸을 수도 있었다. 이곳에는 분명 이웃이 있었다. 말만 할 수 있었다면 아주 도움이 됐을 이웃이. 나는 20번지의 기둥에 기댔다. 그때 보았던 커다란 오렌지색 고양이도 정문 기둥에 앉아 있었다. 나는 그곳에 멈춰 서서 고양이와 몇 마디를 나눠 보았다. 먼저 고양이가 장난스럽게 내 어깨에 올려놓은 발을 떼어 내어야 했다.

"고양이가 말을 할 수 있다면."

나는 먼저 대화의 말문을 열었다.

오렌지색 고양이는 입을 벌리더니 크고 아름다운 야옹 소리를 냈다.

"물론 네가 말할 수 있다는 건 알고 있어. 너도 나처럼 말을 할 수 있지. 하지만 넌 내 언어로는 말하지 않잖아. 그날도 여기에 앉아 있었지? 누가 저 집으로 들어가거나 나오는 걸 봤니? 무슨 일이 일어난 건지 다 알고 있는 거야? 너라면 알 텐데, 고양아."

고양이는 내 말을 기분 나쁘게 받아들인 모양이었다. 나에게서 등을 돌리더니 꼬리를 흔들기 시작했다.

"죄송합니다, 폐하."

내 말에 고양이는 어깨 너머로 날 차갑게 바라보고는 열심히 고양이 세수를 했다. 이웃이라! 확실히 윌브러험 크레센트에는 이웃이 부족했다. 나와 하드캐슬이 원했던 것은 시간이 남아돌아 이웃들을 염탐하고 흘끗거리며 소문을 만들어 내는 노부인이었다. 뭔가 재미난 거리가 없나 하며 항상 여기저기 내다보는 노부인 말이다. 문제는 요즘에는 그런 노부인들이 다 사라진 듯하다는 것이다. 모두 요양원에 모여 있거나 진짜 아픈 사람들에게 필요한 병원 침대를 차지하고 있는 모양이었다. 다리를 절뚝대는 노인들은 더 이상 충직한 하녀나, 좋은 집에 살게 된 걸 감지덕지하는 모자라고 가난한 친척들의 수발을 받으며 집에서 살지 않았다. 그건 범죄 수사에 심각한 퇴보를 안겨 주었다.

나는 길거리를 죽 훑어보았다. 왜 저기는 이웃들이 없는 거지? 왜 저곳에 깔끔한 집들이 아닌 비인간적인 콘크리트 건물이 죽 늘어서 있는 거지? 저 콘크리트 건물은 하루 종일 일하고 저녁이나 되어야 집에 들어와 씻거나 남자친구를 만나러 나가기 위해 화장을 하는 일벌들이 사는 인간 벌집일 게 분명했다. 비인간적인 아파트와 비교해 보니, 희미해진 빅토리아 시대의 우아함을 간직한 윌브러험 크레센트가 친근하게 느껴지기 시작했다.

순간 콘크리트 건물의 중간쯤 어딘가에서 반짝하고 빛나는 것이 내 눈길을 사로잡았다. 당황한 나는 위를 뚫어지게 올려다보았다. 그래, 여기에도 있군. 열린 창문으로 누군가 밖을 내다보고 있었다. 무언가에 가려 얼굴이 잘 보이지 않았다. 다시 한 번 빛이 반짝했다. 나는 재빨리 주머니에 손을 집어넣었다. 나는 주머니에 유용하게 쓰이는 많은 소지품을 넣고 다녔다. 용도를 안다면 놀랄 것이다. 작은 테이프, 별것 아닌 듯 보이지만 대부분의 잠긴 문을 열 수 있는 것들, 엉뚱한 라벨이 붙은 깡통에 든 회색 가루와 지문 현출기, 사람들이 도무지 무엇에 쓰는 물건인지 알아차릴 수 없는 두어 개의 작은 장치들. 그중에는 휴대용 망원경도 있었다. 고성능은 아니었지만 쓰기에는 충분했다. 나는 망원경을 꺼내 눈에 가져다 댔다.

창가에 있는 것은 어린아이였다. 한쪽 어깨 위로 길게 땋은 머리카락이 내려와 있었다. 아이는 작은 오페라글라스를 눈에 대고 기쁘게도 날 관찰하고 있었다. 하지만 그 외에는 볼 만한 사람이 없으니, 내게 그리 관심이 있는 것은 아닐 것이다. 하지만 그 순간 윌브러험 크레센트에 또 다른 한낮의 소동이 벌어졌다.

나이가 지긋한 운전수가 모는 아주 낡은 롤스로이스 한 대가 위풍당당하게 윌브러험 크레센트로 들어섰다. 운전수는 위엄 있지만 다소 인생에 지친 듯한 인상으로 대단히 점잖을 빼며 내 옆을 쓱 지나쳐 갔다. 어린 관찰자는 이제 오페라글라스로 운전수를 관찰하고 있었다. 나는 가만히 서서 생각에 잠겼다.

기다리고 기다리다 보면 실마리가 다가오게 마련이라는 게 내 지론이었다. 기대하지도 않았던, 생각지도 못했던 일들이 생기는 것이다. 저 아이가 그 실마리일까? 나는 다시 한 번 커다랗고 네모난 콘크리트 건물을 올려다보며, 그 건물의 아래서부터 위까지 층수를 세어 보았다. 3층이었다. 그리고 다시 걸어 아파트 입구에 도달했다. 아파트 입구에는 빙 둘러 넓은 차도가 나 있었고 그 옆은 잔디밭과 깔끔한 화단이 있었다.

나는 항상 이런저런 시늉을 하는 것을 즐겼다. 이번에는 아파트로 향하는 차도에 올라 깜짝 놀란 것처럼 고개를 들어 위를 바라보기도 하고, 뭔가 찾는 것처럼 허리를 굽혀 잔디밭을 살펴보기도 하며 마침내 찾은 무언가를 주머니에 넣는 척하며 몸을 일으켜 세웠다. 그리고 다시 발걸음을 재촉해 입구에 도착했다.

거의 대부분은 수위가 입구를 지키겠지만, 1시부터 2시까지라는 이 신성한 시간 동안 현관 홀은 텅 비어 있었다. 커다랗게 '수위'라고 적힌 초인종이 있었지만 난 그것을 누르지 않았다. 나는 엘리베이터를 발견하고 그 안에 올라타 3층 버튼을 눌렀다. 그 후부터는 모든 것을 아주 신중하게 확인해야 했다.

바깥에서 볼 때와는 다르게, 막상 건물 안에서 원하는 집을 찾으려면 헷갈리는 법이다. 하지만 난 그런 일에 단련되어 있었기 때문에 곧바로 그 집을 찾을 수 있었다. 좋은지 나쁜지 알 수는 없지만 문 앞에는 77호라고 적혀 있었다.

'7은 행운의 숫자잖아. 자, 가 보자.'

나는 초인종을 누른 후 뒤로 물러나 기다렸다.

25장 : 콜린 램의 이야기

잠시 기다리자 문이 열렸다.

빨갛게 달아오른 얼굴에 밝은색의 옷을 입은, 체구가 커다란 금발의 북유럽계 아가씨가 의아한 눈초리로 날 바라보았다. 급히 씻은 모양이었지만 여전히 손에는 군데군데 밀가루가 남아 있었고, 코에도 밀가루 얼룩이 묻어 있어 그녀가 무엇을 하고 있었는지는 쉽게 추측할 수 있었다.

"실례지만, 이 집에 꼬마 아가씨가 한 분 있죠? 그 아가씨가 창밖으로 뭔가를 떨어뜨렸더군요."

그녀가 난감한 표정으로 미소를 지었다. 아직 영어가 능숙하지 않은 모양이었다.

"죄송합니다……. 뭐라고 하셨어요?"

"어린아이요……. 어린 여자아이."

"아, 예."

그녀가 고개를 끄덕였다.

"물건을 떨어뜨렸어요……. 창밖으로. 제가 주워서 가져왔습니다."

몸짓까지 해 보이며 설명한 뒤 나는 한 손을 펴 보였다. 은색 과도였다. 그녀는 고개를 갸우뚱하며 그 칼을 바라보았다.

"아니에요……. 본 적 없어요……."

"요리하느라 바쁘시죠?"

내가 다정하게 물었다.

"네, 네. 지금 요리해요. 맞아요."

그녀는 열심히 고개를 끄덕였다.

"방해하고 싶지 않습니다. 제가 잠시 들어가서 꼬마에게 칼을 건네줘도 될까요?"

"네?"

어쨌든 내 말을 알아듣긴 한 모양이었다. 그녀는 홀을 지나 방문 하나를 열었다. 아늑한 응접실이었다. 소파 하나가 창가에 바싹 붙어 있었고 그 위에 한쪽 다리에 석고붕대를 감은 9살에서 10살쯤 되어 보이는 아이 하나가 올라가 있었다.

"이 신사분이, 음, 말씀하길, 네가…… 무얼 떨어……."

그 순간 다행스럽게도 주방에서 타는 듯한 냄새가 밀려왔다. 그녀가 당황해서 외마디 소리를 쳤다.

"실례합니다, 정말 실례합니다."

나는 상냥하게 말했다.

"어서 가 보세요. 여긴 제가 알아서 하죠."

그녀는 쏜살같이 주방으로 달려갔다. 나는 응접실로 들어가 문을 닫고 소파로 다가갔다.

"안녕?"

아이는 "안녕?" 하고 내 말을 그대로 따라 하고는 날 날카롭게 쏘아보았다. 그 눈길이 겁이 날 정도였다. 곧고 긴 쥐색 머리카락을 양 갈래로 딴, 평범한 아이였다. 앞짱구에 턱은 뾰족했고 회색 눈은 아주 영리해 보였다.

"나는 콜린 램이란다. 네 이름은 뭐니?"

아이는 즉시 대답을 했다.

"제럴딘 메리 알렉산드라 브라운."

"이런. 이름이 꽤 길구나. 다른 사람들은 뭐라고 부르니?"

"제럴딘요. 가끔씩은 제리라고도 부르지만 그건 마음에 안 들어요. 그리고 우리 아빠는 이름을 줄여 부르는 걸 싫어하세요."

아이들을 대할 때 가장 큰 장점 중 하나는 아이들 나름대로 논리가 있다는 점이다. 성인이라면 즉시 무슨 일로 찾아온 거냐고 물었을 것이다. 제럴딘은 어리석은 질문 따위는 집어치우고 곧장 대화로 돌입할 태세였다. 외롭고 지루한 중에, 느닷없는 방문객이 신기하고 반가웠던 것이다. 내가 지루하고 재미없는 친구라는 게 드러날 때까지는 기꺼이 대화에 동참할 기색이었다.

"아빠는 집에 안 계신 모양이구나?"

제럴딘은 아까도 그랬듯이 즉각적으로 자세한 사항까지 대답했다.

"베버브리지, 카팅헤븐 공업. 정확히 여기에서 23.75킬로미터 떨어진 데 있어요."

"엄마는?"

제럴딘은 조금도 풀죽지 않고 기운차게 대꾸했다.

"엄마는 죽었어요. 제가 태어난 지 두 달째 됐을 때 죽었어요. 프랑스에서 비행기를 탔는데 추락해서, 전부 다 죽었어요."

아이의 목소리에서 만족스러워하는 게 느껴졌다. 아이에게는 엄마의 죽음이, 그것도 비극적인 사건으로 죽었다는 사실이 명예가 된다는 것을 깨달았다.

"그렇구나. 그래서……."

나는 문 쪽을 바라보았다.

"잉리예요. 노르웨이에서 왔고요. 여기 온 지 2주밖에 안 됐어요. 그래서 아직 대화할 정도로 영어를 잘하진 못해요. 제가 영어를 가르쳐 주고 있어요."

"그리고 넌 노르웨이어를 배우고?"

"그렇게 많이 배우진 않았어요."

"잉리가 마음에 드니?"

"예. 괜찮아요. 가끔 이상한 요리를 하긴 하지만요. 생선을 날것으로 먹어요."

"나도 노르웨이에서 날생선을 먹어 본 적이 있지. 가끔씩 먹어 보면 아주 맛있단다."

제럴딘은 절대 믿지 못하겠다는 표정이었다.

"오늘은 당밀 타르트를 만드는 중이에요."

"그거 맛있겠구나."

"음……. 네, 당밀 타르트는 좋아해요."

그러고는 예의 바르게 덧붙였다.

"점심 식사하러 오셨어요?"

"그렇지는 않단다. 사실 이 아래를 지나가다가 네가 창밖으로 뭘 떨어뜨린 것 같아서 왔지."

"제가요?"

"그래."

나는 은색 과도를 내밀었다.

제럴딘은 처음에는 의심스럽게, 그러다가 마음에 든다는 듯 과도를 바라보았다.

"멋있네요. 이게 뭐예요?"

"과도란다."

나는 칼집을 열었다.

"아, 알겠어요. 사과나 뭐 그런 거 껍질 깎는 거 말이죠?"

"그래."

제럴딘이 한숨을 쉬었다.

"그건 제 게 아니에요. 제가 떨어뜨리지 않았어요. 그게 왜 제 물건이라고 생각하신 거예요?"

"글쎄, 네가 창밖을 내다보고 있길래……."

"저는 항상 창밖을 내다봐요. 보시다시피 넘어져서 다리가 부러

졌거든요."

"운이 나빴구나."

"예. 하지만 그렇게 재미있는 일로 부러진 건 아니에요. 버스에서 내리는데 갑자기 버스가 앞으로 확 나갔거든요. 처음엔 좀 아팠지만 지금은 괜찮아요."

"좀 답답하겠구나."

"예, 그래요. 하지만 아빠가 이것저것 사다 주세요. 점토랑 책이랑 크레용, 직소 퍼즐 같은 거요. 하지만 그런 건 금방 지겨워져서 요즘엔 계속 이걸로 창밖만 내다봐요."

제럴딘은 의기양양하게 오페라글라스를 내밀었다.

"내가 봐도 될까?"

나는 오페라글라스를 받아 들어 눈에 대고 창밖을 내다보고는 감탄했다.

"아주 잘 보이는데."

정말 훌륭했다. 만약 이 오페라글라스를 사 준 것이 제럴딘의 아빠라면, 그는 돈을 아끼지 않는 사람임이 분명했다. 월브러험 크레센트 19번지며 그 이웃집까지 얼마나 선명하게 보이던지 놀라울 정도였다. 나는 다시 제럴딘에게 오페라글라스를 건네주었다.

"훌륭하네. 최고야."

제럴딘이 거들먹거리며 대꾸했다.

"쓸 만하죠. 애들용 장난감은 아니에요."

"그래……. 그렇구나."

"저한테 수첩이 있어요."

제럴딘은 이렇게 말하며 수첩을 내게 보여 주었다.

"이 안에 여러 가지 일어난 일이랑 시간을 써요. 꼭 기차 세기 놀이 같죠. 딕이라는 친척 오빠가 있는데 그 오빠도 기차 세기 놀이를 해요. 자동차 세기도 하고요. 하나부터 시작해서 얼마까지 셀 수 있나 하는 거예요."

"꽤 재미있는 게임이구나."

"예. 하지만 요 앞길에서는 차가 많이 지나다니지 않아서 한동안 안 했어요."

"저 아래 집들에 대해서도 다 알고 있겠구나? 누가 사는지 그런 것들 말이야."

나는 아무렇지 않은 듯 던졌지만 제럴딘은 즉각 반응했다.

"아, 예. 물론 진짜 이름은 뭔지 몰라서 제가 이름을 붙여 줘야 했어요."

"그거 재미있겠구나."

제럴딘이 손가락으로 가리키며 말했다.

"저 아래 사는 사람은 카라바스 후작 부인이에요. 저기 나무가 지저분한 저 집요. 꼭 장화 신은 고양이 같아요. 고양이가 엄청나게, 엄청나게 많거든요."

"나도 방금 한 마리와 이야기를 나눴지. 오렌지색 고양이 말이야."

"네, 저도 아저씨 봤어요."

"관찰력이 아주 뛰어나구나. 놓치는 것 없이 꼼꼼하게 봤겠지?"

제럴딘은 기분이 좋은 듯 미소를 지었다. 그때 잉리가 숨을 헐떡거리며 응접실 문을 열었다.

"괜찮아요? 네?"

제럴딘이 단호하게 말했다.

"우린 괜찮아. 걱정할 필요 없어, 잉리."

잉리는 고개를 연신 끄덕이며 손짓을 했다.

"돌아가, 요리해."

"좋아요, 나 가요. 손님이 와서 좋아요."

제럴딘이 설명했다.

"요리할 때면 항상 안절부절못해요. 그러니까 새로운 걸 만들 때는 말이에요. 그것 때문에 식사 시간이 엄청 늦어진 적도 있어요. 아저씨가 오셔서 다행이에요. 딴생각을 하면 배고프다는 걸 잊게 되거든요."

"저 아랫집에 사는 사람들에 대해 좀 더 얘기해 주겠니? 그리고 네가 본 것도. 그 옆집……. 깔끔한 집에는 누가 살고 있지?"

"아, 거긴 눈먼 아줌마가 살아요. 앞이 안 보이는데도 꼭 보이는 사람처럼 잘 걸어 다녀요. 수위 아저씨가 그랬어요. 해리 아저씨요. 해리 아저씨는 정말 착한 아저씨예요. 저에게 이것저것 얘기도 많이 해 주시고요. 그 살인 사건 얘기도 해 주셨어요."

"살인 사건?"

나는 적당히 놀란 목소리를 냈다.

제럴딘이 고개를 끄덕이며 마치 극도로 중요한 비밀을 털어놓으려는 것처럼 눈을 빛냈다.

"저 집에서 살인 사건이 났대요. 그리고 저도 봤어요."

"정말 흥미롭구나."

"그죠? 살인 사건을 본 건 처음이었어요. 그러니까 살인 사건이 일어난 곳은 처음 봤어요."

"그러니까 뭘…… 봤는데?"

"뭐, 그때는 별로 볼 게 없었어요. 그 시간이면 거리가 텅 비거든요. 그런데 어떤 사람이 그 집에서 비명을 지르면서 뛰쳐나오는 거예요. 그래서 전 무슨 일이 일어났구나 했어요."

"누가 비명을 질렀니?"

"어떤 여자였어요. 아주 젊고 정말 예뻤어요. 문에서 나오면서 비명을 지르고 또 질렀어요. 젊은 남자가 길거리를 걷고 있었는데, 그 여자가 정문에서 나와 그 남자를 움켜잡았어요……. 이렇게요."

제럴딘이 팔로 흉내를 냈다. 그러더니 느닷없이 날 빤히 바라보았다.

"아저씨랑 좀 닮았던 것 같아요."

나는 가볍게 받아쳤다.

"나랑 쏙 빼닮은 사람이 있는 모양이네. 그래서 그다음엔 어떻게 됐니? 정말 흥미진진한데."

"뭐, 그 남자가 여자를 털썩 주저앉혔어요. 그러니까 거기 땅바닥에요. 그러고는 남자가 그 집 안으로 들어갔고 황제…… 그 오렌지색 고양이요. 너무 거만해 보여서 전 항상 그렇게 불러요. 황제는 고양이 세수를 하다 말고 꽤 놀란 표정을 지었죠. 그러고 나서 파이커스태프(창자루 또는 평범하다는 뜻 — 옮긴이) 양이 집 밖으로 나왔어요, 저기 18번지요? 밖으로 나와서 계단에 서서 쳐다봤어요."

"파이커스태프 양?"

"너무 평범하게 생겼잖아요. 오빠가 하나 있는데 맨날 괴롭혀요."

"계속하렴."

난 흥미진진하게 아이의 이야기에 귀를 기울였다.

"그리고 정신없었어요. 남자가 그 집에서 다시 나와서……. 정말 그 남자 아저씨 아니에요?"

"내가 흔하게 생긴 얼굴이라서 비슷해 보이는 사람이 많단다."

나는 겸손하게 말했다.

"네, 그런 것 같네요."

제럴딘의 말에 왠지 기분이 좀 상했다.

"뭐, 어쨌든 그 남자는 길을 따라 내려가서 공중전화 박스에 들어가 전화를 걸었어요. 그러고 나서 경찰들이 도착했고요."

아이의 눈이 빛났다.

"경찰이 엄청 많이 왔어요. 앰뷸런스 같은 걸로 시체를 실어 갔어요. 물론 그때는 사람들이 막 모여들어 있었어요. 해리 아저씨도 거기에 있는 걸 봤고요. 이 아파트 수위요. 나중에 아저씨가 그 얘길 해 줬어요."

"누가 살해당했는지도 얘기해 주던?"

"그냥 남자라고만 했어요. 아무도 그 사람 이름을 모른댔어요."

"정말 흥미롭구나."

나는 제발 잉리가 맛있는 당밀 타르트나 다른 먹거리를 들고 들어오지 않길 열렬히 기도했다.

"하지만 조금만 더 앞으로 가 볼래? 조금 더 전의 상황을 말해 줄 수 있겠니? 그 살해당한 남자가…… 집에 들어가는 걸 봤니?"

"아니요, 못 봤어요. 계속 그 집에 있었던 게 분명해요."

"남자가 그 집에 살았다는 말이니?"

"아, 아니요. 그 집에는 펩마시 양 빼고는 아무도 없어요."

"그분의 진짜 이름을 아는구나?"

"예, 신문에서 봤어요. 살인 사건 기사가 실렸거든요. 그리고 비명 지르던 여자는 실라 웨브래요. 해리 아저씨가 살해당한 남자는 커리 씨라고 했어요. 정말 웃긴 이름이죠? 꼭 음식 이름 같잖아요. 그리고 두 번째 살인 사건도 있었어요. 똑같은 날은 아니고, 그 뒤에……. 저 아래에 있는 공중전화 박스 안에서요. 여기서도 보이지만 보려면 창밖으로 머리를 내밀어야 해요. 물론 정말로 보진 못했어요. 그런 일이 일어날 줄 알았다면 내다봤을 텐데. 하지만 그런 일이 일어날 줄은 어떻게 알았겠어요. 그날 아침 길거리에 사람들이 엄청 모여서 저 집을 구경했어요. 정말 바보 같아요, 그렇죠?"

"그래, 아주 바보 같구나."

다시 한 번 잉리가 응접실에 모습을 드러내더니 다짐하듯 말했다.

"금방 가요. 나 지금 아주 금방 가요."

그녀는 주방으로 돌아갔다. 제럴딘이 입을 열었다.

"우린 정말 잉리가 필요 없어요. 맨날 식사 준비로 안절부절못하고. 아침 식사 빼고는 점심 식사만 요리하면 되는데 말이에요. 아빠는 저녁 식사는 레스토랑에 가서 먹고, 거기서 제 저녁 식사도 사오세요. 생선이나 뭐 그런 것요, 진짜 정찬은 아니에요."

풀이 죽은 목소리였다.

"점심 식사는 보통 몇 시에 먹니, 제럴딘?"

"정찬 말씀이세요? 점심때요. 저녁때는 그냥 간단하게만 먹어요. 잉리가 요리를 끝내야 먹죠. 잉리는 좀 뻔뻔스러워요. 아빠가 심술을 부리기 때문에 아침 식사는 제시간에 차리지만, 정찬은 아무 때나 차려요. 어떨 때는 12시에 먹고 어떨 때는 2시는 돼야 먹을 수 있어요. 잉리는 정해진 시간에 먹을 수 없다고, 준비되면 먹으라고 말해요."

"그것 참 간편하구나. 살인이 일어나던 날 점심, 그러니까 정찬은 몇 시에 먹었니?"

"그날은 12시였어요. 그날 잉리가 외출을 했거든요. 영화관인지 미용실인지에 가서 페리 부인이 절 돌봐 주러 집에 왔어요. 페리 부인은 정말 끔찍해요. 맨날 툭툭 때려요."

"때린다고?"

나는 약간 당황해서 물었다.

"그러니까 머리를요. '아유, 귀여운 것.' 이러면서 말이에요. 적절한 대화를 할 수 있는 사람이 아니에요. 하지만 사탕이나 그런 것들을 갖다 주시죠."

"넌 몇 살이니, 제럴딘?"

"10살요, 10살하고 3개월 됐어요."

"지적인 대화에 아주 능숙하구나."

"그야 전 아빠와 자주 이야기를 하니까요."

제럴딘이 진지하게 대답했다.

"그렇다면 살인이 일어나던 그날은 정찬을 일찍 먹었겠구나?"

"예, 그래서 잉리는 씻고 1시 좀 넘어서 나갔어요."

"그날 아침에도 창밖을 내다보며 사람들 구경을 했겠지?"

"예. 가끔씩요. 10시쯤에는 크로스워드 퍼즐을 풀고 있었어요."

"네가 커리 씨가 그 집에 들어가는 걸 봤을지도 모른다는 생각이 드는데?"

제럴딘은 고개를 저었다.

"아니요. 못 봤어요. 그건 저도 좀 이상하다고 생각해요."

"어쩌면 아주 일찍 그 집에 들어갔는지도 모르지."

"현관문으로 들어가지도 않았고 초인종을 누르지도 않았어요. 그랬더라면 제가 봤을 거예요."

"어쩌면 정원으로 들어갔을 수도 있지. 그러니까 옆집 담장을 넘어서 말이야."

"아니에요. 정원은 다른 집이랑 등지고 있는걸요. 다른 사람이 정원으로 들어오는 걸 좋아하는 사람은 없을 거예요."

"그래, 그래. 그럴 것 같구나."

"어떻게 생겼는지 알았으면 좋겠어요."

"글쎄, 꽤 나이가 많단다. 대략 60세 정도. 깨끗하게 면도를 했고 어두운 회색 양복을 입었지."

제럴딘이 고개를 저으며 불퉁하게 대꾸했다.

"그건 너무 평범해요."

"어쨌든 여기 앉아서 계속 밖만 내다보니 그날 일을 꼬집어 기억하긴 어렵겠지."

아이가 도전적으로 맞섰다.

"전혀 어렵지 않아요. 그날 아침에 일어난 일은 모조리 다 얘기해 줄 수 있어요. 크랩 부인이 언제 왔다가 갔는지도 알아요."

"가정부 말이니?"

"예. 맨날 허둥지둥거려요. 꼭 게처럼요. 어린 아들이 있는데 가끔씩 데려오기도 하지만, 그날은 아니었어요. 그리고 나서 펩마시 양이 10시쯤에 집을 나섰고요. 시각 장애아 학교에 아이들을 가르치러 간 거예요. 크랩 부인은 12시쯤에 돌아가고요. 보면 가끔 꾸러미를 하나 들고 나가기도 해요. 아마도 버터나 치즈 뭐 그런 걸 거예요. 펩마시 양은 앞이 안 보이니까요. 사건이 일어난 날 잉리랑 좀 싸워서 잉리가 제게 말을 안 하려 했기 때문에 그날 일어난 일은 특히 잘 기억해요. 제가 영어를 가르쳐 주고 있었는데 잉리가 '안녕히 가세요.'라는 말을 배우고 싶어 했어요. 저한테는 그게 독일어로 '아우프 비더젠'이라고 알려 줬어요. 전 스위스에 가서 사람들이 그 말을 하는 걸 들었기 때문에 무슨 말인지 알아요. 그리고 '그리스 고트'라는 말도 했어요. 영어로는 아주 무례한 말이에요."

"그래서 잉리에게 뭐라고 가르쳐 줬니?"

제럴딘이 짓궂게 낄낄거렸다. 말을 하려고 입을 열었지만 웃음을 참지 못하다 마침내 털어놓았다.

"'당장 여기서 꺼져!'라고 알려 줬어요. 그랬더니 옆집에 사는 벌스트로드 양에게 그 말을 하는 바람에 벌스트로드 양이 잔뜩 화를 냈어요. 잉리는 그 말이 무슨 뜻인지를 알아내고는 저한테 잔뜩 심통이 나서 그다음 날 티타임 때까지 말을 안 했어요."

나는 이 정보를 숙고해 보았다.

"그렇다면 오페라글라스만 들여다봤겠구나."

제럴딘이 고개를 끄덕였다.

"그래서 커리 씨가 현관문으로 들어가지 않았다는 걸 아는 거예요. 어쩌면 밤에 몰래 들어가 다락방에 숨었을지도 몰라요. 아저씨가 생각하기에는 어때요?"

"정말 어떻게 들어갔는지는 불가사의한 일이구나. 하지만 그럴 가능성은 그리 높은 것 같지 않은데."

"네. 어쩌면 배가 고팠던 게 아닐까요? 몰래 숨어 있지 않았다면 펩마시 양에게 아침 식사를 달라고 부탁했을 수도 있어요."

"혹시 그 집에 찾아온 사람은 아무도 없었니? 차를 타고 온 사람이나 행상인 방문객이라도?"

"식료품 장수는 매주 월요일하고 목요일에 와요. 우유 배달원은 아침 8시 30분에 오고요.

이 아이는 확실히 백과사전이었다.

"콜리플라워 같은 것들은 펩마시 양이 직접 사요. 세탁소 아저씨 빼고는 아무도 안 왔어요. 새로운 세탁소였어요."

"새로운 세탁소?"

"예. 보통은 서던 다운스 세탁소를 이용해요. 이 동네 사람들은 대부분요. 그런데 그날은 다른 세탁소였어요……. 스노우플레이크 세탁소요. 스노우플레이크 세탁소는 전에 한번도 본 적이 없어요. 새로 가게를 연 게 분명해요."

나는 목소리에 과도한 관심을 드러내지 않으려 애를 썼다. 괜히 아이가 들떠 없는 이야기를 지어내는 건 원치 않았다.

"세탁물을 가져다주러 온 거니, 아니면 세탁물을 가지러 온 거였니?"

"가져다주러요. 엄청나게 커다란 바구니였어요. 보통 세탁 바구니보다 훨씬 컸어요."

"펩마시 양이 그 바구니를 안으로 들여놨니?"

"아니요. 물론 아니죠. 펩마시 양이 다시 집을 나갔으니까요."

"그때가 몇 시였니, 제럴딘?"

"정확히 1시 35분요, 여기 적어 놨어요."

아이는 자랑스럽게 덧붙이며 작은 수첩을 펼쳐 꼬질꼬질한 집게손가락으로 한 군데를 가리켰다. '1시 35분 세탁물 도착. 19번지.'

"넌 꼭 런던 경시청에 들어가려무나."

"경시청에 여자 형사도 있어요? 그거 재밌겠는데요. 여경 말고요. 여경은 좀 바보 같잖아요."

"제럴딘, 세탁물이 도착했을 때 정확히 어떤 일이 있었는지 궁금한데?"

"아무 일도 없었어요. 운전사가 차에서 내려 문을 열고 바구니를 꺼낸 다음, 바구니를 질질 끌고 뒷문으로 돌아갔어요. 아마 집 안으로는 안 들어갔을걸요. 펩마시 양이 문을 잠갔을 수도 있으니까 바깥에다 바구니를 내려놨을 거예요. 그러고는 다시 차로 돌아왔어요."

"그 아저씨는 어떻게 생겼니?"

"그냥 평범했어요."

"나처럼?"

"아니요. 아저씨보다 훨씬 늙었어요. 하지만 이쪽에서…… 차를 몰고 왔기 때문에 제대로 보진 못했어요."

제럴딘은 오른쪽을 가리켰다.

"엉뚱한 쪽으로 오긴 했지만 19번지 앞에 섰어요. 길이 이러니까 뭐 그건 상관없죠. 그러고는 바구니를 끄느라 허리를 숙인 채 정문으로 들어갔어요. 그래서 뒤통수만 보였고, 다시 나올 때는 얼굴을 문지르고 있었어요. 그 바구니를 운반하느라 더워서 땀이 났나 봐요."

"그리고 다시 차를 몰고 떠났니?"

"네. 왜 그렇게 그 아저씨한테 관심이 많으세요?"

"글쎄다. 어쩌면 그 아저씨라면 뭔가 흥미로운 걸 봤을 수도 있지 않을까?"

순간 잉리가 응접실 문을 활짝 열어젖히며 수레를 끌고 왔다. 그녀가 환한 표정으로 고개를 끄덕이며 말했다.

"우리 지금 밥 먹어요."

"맛있겠다. 배고파 죽겠어요."

제럴딘이 외쳤다.

나는 자리에서 일어섰다.

"난 이만 가 봐야겠구나. 잘 있어, 제럴딘."

"안녕히 가세요. 이건 어떡하죠? 제 건 아니에요. 제 거였음 좋겠지만요."

제럴딘이 과도를 집어 들고는 아쉬운 듯이 말했다.

"아무래도 주인이 없는 것 같지?"

"그렇다면 발견한 사람이 임자인 건가요?"

"그런 것 같구나. 일단은 네가 갖고 있는 게 좋겠어. 그러니까 주인이 나타날 때까지 말이야. 하지만 그런 일은 없을 것 같구나."

나는 솔직하게 말했다.

"잉리, 사과 갖다 줘."

"사과?"

"폼므! 아펠!"

제럴딘은 온갖 나라 말로 사과를 외쳤다. 나는 둘을 뒤로한 채 집을 나섰다.

26장

라이벌 부인은 '피콕스 암스'의 문을 열고 약간 비틀대며 들어갔다. 그녀는 뭔가를 중얼거렸다. 바텐더가 이 술집 단골인 라이벌 부인을 아주 다정하게 맞이했다.

"여어, 플로. 잘 지냈어?"

"옳지 않아. 불공평해. 그래, 옳지 않아. 프레드, 내가 지금 무슨 말 하는지 잘 알지? 그건 옳지 않아."

프레드가 달래듯 말했다.

"물론 옳지 않지. 그런데 뭐가 옳지 않다는 건지 궁금하네. 늘 마시던 걸로 줄까?"

라이벌 부인이 고개를 끄덕였다. 그녀는 돈을 꺼내 바에 올려놓고 술을 홀짝였다. 프레드는 또 다른 손님을 맞이하기 위해 자리를 옮겼다. 라이벌 부인은 술을 마시자 좀 기운이 나는 모양이었다. 여전혀 뭔가를 중얼거렸지만 좀 더 기분이 좋은 목소리였다. 다시 프레드가 다가오자 그녀는 좀 기분이 풀린 듯 말을 걸었다.

"그래도 난 참을 수가 없어. 그래. 이 세상에서 단 한 가지 내가 참을 수 없는 게 있다면 그건 바로 사기야. 옛날에도 그랬지만 지금도 참을 수 없어."

"물론이지."

술집에서 잔뼈가 굵은 프레드는 라이벌 부인을 가만히 바라보며 생각했다.

'어디서 이미 한잔 걸치고 왔군. 그래도 한두 잔 정도는 더 마셔도 괜찮을 거야. 뭔가 속상한 일이 있는 모양인데.'

"사기. 사람을 속이는…… 속……. 내 말이 무슨 뜻인지 알겠지?"

"물론 알지."

프레드는 그렇게 대꾸한 후 고개를 돌려 또 다른 단골손님을 맞이했다. 빌어먹을 인간들이 벌였던 못마땅한 짓거리가 다시 떠올랐다. 라이벌 부인은 계속 중얼거렸다.

"정말 마음에 안 들어. 내가 그걸 왜 참아? 난 그렇게 얘기할 거야. 날 그따위로 취급하게 내버려 둘 순 없지. 그래, 그럴 순 없지. 그러니까 정말 그건 옳지 않아. 그런데 내가 나 자신을 지키지 않는다면 누가 날 지켜 주겠어? 여기 한 잔 더."

그녀는 목소리를 높여 덧붙였다.

프레드는 한 잔을 더 따라 주며 충고했다.

"이번 잔만 마시고 집에 가는 게 좋겠어."

그는 평소 침착하고 상냥하며 항상 웃고 다니는 편인 라이벌 부인이 무엇 때문에 그렇게 심란해하는지 궁금했다.

"이걸 마셔야 잠을 잘 수 있을 거야, 프레드. 다른 사람에게 무언가를 해 달라고 부탁할 땐 모든 걸 다 말해 줘야 하는 거 아냐? 그 일이 무슨 뜻인지, 무얼 하는 건지를 말해 줘야 한다 이거야. 거짓말쟁이들. 비열한 거짓말쟁이들. 난 절대 못 참아."

"이만 집에 가는 게 좋겠어. 조금 있으면 비가 쏟아질 거야. 그러다 그 예쁜 모자 다 버리겠네."

프레드는 마스카라를 바른 속눈썹에 눈물이 맺히는 걸 보며 말했다. 라이벌 부인이 희미하게 고마운 듯 미소를 지었다.

"난 수레국화를 좋아하지. 오, 이런. 내가 뭘 하고 있는 건지 모르겠네."

"집에 가서 한숨 푹 자 둬."

바텐더가 상냥하게 말했다.

"뭐, 어쩌면. 하지만……."

"어서. 그러다 모자 다 버린다니까."

"그래, 맞는 말이야. 그래, 맞는 말이야. 정말 주의……. 아니 그게 아닌데……. 내가 무슨 말을 하는 거지?"

"정말 중요한 지적이라고?"

"그거야. 정말 고마워, 프레드."

"천만에."

라이벌 부인은 높은 의자에서 미끄러지듯 내려와 비틀대며 문으로 걸어갔다.

"플로가 오늘 밤 안 좋은 일이 있는 모양인데."

단골손님 중 한 명이 참견했다.

"항상 활기찼는데……. 살다 보면 이런 일 저런 일 있게 마련이지."

우울한 표정의 또 다른 손님이 대꾸했다.

"제리 그레인저가 퀸 캐롤라인을 제치고 5등 안에 들 줄 누가 알았겠어. 속임수가 있었던 게 분명해. 요즘 경마는 정정당당하지가 못해. 다들 말에게 약을 먹인다니까."

라이벌 부인은 피콕스 암스를 나와 불안한 눈으로 하늘을 올려다보았다. 그래, 비가 올지도 모르겠어. 그녀는 약간 서둘러 걷다가 왼쪽으로 한 번, 그리고 다시 오른쪽으로 한 번 꺾어 칙칙해 보이는 건물 앞에 섰다. 열쇠를 꺼내어 계단을 오르는데, 아래층 사람이 문 사이로 고개를 빼꼼히 내밀며 그녀를 불렀다.

"신사분이 찾아와서 기다리고 있어요."

"저를요?"

라이벌 부인은 약간 놀란 목소리로 물었다.

"뭐, 신사분이라고 해야 할지 잘 모르겠지만요. 옷을 잘 차려입긴 했지만, 앨저넌 베라 드 베라 경 정도는 아니에요."

라이벌 부인은 간신히 구멍을 찾아 열쇠를 끼워 돌린 다음 안으로 들어섰다.

건물 안에서는 양파와 생선, 유칼립투스 냄새가 진동했다. 특히 현관에는 유칼립투스 향이 진했다. 건물 여주인은 겨울철 쌀쌀한 날씨에는 배를 따뜻하게 해야 한다고 굳게 믿고 있었으며, 9월 중순이면 분주하게 준비를 시작했다. 라이벌 부인은 난간에 의지해 2층까지 계단을 올랐다. 그러고는 문을 열고 멍하니 섰다가 뒷걸음질을 쳤다.

"오, 경위님이시군요."

하드캐슬 경위가 앉아 있던 의자에서 일어섰다.

"안녕하십니까, 라이벌 부인."

"무슨 일이죠?"

라이벌 부인은 평소보다 무뚝뚝하게 물었다.

"일 때문에 런던에 올라가게 됐습니다. 그전에 한두 가지 부인께 확인할 게 있어서 찾아뵙게 됐습니다. 저……. 아래층 여자분 말씀이 곧 돌아오실 거라고 해서요."

"오. 글쎄요, 전 잘……. 글쎄요……."

하드캐슬 경위는 의자를 하나 앞으로 내밀며 정중하게 말했다.

"어서 앉으세요."

마치 주객이 전도된 것 같았다. 라이벌 부인은 의자에 앉아 그를 빤히 바라보았다.

"한두 가지라니 뭐 말씀이세요?"

"사소한 부분입니다."

"해리…… 말씀이세요?"

"맞습니다."

라이벌 부인의 목소리에 약간 호전적인 기색이 배어 나왔다. 동시에 독한 술 냄새가 하드캐슬 경위의 코를 찔렀다.
"이봐요. 한때는 해리와 같이 살았지만, 이제 더 이상 그 사람 생각은 하고 싶지 않아요. 신문에서 그 사람 사진을 보고 내가 찾아갔잖아요, 안 그래요? 경위님한테 직접 그 사람에 대해 다 말해 줬잖아요. 정말 오래전 일이고 다시 떠올리고 싶지 않아요. 더 이상 경위님께 드릴 말은 없어요. 제가 기억하는 한은 다 말씀드렸고, 이제는 아무런 얘기도 듣고 싶지 않아요."
"아주 사소한 부분입니다."
하드캐슬이 상냥하게 죄송스럽다는 듯 말했다.
"오, 그러시겠죠. 뭔데요? 한번 들어 보죠."
라이벌 부인이 다소 퉁명스럽게 대꾸했다.
"그 남자가 대략 15년 전에 결혼했던 분이라고 하셨죠? 맞습니까?"
"지금쯤이면 정확히 몇 년 전인지 알아낼 줄 알았는데요?"
'생각보다 예리하군.'
하드캐슬은 생각했다. 그리고 다시 입을 열었다.
"네, 정확히 짚으셨습니다. 저희가 조사를 해 봤죠. 1948년 5월 15일에 결혼을 하셨더군요."
"5월의 신부는 항상 불행하다고들 하죠. 정말 맞는 말이에요."
라이벌 부인이 우울한 목소리로 말했다.
"그렇게 오랜 세월이 흘렀는데도 부인께서는 쉽게 남편을 알아보셨군요."
라이벌 부인이 약간 불편한 듯 몸을 뒤척였다.

"폭삭 늙지는 않았더군요. 그 사람은 항상 외모에 신경을 쓰면서 살았으니까요."

"그리고 남편의 특징도 알려 주셨죠. 상처 자국에 대해 제게 편지를 쓰셨죠?"

"맞아요. 왼쪽 귀 뒤에요. 여기요."

라이벌 부인이 손을 들어 왼쪽 귀 뒤쪽을 가리켰다.

"왼쪽 귀 뒤요?"

하드캐슬이 왼쪽이라는 말을 강조했다. 순간 망설이는 듯한 표정이 라이벌 부인의 얼굴을 스쳐지나갔다.

"그게……. 네. 그런 것 같아요. 네, 확실해요. 물론 왼쪽 오른쪽을 분간하기는 힘들지만요. 그렇지 않나요? 하지만 목 왼쪽에 있는 게 분명해요. 여기요."

그녀는 똑같은 장소를 다시 가리켰다.

"면도를 하다가 생긴 상처라고 하셨죠?"

"맞아요. 개가 덤비는 바람에. 그때 키우던 개가 아주 천방지축이었어요. 어찌나 사람에게 엉겨 붙는지……. 정말 사랑스러운 녀석이었죠. 어쨌든 그 녀석이 해리에게 덤볐고, 마침 해리가 손에 면도칼을 들고 있는 바람에 꽤 깊이 베였어요. 피가 많이 났죠. 상처는 곧 아물었지만 흉터가 남았어요."

이제는 좀 더 확신에 찬 목소리였다.

"그게 아주 중요한 점입니다, 라이벌 부인. 아주 흡사하게 생긴 사람이 있게 마련이고, 특히 꽤 오랜 시간이 지났을 때는 더욱 그렇죠. 하지만 부인의 남편과 아주 많이 닮은 남자가 남편과 똑같은 자리에 흉터가 있다는 사실을 알았으니……. 더욱더 신원이 분명해진 거죠. 덕분에 수사를 진전시킬 수 있을 것 같습니다."

"그렇다면 다행이네요."

"그리고 그 면도칼 일은 언제 일어난 일입니까?"

라이벌 부인이 잠시 생각에 잠겼다.

"분명히……. 아, 결혼한 지 6개월 정도 됐을 때였어요. 네, 맞아요. 그해 여름에 개를 샀던 게 기억나요."

"그렇다면 그 사건은 1948년 10월이나 11월쯤 일어났군요. 맞습니까?"

"맞아요."

"그리고 1951년에 남편분께서 부인을 떠난 후에……."

"그 사람이 날 떠난 게 아니라 내가 그 사람을 내보낸 거예요."

라이벌 부인이 점잔을 빼며 끼어들었다.

"물론입니다. 부인께서 편한 쪽으로 하시죠. 어쨌든 부인께서는 1951년 남편을 쫓아낸 이후 한번도 보지 못하셨다가 신문에서 처음 보신 거죠?"

"네. 제가 경위님께 그렇게 말씀드렸죠."

"확신하십니까, 라이벌 부인?"

"물론이죠. 그 사람을 다시 본 건 시신을 확인하러 갔을 때가 처음이었어요."

"그거 이상하군요. 참 이상해요."

"왜요……. 무슨 말씀이세요?"

"그 흉터 조직이라는 게 아주 흥미롭습니다. 물론 부인이나 제가 보기에는 별거 아니죠. 흉터는 흉터일 뿐이니까요. 하지만 의사들은 그걸 보고 많은 걸 알아낸답니다. 흉터가 생긴 지 얼마나 되었는지를 대략 알 수가 있죠."

"무슨 말씀을 하시려는 건지 모르겠네요."

"간단합니다, 라이벌 부인. 저희 부검의와 의논한 또 다른 의사의 소견으로는 남편분의 귀 뒤쪽에 있는 흉터 조직이 아주 선명한 걸로 보아서는 상처가 생긴 지 오래돼 봐야 오륙 년 전일 거라고 하더군요."

"말도 안 돼요. 그럴 리가 없어요. 저는……. 그걸 누가 알 수 있어요? 어쨌든 그건……."

하드캐슬이 부드러운 목소리로 말을 이었다.

"그러니 제 말이 무슨 의미인지 아시겠죠? 만약 그 흉터가 생긴 지 고작 오륙 년밖에 되지 않았다면, 그리고 그 남자가 부인의 남편이었다면, 1951년 부인을 떠날 당시에는 흉터가 없었던 겁니다."

"어쩌면 그럴지도 모르죠. 하지만 어쨌든 해리가 맞아요."

"하지만 그 이후로는 남편분을 만난 적이 없다고 하셨잖습니까, 라이벌 부인. 한 번도 보지 못했는데, 어떻게 오륙 년 전에 생긴 흉터 자국을 알고 계시는 거죠?"

"절 혼란스럽게 하시는군요. 정말이지 절 혼란스럽게 하시는군요. 어쩌면 1948년도까지 거슬러갈 만한 일은 아닐 수도 있어요…….

이런 것들은 정확히 기억하기가 힘드니까요. 어쨌든 해리에게는 흉터 자국이 있고 전 그걸 알고 있어요."

하드캐슬이 자리에서 일어났다.

"그렇군요. 라이벌 부인, 진술하신 내용을 아주 주의 깊게 생각해 보시는 게 좋겠습니다. 곤란한 상황에 처하고 싶지 않으시다면 말이죠."

"무슨 말씀이세요? 곤란한 상황이라니?"

"그게, 위증죄 말입니다."

하드캐슬 경위가 아주 미안하다는 듯 말했다.

"위증요? 제가요?"

"네. 아시겠지만 위증죄는 엄중한 처벌을 받습니다. 감옥에 갈 수도 있죠. 물론 부인께서는 법정에서 선서를 하지 않으셨지만, 조만간 법정에서 진술할 때 선서를 하셔야 할 겁니다. 그러므로 다시 한번 신중하게 생각해 보시기 바랍니다. 라이벌 부인, 어쩌면 누군가가 부인께 흉터 이야기를 하라고 제안한 건 아닌가요?"

라이벌 부인이 자리에서 일어섰다. 몸을 꼿꼿이 폈고 두 눈은 충혈되어 있었다. 순간 숭고해 보일 정도였다.

"내 평생 그렇게 말도 안 되는 소리는 처음 들어 보네요. 말도 안 되는 소리예요. 저는 제 임무를 다하려고 했어요. 경찰서로 찾아가 경위님께 제가 기억하는 한 전부를 말씀드렸죠. 제가 실수를 했다 하더라도 충분히 있을 수 있는 일이죠. 저는 꽤 많은…… 신사분을 만난 데다, 기억이란 가끔 틀리기도 하니까요. 하지만 제가 실수를 했다고는 생각하지 않아요. 그 남자는 해리가 맞고, 해리의 왼쪽 귀 뒤편에는 흉터가 있어요. 그건 확실해요. 하드캐슬 경위님, 절 거짓말쟁이로 몰아붙이는 건 그만두고 이만 나가 주시죠."

하드캐슬 경위는 즉각 자리에서 일어섰다.

"그럼 안녕히 계십시오, 라이벌 부인. 그저 다시 생각해 보시라는 것뿐입니다."

라이벌 부인이 고개를 홱 돌렸다. 하드캐슬은 문을 나섰다. 그가 떠나자마자 꼿꼿하던 라이벌 부인은 무너져 내리고 말았다. 잔뜩 겁에 질려 어쩔 줄 몰라 하는 표정이었다.

그녀가 중얼거렸다.

"세상에나. 내가 이런 일에 휘말리다니. 난……. 난 못 해. 난……. 난……. 난 다른 사람 때문에 감옥에 갈 수 없어. 거짓말로 날 속이다니. 끔찍해. 정말 끔찍해. 난 그렇게 말할 거야."

라이벌 부인은 초조하게 방 안을 왔다 갔다 하다가 마침내 마음을 다잡은 듯 구석에 놓인 우산을 들고 다시 밖으로 나섰다. 길모퉁이에 있는 공중전화 박스 앞에서 머뭇거리던 그녀는 우체국으로 발걸음을 옮겼다. 우체국 안으로 들어가 잔돈을 바꾼 다음 공중전화 박스 안으로 들어갔다. 라이벌 부인은 전화 교환원에게 전화번호를 불러 준 뒤, 연결될 때까지 가만히 기다렸다.

"말씀하세요. 전화가 연결되었습니다."

그녀가 입을 열었다.

"여보세요……. 오, 당신이군요. 플로예요. 네, 연락하지 말라고 한 건 알지만 어쩔 수가 없었어요. 당신이 거짓말을 했잖아요. 내가 이 일에 휘말릴 거란 얘기는 해 주지 않았잖아요. 그 남자의 신원이 밝혀지면 당신이 난처해질 거라고만 했지, 내가 살인 사건에 연루될 거라고는 꿈에도 몰랐다고요……. 물론 당신이 그렇게 말했지만, 어쨌든 당신이 말한 대로가 아니잖아요……. 네, 알겠어요. 어떤 식이든 당신이 이 일과 연관이 있는 것 같네요……. 분명히 말씀드리지만 이렇게 가만히 당하고만 있진 않을 거예요……. 내가……. 공…… 그러니까 무슨 말인지 알죠? 공부, 뭐 그런 거 있잖아요. 난 그게 무슨 말인가 했어요. 어쨌든 나중에 일어난 일에 연루된 거요. 난 겁나요. 당신이 편지를 써서 흉터에 대해 알려 주라고 했잖아요……. 그런데 그 사람이 흉터가 생긴 지는 일이 년밖에 안 됐대요. 그리고 난 그 사람이 날 떠난 지 훨씬 오래됐다고 했단 말이에요……. 그건 위증죄니까 감옥에 갈지도 몰라요. 날 구슬리려고 해 봐야 소용없어요……. 아니요……. 약속은 별개죠……. 알아요……. 당신이 나한테 그 대가를 지불한 건 알아요. 그리 많은 돈도 아니었잖아요……. 뭐, 좋아요. 당신 말은 듣겠지만……. 좋아요. 좋아요. 입 다물고 있죠……. 뭐라고 했어요……? 얼마라고요……? 꽤 큰 액수네요. 당신에게 그만한 돈이 있는지 어쩐지 내가 어떻게 알아요……. 뭐, 네. 물론 그거라면 얘기가 달라지죠. 당신이 그 일이랑 아무런 연관 없는 게 확실해요? ……그러니까 살인 사건 말이에요……. 아니요, 물론 당신은 그러지 않았을 거라고 믿어요. 물론, 알아요……. 여러 사람과 어울리다 보면 그 사람들이 당신이 생각했던 것보다 더 앞서 나갈 수 있으니까 그건 당신 잘못이 아니죠……. 당신이 말하면 뭐든 그럴듯하게 들리네요……. 항상 그랬죠……. 뭐, 좋아요. 다시 생각해 보겠지만 오래는 못 기다려요……. 내일요? 몇 시요? 네……. 네, 가겠지만 수표는 안 돼요. 부도 처리된 걸 수도 있으니까……. 계속 이런 일에 휘말려도 될지 모르겠네요……. 좋아요. 뭐, 그렇게 말씀하신다면야……. 뭐, 저도 비열하게 굴 생각은 아니었어요……. 알겠어요."

우체국을 나온 라이벌 부인은 비틀비틀 발걸음을 옮기며 씩 미소를 지었다.

그만한 돈이라면 경찰과 작은 문제가 생겨도 감수할 만했다. 그 정도면 꽤 근사하게 살 수 있을 것이다. 게다가 그리 위험할 것도 없지 않은가. 그저 잊어버렸다거나 기억이 나지 않는다고만 말하면 될 것이다. 1년 전에 일어난 일도 기억하지 못하는 여자들이 얼마나 많은데. 해리와 다른 남자를 혼동했다고 말할 것이다. 오, 변명거리가 수도 없이 떠올랐다.

라이벌 부인은 천성이 낙천적이었다. 조금 전 우울했던 기분은 온데간데 없이 사라지고 기운이 솟아올랐다. 그녀는 진지하게 그 돈으로 먼저 해야 할 것들을 생각해 보기 시작했다…….

27장 : 콜린 램의 이야기

I

"램지 부인에게서 별다른 걸 알아내지 못한 모양이군?"
벡 대령이 투덜거렸다.
"별로 알아낼 게 없었습니다."
"확실해?"
"예."
"극좌파는 아니야?"
"예."
벡이 탐색하는 듯한 눈길로 나를 바라보았다.
"만족하나?"
"그리 만족스럽진 않습니다."

"더 찾길 바라는 건가?"

"그런다고 해도 공백을 채울 수는 없을 겁니다."

"뭐, 다른 곳을 찾아봐야겠지. 크레센트는 포기하는 건가, 응?"

"예."

"자네 대답이 짧군 그래. 숙취야?"

"전 이 일에 소질이 없는 것 같습니다."

내가 천천히 말했다.

"내가 자네 머리라도 쓰다듬으면서 쯧쯧 하고 위로라도 해 주길 바라는 거야?"

벡 대령의 말에 나도 모르게 웃음이 터져 나왔다.

"웃으니 좀 낫군. 자, 그럼 무슨 일인가? 여자 문제?"

내가 고개를 저었다.

"오랫동안 생각해 봤습니다."

벡이 예기치 못한 이야기를 꺼냈다.

"사실 나도 눈치를 채고 있었다네. 요즘 세계 정세가 복잡하지. 예전처럼 분명한 것이 없어. 일단 마음 한구석에 자리 잡은 의구심은 마치 썩은 나무뿌리 같지. 거대하게 자라나 벽을 뚫고 나오는 버섯 같이! 만약 그런 거라면, 이제 우리에게 자네는 필요 없네. 그동안 아주 잘해 줬어. 그것으로 만족하게. 그 빌어먹을 해초 연구나 계속 해."

벡은 말을 멈추었다가 다시 이었다.

"자넨 그 지긋지긋한 일이 좋은 거지, 그렇지?"

"아주 흥미로운 분야예요."

"내가 보기엔 끔찍하더군. 자연에는 변동이 너무 많잖아? 그러니까 취향이라는 게 말이야. 그 살인 사건은 어떻게 돼 가나? 난 그 아가씨가 범인이라는 데 걸지."

"틀리셨어요."

벡이 날 보며 경고하듯 다정하게 손가락을 흔들었다.

"내 말은 '미리 준비해 둬라.' 이거야. 보이스카우트에서 말하는 그런 의미 말고."

나는 골똘히 생각에 잠긴 채 채링 크로스로를 걸었다.

지하철에서 신문 한 부를 샀다.

어제 빅토리아역에서 러시아워에 사람들에 밀려 넘어진 여자 한 명이 병원에 실려 갔다는 기사가 있었다. 병원에 도착한 후에야 칼에 찔린 사실이 밝혀졌으며, 의식을 회복하지 못한 채 숨을 거두었다고 했다.

그 여자의 이름은 멀리나 라이벌 부인이었다.

II

나는 하드캐슬에게 전화를 걸었다.

"그래. 신문에 실린 그대로야."

그는 내 질문에 대답하며 씁쓸한 목소리로 말했다.

"엊그제 밤에 내가 라이벌 부인을 찾아갔어. 흉터 이야기에 문제가 있다고 말했지. 그 흉터는 비교적 최근에 생긴 거라고. 그런 거에서 실수를 하다니 웃기지. 도를 넘었던 거야. 누군가 그 여자에게 돈을 주고 그 시체가 오래전에 집을 나간 남편이라고 말하도록 시킨 거지. 어쨌든 그 여잔 제대로 해냈어! 나 역시 그 여자 말에 홀딱 속아 넘어갔으니까. 그런데 배후 인물이 누군지 몰라도 지나치게 영리하게 굴려고 애를 썼던 거지. 뒤늦게 사소한 상처를 기억해 냈다고 한다면, 신분을 확실히 입증하는 증거가 될 거라 생각한 거야. 곧장 그 얘길 털어놓았더라면 너무 쉽게 들리지 않을까 생각했던 거겠지."

"그렇다면 멀리나 라이벌이 이 일에 깊이 연관이 있다는 거야?"

"그건 아닌 것 같아. 어쩌면 오랜 친구나 지인이 그녀에게 이렇게 말했겠지. '있잖아, 내가 좀 난처한 상황에 처했어. 같이 비즈니스를 하던 친구가 살해를 당했어. 경찰에서 신원을 알아낸다면 우리의 관계가 드러날 테고, 그렇게 된다면 난 끝장이야. 하지만 당신이 경찰서에 가서 오래전에 사라진 남편 해리 캐슬턴이라고 한다면 사건이 금방 사그라들 거야.'라고."

"물론 멀리나 라이벌은 곤란하다고 했겠지……. 너무 위험한 일이라고 하면서."

"그렇다면 그 누군가는 이렇게 말했겠지. '위험할 게 뭐 있어? 최악의 경우 당신이 실수를 했다고 하면 그만이야. 15년이라는 세월이 지났으니까 어떤 여자라도 실수를 할 수 있다고.' 그리고 아마도 이쯤에서 돈 얘기를 꺼냈겠지. 그러자 이 여자는 하겠다고 받아들인 거야. 수락을 하고 그렇게 했지."

"의심도 하지 않고?"

"의심이 많은 타입이 아니야. 콜린, 매번 살인범을 잡을 때마다 그를 잘 아는 주변 사람들은 절대 그런 일을 할 사람이 아니라고 우기지!"

"그 여자를 찾아갔을 때는 어땠어?"

"겁을 좀 줬지. 그리고 내가 집을 나오자 예상했던 행동을 하더군……. 남잔지 여잔지 모를 배후자와 접촉을 하려 했어. 물론 내가 뒤를 밟았지. 우체국으로 들어가더니 공중전화 박스에서 전화를 걸더군. 난 집 앞 길모퉁이에 있는 공중전화 박스를 이용할 줄 알았는데, 잔돈이 없어서 우체국으로 들어갔던 모양이야. 공중전화 박스에서 나오는데 표정이 만족스러워 보였어. 미행을 계속 붙였는데 어제저녁까지 별다른 일은 없었어. 그 여잔 빅토리아역에 가서 크로딘행 표를 샀지. 그때가 6시 30분, 러시아워였어. 그러니 경계도 하지 않았을 테고. 크로딘에 누구를 만나러 갈 생각이었던 것 같아. 하지만 비열한 악마가 그녀보다 한 발짝 빨랐지. 인파가 붐빌 때 누군가의 뒤로 다가가 칼로 찌르는 것처럼 쉬운 일이 세상에 어디 있겠어……. 본인도 칼에 찔렸다는 사실을 몰랐을 거야. 자네도 알잖나. 레비티 강도단이 저지른 바튼 사건 기억하지? 쓰러져 죽기 전까지 꽤 먼 거리를 걸었지. 갑자기 날카로운 통증을 느껴도 괜찮을 거라고 생각해 버리는 거야. 하지만 사실은 그렇지 않지. 본인도 모르게 걸어가는 동안 서서히 죽는 거야. 젠장, 젠장, 젠장!"

하드캐슬이 욕설로 마무리했다.

"사람들을 조사해 봤어?"

난 물어볼 수밖에 없었다.

재빠르고 날카로운 대답이 돌아왔다.

"펩마시 양은 어제 런던에 있었어. 복지관 관련 일을 보고 7시 40분 기차로 크로딘에 돌아왔지."

잠시 침묵하다 다시 입을 열었다.

"그리고 실라 웨브는 런던에 머무는 외국인 작가가 뉴욕으로 떠나기 전에 함께 타자 친 원고를 확인했어. 대략 5시 30분에 리츠 호텔을 나섰고 집으로 돌아가기 전 혼자 영화관에 갔지."

"이봐, 하드캐슬. 자네에게 알려 줄 게 있어. 목격자한테 확인한 사실인데 9월 9일 1시 35분에 윌브러험 크레센트 19번지 앞에 세탁소 밴이 들어섰대. 운전을 한 남자가 커다란 세탁물 바구니를 꺼내 그 집 뒷문으로 가져갔다는군. 보통 세탁물 바구니보다 컸대."

"세탁소? 어느 세탁소?"

"스노우플레이크 세탁소. 알아?"

"모르겠는데. 세탁소는 수시로 개업을 하니까. 세탁소 이름치고는 평범하군."

"뭐……, 자네가 확인해 봐. 한 남자가 운전을 했고 그 남자가 바구니를 집 안으로 가져갔다니까."

갑자기 하드캐슬이 의심 가득한 목소리로 물었다.

"콜린, 지금 이야기를 꾸며내는 거 아니야?"

"아니야. 말했잖아. 목격자가 있다고. 확인해 봐, 딕. 열심히 해 보라구."

나는 하드캐슬이 더 캐묻기 전에 전화를 끊었다.

공중전화 박스에서 나와 손목시계를 보았다. 할 일이 많았다. 그리고 그 일을 하는 동안은 하드캐슬과 연락이 닿지 않길 원했다. 나는 내 미래를 준비했다.

28장 : 콜린 램의 이야기

I

나는 그로부터 나흘 후 밤 11시에 크로딘에 도착했다. 클래런던 호텔로 가 방을 하나 잡고 바로 침대에 누웠다.

다음 날 너무 피곤했던 나머지 늦잠을 잤다. 일어나 보니 9시 45분이었다.

나는 커피와 토스트, 일간지를 주문했다. 주문한 것과 함께 왼쪽 모서리 위에 내 이름이 적힌 커다란 사각 편지가 딸려 왔다.

나는 흠칫 놀라 그 편지를 살펴보았다. 예상치 못한 것이었다. 종이는 두껍고 비싼 것이었으며, 내 이름이 깔끔하게 프린트되어 있었다.

그 편지를 뒤집어 보고 요리조리 살펴보다 마침내 봉투를 열었다. 안에는 종이 한 장이 들어 있었다. 커다란 글자로 이렇게 적혀 있었다.

컬류 호텔 11.30

413호

(세 번 노크할 것)

나는 뚫어지게 종이를 바라보며 이리저리 돌려 보았다. 이게 다 뭐지?

나는 방 번호에 주목했다. 413……. 시계와 똑같은 숫자였다. 우연일까? 아니면 고의적인 것일까?

컬류 호텔에 전화할까 하다가 이내 딕 하드캐슬에게 전화해야겠다고 생각했지만, 둘 다 포기했다.

잠기운이 싹 달아났다. 나는 침대에서 일어나 면도를 하고, 씻고, 옷을 입은 후 종이에 표시된 시간에 컬류 호텔에 도착했다.

이제 여름 휴가철은 거의 다 끝난 모양이었다. 호텔은 한산했다.

나는 데스크에 물어보지도 않고 바로 엘리베이터를 타고 4층으로 가 413호를 향해 복도를 걸었다.

나는 문 앞에 잠시 서 있다가 완전히 바보가 된 기분으로 세 번 문을 두드렸다.

안에서 목소리가 새어 나왔다.

"들어오세요."

나는 손잡이를 돌렸다. 문은 열려 있었다. 안으로 한 발짝 내딛자마자 그 자리에 얼어붙고 말았다.

정말이지 생각지도 않았던 사람이 눈앞에 있었던 것이다.

에르퀼 푸아로가 의자에 앉아 날 보며 환하게 미소를 짓고 있었다.

"엉 프티 서프리제, 네스 파(깜짝 놀랐지, 그렇지)? 그래도 기분 좋았길 바라네."

"푸아로, 이 영감탱이가! 여긴 어떻게 온 거예요?"

내가 소리를 질렀다.

"다임러 리무진을 타고 왔지. 아주 아늑하더군."

"하지만 여기서 뭘 하고 계시는 거예요?"

"성가셔서 참을 수가 있어야지. 끊임없이, 정말 끊임없이 내 아파트를 새 단장하라고 우기지 뭔가. 그러니 내가 얼마나 괴로웠겠나? 난 뭘 해야 하지? 어디로 가야 하지?"

"갈 곳이야 많죠."

내가 쌀쌀맞게 쏘아붙였다.

"그럴지도 모르지. 하지만 내 주치의가 바닷바람이 좋다고 추천하더군."

"환자가 어딜 가고 싶은지 알아내서 그곳으로 가라고 조언해 주다니 참 편안한 의사를 두셨네요! 제게 이걸 보낸 게 당신이었어요?"

나는 호텔에서 받은 편지를 휘둘렀다.

"물론이지. 내가 아니면 누가 보냈겠나?"

"413호에 묵는 건 우연이에요?"

"우연이 아니야. 내가 특별히 부탁했지."

"왜요?"

푸아로가 고개를 한쪽으로 갸웃하며 눈을 반짝였다.

"그러는 편이 적절한 것 같아서 말이야."

"그리고 세 번 노크는요?"

"참을 수가 없었다네. 로즈메리 가지 하나를 동봉했더라면 더 좋았을 텐데. 손가락을 베서 그 피로 봉투 덮개에 지문을 찍을까도 생각해 봤지. 하지만 이 정도면 충분하다 싶었어! 괜히 손가락을 베었다가 나쁜 병균이 옮을지도 모르고 말이야."

"아무래도 노망이 나신 것 같네요. 오늘 오후에 풍선이랑 토끼 옷을 사 드려야겠어요."

"내 깜짝 쇼가 마음에 들지 않는 모양이지? 날 보는 자네 얼굴에 기쁨도, 즐거움도 없으니 말야."

"제가 그러길 기대하신 거예요?"

"푸르쿠아 파(그럼 안 돼)? 자, 이제 작은 바보짓은 끝났으니 진지한 얘길 나눠 볼까? 내가 도움이 되었으면 좋겠어. 친절한 경찰 서장의 도움으로 지금 자네 친구 하드캐슬 경위가 대기 중이라네."

"그 친구에게 무슨 말을 하시려고요?"

"3자 회담이라고나 할까?"

나는 푸아로를 보고 웃음을 터뜨렸다. 그걸 회담이라고 부르다니……. 그건 회담이 아니라 연설이 될 것이다.

바로 에르퀼 푸아로의 단독 연설!

II

하드캐슬이 도착했다. 우리는 서로를 소개하고 인사말을 나눈 후 다정하게 자리를 잡고 앉았다. 딕은 마치 동물원에 새로 들어온 진기한 동물을 관찰하는 남자처럼 흘끗흘끗 푸아로를 곁눈질했다. 분명 딕은 에르퀼 푸아로 같은 사람은 처음 볼 것이다!

마침내 그가 예의 바르고 정중하다는 것을 파악한 하드캐슬이 목을 가다듬고 조심스럽게 입을 열었다.

"무슈 푸아로. 그러니까……. 모든 정황을 직접 확인하고 싶으시다고요? 쉽지는 않을 겁니다."

하드캐슬이 머뭇거렸다.

"서장님께서 물심양면으로 무슈 푸아로를 도와주라고 말씀하셨습니다. 하지만 여러 가지 어려움이 있다는 점을 이해해 주셔야 합니다. 이미 조사가 끝난 부분이라 사람들이 반발할 수도 있고요. 하지만 특별히 무슈 푸아로께서 이곳까지 오셨으니……."

푸아로가 냉랭한 분위기를 풍기면서 끼어들었다.

"내가 이곳에 온 것은 런던에 있는 내 아파트가 재건축에 들어갔기 때문이라네."

나도 모르게 '풉!' 하고 웃음을 터뜨리자 푸아로가 질책하듯 나를 흘끗 바라보았다.

"무슈 푸아로는 직접 가서 확인할 필요가 없어. 안락의자에서 모든 걸 다 해결할 수 있다고 주장하는 분이지. 하지만 그건 사실이 아니죠, 푸아로? 아니면 왜 당신이 이곳에 왔겠어요?"

푸아로가 짐짓 점잖게 대꾸했다.

"내 말은 여기저기 현장을 뛰어다니는 여우 사냥개나 블러드하운드(영국산 경찰견 — 옮긴이)가 될 필요는 없다는 거야. 하지만 추적을 하려면 개가 필요하다는 건 인정하겠네. 자네가 바로 내 리트리버지. 훌륭한 리트리버야."

푸아로는 고개를 돌려 하드캐슬을 바라보았다. 한 손으로는 만족스러운 듯 콧수염을 빙빙 돌렸다.

"난 영국인들처럼 개에 집착하지 않아. 나는 개인적으로는 개 없이도 충분히 살 수 있지. 하지만 그럼에도 불구하고 개에 대한 자네 영국인들의 생각은 존중하네. 영국인들은 개를 사랑하고 존중하지. 개에게 푹 빠져서는 친구들에게 자기 개가 얼마나 영리하고 똑똑한지 자랑을 늘어놓는다니까. 자, 이번엔 한 번 이렇게 생각해 보세. 그 반대의 상황도 일어날 수 있다는 걸 말이야! 개는 주인을 사랑하지. 주인에게 푹 빠져 있어! 개 또한 자신의 주인이 얼마나 영리하고 똑똑한지 자랑을 늘어놓지. 주인이 개가 산책을 너무나도 좋아하기 때문에 밖에 나가기 싫은데도 몸을 일으켜 개를 산책시키러 나가듯이 개 또한 주인이 몹시 바라는 것을 주기 위해 애를 쓴다네.

여기 있는 내 젊은 친구 콜린도 마찬가지일세. 이 친구가 날 찾아왔지. 자기 문제를 상의하기 위한 게 아니었어. 스스로 해결할 수 있다고 믿고 있었고, 내가 보기에도 해결한 것 같군. 그래, 이 친구는 내가 일이 없어 외로워한다고 생각하여 내가 흥미를 느끼고 열중

할 만하다고 생각한 사건을 들고 온 거야. 그 사건으로 나에게 도전장을 던졌지. 내가 항상 이 친구에게 말했듯. 의자에 가만히 앉아 그 사건을 해결해 보라고 말이야. 그 도전장 뒤에는 약간의 심술, 해될 것 없을 정도로 아주 약간의 심술이 깔려 있을지도 모르지. 이 친구는 그게 그리 쉽지 않은 일이라는 걸 증명해 보고 싶었던 거야. 메 위(하지만), 몬 아미(친구). 그건 사실이야! 자넨 날 놀리고 싶었던 거야, 아주 약간은! 자네를 비난하는 게 아니네. 내가 하고 싶은 말은, 자네는 이 에르퀼 푸아로를 몰라도 너무 모른다는 거야."

푸아로는 가슴을 쭉 내밀며 콧수염을 빙빙 돌렸다.

나는 그를 바라보며 다정하게 미소를 지었다.

"그렇다면 좋아요. 이번 사건의 해답을 말씀해 보시지요. 만약 안다면 말이에요."

"물론 알고 있지!"

하드캐슬이 의심스러운 듯 푸아로를 빤히 바라보며 물었다.

"윌브러험 크레센트 19번지 살인 사건의 범인이 누군지 안다는 말씀이세요?"

"물론이지요."

"에드나 브렌트를 죽인 범인도요?"

"그렇습니다."

"죽은 남자의 신원도 알고 계세요?"

"그가 누구인지도 알죠."

하드캐슬의 얼굴에 의심이 가득했지만 서장을 생각해서 예의 없는 행동은 하지 않으려 자제하는 듯했다. 그럼에도 하드캐슬의 목소리에는 의심이 배어났다.

"실례지만 무슈 푸아로, 세 명을 죽인 범인이 누군지 알고 있다고 주장하시는데요. 그 이유도 아십니까?"

"예."

"확실한 진상을 알아내신 겁니까?"

"그건 아닙니다."

"그렇다면 죄다 추측이란 말이네요."

내가 퉁명스럽게 대꾸했다.

"콜린, 자네랑 말다툼하고 싶은 생각은 없네. 내가 하고 싶은 말은 내가 안다는 거야!"

하드캐슬이 한숨을 쉬었다.

"하지만 무슈 푸아로, 전 증거가 필요합니다."

"물론이지요. 하지만 경위님 스스로 충분히 그 증거를 찾을 수 있다고 생각합니다."

"전 잘 모르겠습니다."

"이보세요, 하드캐슬 경위님. 당신이 아는 것……. 정말로 아는 것……. 그게 바로 첫 단계 아니겠습니까? 대부분 거기서부터 출발하지 않나요?"

하드캐슬이 한숨을 쉬며 말했다.

"항상 그런 건 아닙니다. 감옥에 있어야 할 사람들이 길거리를 활보할 때도 있으니까요. 그들도 그걸 알고 우리도 그걸 알고 있죠."

"하지만 그건 지극히 낮은 확률이지 않습니까?"

"알았어요. 알았어요. 푸아로 당신이 알고 있다고 쳐요. 이제 우리도 좀 알죠!"

내가 끼어들었다.

"자넨 여전히 의심이 많구먼. 하지만 먼저 이거 하나만 말해 두지. 확실하다는 것은 올바른 해답에 도달했을 때 모든 것이 다 맞아떨어진다는 뜻이야. 다른 방식으로는 그런 일이 일어날 수 없다는 거 자네도 알잖나."

"성 미카엘이여, 맙소사. 어서 시작하세요! 당신이 무슨 말을 하든 다 들어 줄 테니까요."

푸아로는 의자에 편안히 자리를 잡고 앉아 하드캐슬에게 잔을 채워 달라고 손짓을 했다.

"메자미(친구들), 한 가지는 분명하게 짚고 넘어가야 하네. 사건을 해결하려면 정보가 있어야 해. 그렇기 때문에 개가 필요한 법이지. 리트리버, 한 조각씩 물어 와서 주인……."

"주인 발밑에 놓죠. 지당하신 말씀이세요."

내가 끼어들었다.

"의자에 앉아 신문을 읽는 것만으로는 사건을 해결할 수 없어. 정확한 정보가 있어야 하는데, 신문에 실린 정보들은 정확하지 않지. 신문들은 4시 15분에 일어난 사건을 4시에 일어났다고 보도하고, 알렉산드라라는 처제가 있는 남자를 엘리자베스라는 여동생이 있는 남자로 둔갑을 시키기도 하지. 그렇다네. 하지만 나에게는 여기 콜린이라는 능력이 뛰어난 개가 있지……. 자기 분야에서 성공할 정도로 뛰어난 능력을 지닌 개 말일세. 기억력도 아주 좋아서 사나흘 전의 대화도 정확하게 그 내용을 반복할 수 있지. 우리는 대부분 대충 기억하여 내용을 뭉뚱그려 말하는데 그는 아주 정확하게 그 내용을 반복하지. 이를테면 콜린은 '11시 20분에 우체부가 왔습니다.'라고 말하는 대신 정확히 일어난 일, 그러니까 누군가 현관문을 두드리고 손에 편지를 들고 안으로 들어왔다고 한다네. 이게 아주 중요한 거야. 마치 내가 그곳에서 보고 들은 것처럼 느낄 정도로 정확히 알려 주니까."

"하지만 그 불쌍한 개가 제대로 된 추론을 하지 못한다 이거죠?"

"그래서 난 가능한 정보를 모두 수집했네……. 덕분에 정황을 '제대로 파악'하고 있는 거라네. 자네들 전시(戰時) 용어 맞지? '정황을 파악하다.' 콜린이 내게 그 이야기를 해 주었을 때 가장 먼저 떠오른 건 지나치게 별나다는 점이었다네. 원래 시간보다 대략 1시간 빠르게 맞추어져 있는 네 개의 시계가 집주인도 모르는 사이 집 안에 놓여 있었어. 집주인 말이 맞는다면 말이야. 우리는 절대, 절대 사람들의 진술을 그대로 믿어서는 안 되네. 그 진술들을 신중하게 확인해 보기 전까진 말이야."

"저와 생각이 같으시군요."

하드캐슬이 만족스러운 듯 대꾸했다.

"바닥에는 죽은 남자가 누워 있었지……. 훌륭해 보이는 노신사가 말이야. 아무도 그가 누군지 몰랐고(혹은 사람들이 그렇게 말했고).

남자의 주머니 안에는 메트로폴리스 보험 회사, 덴버스가 7번지, R. H. 커리라고 적힌 명함이 들어 있었네. 하지만 메트로폴리스 보험 회사는 존재하지도 않지. 덴버스가도 그렇고, 커리라는 사람 또한 존재하지 않았어. 따라서 그 명함은 쓸모없는 증거이긴 하지만 어쨌든 증거는 증거지. 이제 여기서 더 나아가 보도록 하지. 1시 50분에 비서 협회로 전화가 걸려와 밀리센트 펩마시 양이라며 3시까지 윌브러험 크레센트 19번지로 속기사를 보내 달라고 했던 건 확실해. 그리고 특별히 실라 웨브 양을 보내 달라고 했지. 웨브 양은 그 집으로 갔어. 3시가 다 되어 집에 도착한 그녀는 지시에 따라 응접실로 들어갔다가 바닥에 쓰러진 죽은 남자를 발견하고 비명을 지르며 집을 뛰쳐나갔지. 그러다 한 청년의 팔로 뛰어들었고."

푸아로는 말을 멈추고 날 바라보았다. 나는 고개를 까딱했다.

"젊은 영웅 등장이죠."

푸아로가 지적했다.

"이보게. 자네조차도 이 일을 이야기할 때면 터무니없이 멜로드라마 같은 말투를 사용하지 않나. 이 사건 전체가 멜로드라마고 공상적이고 지극히 비현실적이야. 이를테면 게리 그레그슨 같은 작가들의 작품 속에서나 일어날 법한 일이라고. 내 젊은 친구가 이 사건을 듣고 날 찾아왔을 때, 난 지난 60년간 활약했던 스릴러 작가들의 작품을 훑어보는 작업에 몰입하던 중이었지. 정말이지 흥미로운 일이었어. 실제 범죄 사건마저 소설의 견지에서 보게 될 정도였으니까. 즉 개가 짖어야 할 때 짖지 않는 걸 보면 난 이렇게 말하지. '하!

셜록 홈즈 사건이로군!' 그리고 밀실에서 시체가 발견된다면 '하! 딕슨 카 사건이군!'이라는 말이 절로 튀어나온다네. 그리고 내 친구 올리버 부인도 있지. 만약……. 아니, 여기서 그만두지. 무슨 뜻인지 알겠나? 따라서 내가 말한 사건의 정황들은 지나치게 비현실적이라 그 즉시 '이 책은 현실적이지 못해. 너무 비현실적이야.'라는 생각이 드는 거야. 하지만 이 사건에는 적용되지 않지. 이 사건은 진짜니까. 실제 일어난 일이니까. 그렇기 때문에 깊이 생각해 보아야 해, 그렇지?"

하드캐슬은 푸아로의 표현은 썩 마음에 들어하지 않았지만, 그의 의견에는 전적으로 동감해 열심히 고개를 끄덕였다.

푸아로가 말을 이었다.

"마치 체스터턴(『브라운 신부』 시리즈의 저자 — 옮긴이)과 정반대인 것 같잖아. '낙엽은 어디다 숨길 텐가? 숲속에. 자갈돌은 어디다 숨길 텐가? 해변에.' 이번 사건은 지나치게 환상적이고 멜로드라마적이야! 난 체스터턴을 모방해 '중년의 여성은 스러지는 미모를 어디다 숨기지?'라고 물어 보았다네. '비슷한 처지의 중년 여성들 사이에.'라고 답하지는 않았어. 절대 아니지. 화장 아래에, 립스틱과 마스카라 아래에, 어깨에 두른 근사한 모피 숄과 목에 두르고 귀에 건 보석들 아래에. 내 말 이해하겠나?"

"뭐……."

하드캐슬은 이해 못하겠다는 사실을 감추며 말을 얼버무렸다.

"그렇게 한다면 사람들은 모피와 보석, 머리 장식과 오트 쿠튀르를 보느라 정신이 팔려 정작 그 여자 본인의 모습은 절대 보지 못해! 그래서 나 자신에게 말했지. 그리고 내 친구 콜린에게도 말했지. 이번 살인 사건은 지극히 간단하다는 사실을 숨기기 위해 여러 가지 화려한 장치를 설치한 거라고. 내가 그러지 않았던가?"

"그렇게 말씀하셨죠. 하지만 도대체 무슨 말씀인지는 아직도 모르겠어요."

"그건 좀 더 기다려 봐. 따라서 사건의 장치들은 치워 버리고 본질로 들어가 보세. 한 남자가 살해당했지. 그는 왜 살해당한 걸까? 그리고 그는 누구인가? 두 번째 질문에 대한 답을 알아야 첫 번째 질문에 답도 할 수 있지. 그리고 이 두 가지 질문에 대한 올바른 답을 알아야 수사를 진전시킬 수 있을 걸세. 남자는 협박범일 수도 있고, 사기꾼일 수도 있으며, 어느 아내의 지긋지긋하거나 위험한 남편일 수도 있지. 수십 가지 가능성을 생각해 볼 수 있네. 계속 듣다 보니 그 남자가 지극히 평범하고, 훌륭한 노신사처럼 보인다는 사실에 모두 동의하는 것 같더군. 그러다 문득 이런 생각이 들었네. '이 사건은 아주 간단하다고 했지? 좋아, 그렇다면 이 남자를 겉보기와 똑같은 남자……. 부유하고 존경받는 노신사라고 해 보자고.' 알겠나?"

푸아로가 하드캐슬을 바라보았다.

"뭐……."

하드캐슬이 또다시 조심스레 말을 얼버무렸다.

"따라서 그 남자는 평범하고 쾌활한 노신사이며, 누군가가 꼭 제거하고 싶어 하는 사람이라는 결론이 나오지. 그런데 그 누군가가 과연 누굴까? 마침내 이 부분에서 용의자를 약간 줄일 수 있지. 지역 주민에 대한 정보가 있으니까……. 펩마시 양과 그녀의 습관, 캐번디시 비서 협회, 그곳에서 일하는 실라 웨브라는 아가씨. 그래서 나는 내 친구 콜린에게 이렇게 말했지. '이웃들, 이웃들과 이야기를 나눠 보게. 그 사람들에 대해서 알아내. 그 사람들의 배경을 말이야. 하지만 무엇보다도 중요한 건 대화를 나누는 거야. 대화란 단순히 질문에 대한 답만 끌어내는 게 아니니까……. 평범하고 일상적인 대화를 나누다 보면 무심코 중요한 사실을 입 밖에 내게 되어 있지. 사람들은 자신에게 불리하다고 생각하는 주제를 이야기할 때는 마음에 빗장을 치지만, 평범한 대화를 나눌 때는 빗장을 풀어놓기 때문에 저도 모르게 진실이 튀어 나오는 거야. 진실이란 거짓말보다 훨씬 쉬운 법이니까. 그렇게 무심코 털어놓은 사소한 진실 하나가 상황을 바꿔 놓는 것이지."

"감탄할 만한 설명이네요. 하지만 불행히도 이번 사건에서는 그런 일이 일어나지 않았죠."

내가 말했다.

"몽 셰르(친애하는 친구), 그런 일이 일어났다네. 더할 나위 없이 중요한 진실이 하나 나왔지."

"그게 뭔가요? 누가 한 말인데요? 언제요?"

"때가 되면 말해 줄 걸세."

"계속하시죠, 무슈 푸아로."

하드캐슬이 정중하게 푸아로를 본래 하던 이야기로 되돌려 놓았다.

"19번지를 중심으로 원을 그려 보면 그 반경 안의 누구라도 커리 씨를 살해할 수 있을 거야. 헤밍 부인, 블랜드 부부, 맥노턴 부부, 워터하우스 양. 하지만 더 중요한 것은 사건 현장에 있던 사람들이야. 펩마시 양이 1시 35분에 집을 나가기 전에 커리 씨를 살해했을 수도 있고, 웨브 양이 그 집에서 커리 씨와 만나 그를 살해한 다음 집 밖으로 뛰쳐나와 비명을 질렀을 수도 있어."

하드캐슬이 끼어들었다.

"이제야 요점을 말씀하시는군요."

푸아로는 몸을 돌리며 말했다.

"그리고 물론 친애하는 콜린, 자네 또한 현장에 있었지. 번지수가 낮은 쪽에서 높은 번지수를 찾으면서 말이야."

"뭐, 그건 그렇죠. 이번엔 또 무슨 말씀을 하려고요?"

내가 불퉁하게 대꾸했다.

"나야 어떤 말이든 할 수 있지!"

푸아로가 거만하게 외쳤다.

"하지만 당신을 찾아가서 당신 무릎 위에 이 사건을 안겨 준 건 바로 저라구요!"

푸아로가 지적했다.

"살인자들은 종종 자만에 빠지지. 게다가 자네는 즐겼을 수도 있지……. 날 희생양 삼아 농담이나 하고 말이야."

"계속 그러시면 저까지 넘어가겠어요."

나는 점점 기분이 나빠지기 시작했다.

푸아로는 다시 하드캐슬 경위를 바라보았다.

"나는 나 자신에게 말했지. 이건 본질적으로 간단한 사건임이 분명하다. 아무런 연관도 없는 시계들, 1시간 더 빨리 맞춰져 있는 시간, 시신 발견의 정황을 교묘하게 조작한 점. 하지만 이 모든 것은 일단 제쳐 두어야 하네. 이것들은 불후의 명작『이상한 나라의 앨리스』에 나오는 '신발, 그리고 배, 봉랍, 양배추, 왕들' 같은 거야. 중요한 점은 평범한 노신사가 죽었고, 누군가 그가 죽길 원했다는 거야. 죽은 남자가 누군지를 안다면 살인범도 알 수 있지. 죽은 남자가 유명한 협박범이었다면 협박을 당할 만한 사람을 찾아봐야 할 테고. 탐정이었다면 비밀스러운 범죄를 저지른 사람을 찾아봐야 하지. 부자였다면 상속인들을 조사해 봐야 할 거고. 하지만 죽은 남자가 누군지 알지 못한다면……. 이 반경 안에서 이 남자를 죽일 만한 동기가 있는 사람을 찾아내야 하니 일이 더 어렵지.

일단 펩마시 양과 실라 웨브 양은 제외해 보지. 겉보기와 다른 사람이 있을까? 대답은 실망스러웠네. 겉보기와 다른 것 같은 램지 씨를 제외하고 말이야."

순간 푸아로는 나에게 묻는 듯한 눈길을 보냈고 난 고개를 끄덕였다.

"모든 사람의 기록은 보나 피데(진짜)였어. 블랜드는 유명한 지역의 건축업자였고, 맥노턴은 캠브리지 교수였으며, 헤밍 부인은 지역 경매인의 미망인이었고, 워터하우스 남매는 그 동네 토박이로 존경받는 주민이었지. 그렇다면 커리 씨로 돌아가 보세. 그는 어디서 왔을까? 그는 무슨 일로 윌브러험 크레센트 19번지로 온 걸까? 그리고 이웃 중 한 명인 헤밍 부인이 아주 중요한 발언을 했지. 죽은 남자가 19번지에 사는 사람이 아니라는 말을 듣고 이렇게 말했어. '오, 그렇군요! 여기로 죽으러 왔군요. 이상도 해라.' 헤밍 부인은 자신의 생각에만 사로잡혀 다른 사람들의 말에 귀를 기울이지 못하는 사람들이 가진 재능, 문제의 핵심을 파고들 줄 아는 재능이 있어. 헤밍 부인이 이번 사건을 정확하게 요약했던 거야! '커리 씨는 살해당하기 위해 윌브러험 크레센트 19번지에 갔다.' 이렇게 간단하다네!"

"그때도 그 말이 와닿더라고요."

하지만 푸아로는 내 말을 무시했다.

"딜리, 딜리, 딜리……. 죽으러 왔네.' 커리 씨는 왔고…… 살해당했지. 하지만 그게 전부가 아니야. 범인은 커리 씨의 신원이 밝혀지면 안 된다고 생각했네. 그래서 지갑도, 서류도, 옷의 상표도 제거했어. 하지만 그것만으로 충분치 않았을 거야. 임시방편이긴 하지만 보험 회사 직원 커리의 명함을 넣어 뒀으니까. 남자의 신분을 영원히 감출 작정이라면 가짜 신분을 만들어 줘야 했을 거야. 난 머지않아 누군가 나타나 그의 신분을 확인해 줄 거라고 확신했지. 형제나 자매, 아내. 그리고 결국 아내가 나타났네. 라이벌 부인……. 이름만 봐도 의심스럽지 않나. 서머싯에 마을 하나가 있는데, 내가 친구들과 그 마을 근처에서 머문 적이 있지. 커리 라이벌 마을이라고 했네. 범인은 무의식적으로, 이유도 모른 채 이름을 정한 거라네. 커리 씨. 라이벌 부인으로.

지금까지는 어째서 살인범이 이 남자의 진짜 신분이 밝혀지지 않을 거라는 걸 당연하게 여겼냐가 의문이었어. 만약 이 남자에게 가족이 없다 하더라도, 적어도 집주인이나 하인, 직장 동료들이 있을 텐데 말이야. 그래서 나는 다음과 같은 추정을 하게 됐지. 이 남자는 실종 신고가 되지 않았다. 그리고 더 나아가 이 남자는 영국인이 아니고 그저 잠시 영국을 방문한 것일 뿐이라는 추정을 하게 되었네. 그건 치아 기록 대조 결과 일치하는 게 전혀 없었다는 점과도 일맥상통하지.

난 어렴풋이 희생자와 살인자의 모습을 그려 보기 시작했다네. 이번 사건은 치밀하게 계획을 세워 지능적으로 실행되었지. 하지만 우리의 살인범은 그 어떤 살인범도 예측할 수 없는 불운의 덫에 빠지고 말았다네."

"그게 뭡니까?"

하드캐슬이 물었다.

푸아로가 고개를 뒤로 젖히더니 느닷없이 낭랑하게 무언가를 읊었다.

"못이 닳으면 말편자가 없어지지.

말편자가 없으면 말이 없어지지.

말이 없어지면 전쟁이 없어지지.

전쟁이 없어지면 왕국이 없어지지.

이 모든 것이 말편자의 못이 닳은 탓이라네."

푸아로가 몸을 앞으로 숙였다.

"커리 씨를 살해할 수 있는 사람은 수도 없이 많아. 하지만 에드나라는 아가씨를 죽일 수 있었던 사람, 혹은 죽일 수밖에 없었던 동기가 있는 사람은 한 명뿐이라네."

우린 푸아로를 뚫어지게 바라보았다.

"캐번디시 비서 협회를 한번 생각해 보세. 그곳에는 여덟 명의 아가씨들이 다니고 있지. 9월 9일, 이 중 네 명의 아가씨가 예약 건으로 좀 떨어진 곳에 가 있었지……. 즉, 그 아가씨들은 고객에게 점심 식사도 제공받았던 거야. 그리고 그 네 명은 보통 첫 번째 점심시간인 12시 30분에서 1시 30분 사이에 점심 식사를 했어. 그리고 나머지 네 명, 실라 웨브, 에드나 브렌트, 그리고 재닛과 모린은 두 번째 점심시간인 1시 30분에서 2시 30분 사이에 식사를 했네. 하지만 그날 에드나 브렌트는 사무실을 나선 지 얼마 되지 않아 사고를 당했어. 맨홀에 구두굽이 빠져 버렸던 거야. 그런 꼴로는 걸을 수가 없었지. 그래서 빵을 사 사무실로 돌아왔네."

푸아로는 우리를 향해 단호하게 손가락을 저었다.

"우린 에드나 브렌트가 무언가를 걱정하고 있다는 이야기를 들었네. 실라 웨브와 사무실이 아닌 다른 곳에서 만나려 했지만 실패하고 말았어. 그 무언가가 실라 웨브와 연관이 있을 거라는 추정은 했지만, 그에 대한 증거는 전혀 없었지. 그저 개인적인 문제로 실라 웨브와 상의를 하고 싶었던 걸 수도 있으니까……. 하지만 그렇다 하더라도 한 가지는 확실해. 에드나 브렌트는 사무실이 아닌 곳에서 실라 웨브와 이야기하길 원했다는 점이야.

그 아가씨가 심리 때 경찰관에게 했다는 말이 유일한 단서였지. 이렇게 말했다지? '그 여자가 한 말이 사실일 리가 없는데.' 그날 아침 진술한 여성은 세 명이었어. 에드나의 말은 펩마시 양을 지칭한 것일 수도 있고, 그동안 경찰에서 추측했듯 실라 웨브를 지칭한 것일 수도 있지만, 세 번째 가능성도 있지……. 마틴데일 양을 지칭한 것일 수도 있다는 거야."

"마틴데일 양요? 하지만 그분 진술은 고작 이삼 분 만에 끝났잖아요."

"그렇지. 그저 펩마시 양이라 주장하는 여자에게서 온 전화를 받았다는 내용뿐이었어."

"그렇다면 에드나가 전화를 건 사람이 펩마시 양이 아니라는 걸 알았다는 말씀이세요?"

"그보다 더 간단해. 내가 보기에는 아예 전화가 오지 않았던 것 같아. 에드나의 구두 굽이 떨어진 맨홀은 사무실에서 꽤 가까운 곳에 있었어. 에드나는 곧장 사무실로 돌아왔지. 하지만 개인 사무실에 있던 마틴데일 양은 에드나가 돌아온 걸 몰랐어. 사무실 안에 자기 외엔 아무도 없는 줄 알았던 거야. 그러니 1시 49분에 전화가 왔었다는 말만 하면 그만이었던 거지. 처음에 에드나는 자기가 알고 있는 정보의 중요성을 몰랐어. 실라가 마틴데일 양에게 불려 가 예약이 있다는 얘길 듣고 사무실을 나갔지. 언제 잡힌 예약인지는 에드나에게 말하지 않았어. 살인 사건 소식이 조금씩 조금씩 새어 나오기 시작하면서 상황이 분명해졌지. 펩마시 양이 전화를 걸어 실라 웨브를 보내 달라고 했다는 거야. 하지만 펩마시 양은 전화를 건 적이 없다고 부인했고. 전화는 1시 50분에 왔다는 이야기가 나왔지. 하지만 에드나는 그게 사실이 아니라는 걸 알고 있었어. 그때에는 아무런 전화도 오지 않았으니까. 그렇다면 마틴데일 양이 착각했다는 얘기인데……. 하지만 마틴데일 양은 절대 착각 같은 건 하지 않는 사람이지. 에드나는 그 문제를 생각하면 할수록 더 머릿속이 복잡해졌어. 그래서 실라에게 물어보려 했던 거야. 실라라면 알 거라고 생각했던 거지.

그리고 심리가 열렸어. 사무실 아가씨들 전부 심리에 참석했지. 그때 마틴데일 양이 전화 이야기를 반복하는 걸 보고 에드나는 마틴데일 양의 진술이 사실이 아니라는 걸 확실히 알게 된 거야. 그 아가씨가 경찰관에게 하드캐슬 경위와 이야기를 나눌 수 있겠냐고 부탁했던 게 바로 그때였지. 내 생각에는 인파에 섞여 콘마켓가로 향하던 마틴데일 양이 에드나가 한 말을 들었던 것 같아. 어쩌면 다른 아가씨들이 에드나의 구두 굽 이야기를 아무것도 모른 채 떠든 걸 들었을 수도 있지. 어쨌든 마틴데일 양은 에드나를 따라 윌브러험 크레센트로 갔어. 그나저나 에드나는 왜 거길 갔던 걸까?"

"그저 사건이 일어난 장소를 구경하러 갔던 걸 겁니다. 사람들은 그러잖습니까."

하드캐슬이 한숨을 쉬며 말했다.

"그래, 일리 있는 말이야. 그리고 마틴데일 양이 그곳에서 에드나에게 말을 걸었고, 함께 길을 걷다가 에드나가 불쑥 질문을 던졌을 수도 있어. 마틴데일 양은 재빨리 대응했지. 막 공중전화 박스 앞을 지나던 참이었을 테고. 마틴데일 양이 이렇게 말했을 거야. '이건 아주 중요한 사항이에요. 즉시 경찰에 전화를 걸어요. 경찰서 전화번호는 몇 번에 몇 번이에요. 전화를 해서 우리 둘 다 곧장 가겠다고 해요.' 시키는 대로 하는 게 에드나의 천성이었어. 에드나는 공중전화 박스 안으로 들어가 수화기를 들었고, 마틴데일 양은 그 뒤로 다가가 에드나가 매고 있던 스카프로 목을 조른 거야."

"그리고 본 사람은 아무도 없고요?"

푸아로가 어깨를 으쓱했다.

"그래, 본 사람은 없었어! 막 1시가 지났을 때니까. 점심 식사 시간이잖나. 그리고 사람들이 있었다 하더라도 19번지를 흘끔거리느라 바빴겠지. 대범하고 사악한 여자가 기회를 잡은 거야."

하드캐슬이 의심스러운 듯 고개를 저었다.

"마틴데일 양이라고요? 마틴데일 양이 이 사건과 무슨 연관이 있는지 모르겠습니다."

"그래, 처음에는 알 수가 없지. 하지만 마틴데일 양이 에드나를 죽인 게 확실하기 때문에……. 오, 그래……. 그녀가 에드나를 살해했기 때문에 꼬리가 잡힌 거야. 그리고 마틴데일 양이 이번 사건의 레이디 맥베스, 잔혹하고 상상력이 없는 여자라는 의심이 들어."

"상상력이 없다고요?"

하드캐슬이 물었다.

"오, 그래. 아주 상상력이 없지. 하지만 아주 유능해. 계획을 세우는 데도 일가견이 있고."

"하지만 왜요? 동기가 뭔데요?"

에르퀼 푸아로가 날 바라보며 손가락을 흔들었다.

"결국 이웃들과 나눈 대화는 자네에게 아무런 쓸모도 없는 것이었구먼, 응? 난 한 줄기 빛을 밝혀 주는 실마리를 찾아냈는데 말이야. 외국에 나가서 사는 것에 대해 얘기한 후에, 블랜드 부인이 이곳에 여동생이 있기 때문에 크로딘에 사는 게 좋다고 했던 말 기억하나? 하지만 블랜드 부인에게는 여동생이 있으면 안 되지. 1년 전 캐나다인 종조부가 어마어마한 유산을 남긴 건 그녀가 살아 있는 유일한 가족이었기 때문이니까."

하드캐슬이 깜짝 놀랐다.

"그렇다면······."

푸아로는 의자에 기대어 양손 손가락 끝을 맞대었다. 눈을 지그시 내리깔고 꿈꾸듯 이야기했다.

"만약 자네가 아주 평범하지만 그리 양심적이지 못한 데다 경제적 어려움을 겪고 있는 남자라고 해 보지. 어느 날 변호사에게서 편지가 한 통 날아왔는데, 캐나다에 있는 종조부가 거대한 유산을 남겼다는 내용이 적혀 있었어. 그 편지는 블랜드 부인 앞으로 되어 있었고, 문제는 그 편지를 받은 블랜드 부인은 그 블랜드 부인이 아니었다는 거야. 두 번째 아내였지. 첫 번째가 아니라······. 얼마나 억울하고 분통이 터졌겠나 상상해 보게! 그러다 한 가지 아이디어가 떠오른 거야. 진짜 블랜드 부인인지 아닌지 누가 알겠는가? 크로딘에서 블랜드가 재혼했다는 사실을 아는 사람은 아무도 없네. 첫 번째 결혼식은 전쟁 중 외국에서 올렸으니까. 아마도 첫 번째 아내가 죽자마자 바로 재혼을 했을 거야. 첫 번째 결혼식의 결혼 증명서도 있고, 가족 관련 서류들이며 지금은 죽은 캐나다 친척들의 사진도 다 가지고 있었지. 순조롭게 잘 풀릴 거라 생각한 거야. 어쨌든 해 볼 만한 가치는 있었어. 블랜드 부부는 위험을 감수했고 성공했지. 법적 절차가 끝났고, 경제적인 어려움을 겪던 블랜드 부부는 부자가 된 거야.

그러다 1년이 지나고 일이 터졌지. 무슨 일이냐고? 누군가 캐나다에서 찾아왔겠지. 그리고 그 누군가는 첫 번째 블랜드 부인을 아주 잘 알아서 제아무리 분장을 해도 속일 수 없는 사람이었을 거야. 집안의 고문 변호사이거나 가까운 친구일 수도 있지. 어쨌든 그가 누구든 블랜드 부인이 가짜라는 걸 알아챌 사람이 왔던 거야. 블랜드 부부는 그 사람을 만나지 않을 방법을 생각해 봤겠지. 블랜드 부인이 병에 걸린 척하거나 외국으로 나가거나. 하지만 오히려 의심만 불러일으킬 수 있어. 그 방문객이 자기가 만나고자 하는 사람을 보겠다고 고집을 부릴 수도 있고…….”

"그래서 살인을?"

"그래. 그리고 내 생각이네만 블랜드 부인의 여동생은 성격이 보통이 아니었을 거야. 이 모든 일을 생각해 내고 계획했으니까."

"마틴데일 양과 블랜드 부인이 자매라는 말씀이세요?"

"설명할 길은 그것뿐이야."

하드캐슬이 말했다.

"하긴 블랜드 부인을 처음 만났을 때 누군가와 닮았다는 생각을 했습니다. 태도는 전혀 다르지만……. 네, 어딘가 모르게 닮은 점이 있었어요. 하지만 어떻게 그런 짓을 하고도 무사할 거라고 생각한 거죠? 그 남자가 실종됐으니 경찰에서 조사를……."

"이 남자가 외국을 여행하고 있었다면, 사업상이 아니라 그냥 휴식을 위한 여행이라면 스케줄이 정해져 있지 않았을 거야. 여기서 편지 한 통……. 저기서 엽서 한 장……. 그러다 보면 주변 사람들이 왜 소식이 없나 궁금해하기까지 시간이 좀 걸리지. 하지만 그때쯤이면 이미 해리 캐슬턴이라는 이름으로 무덤에 묻힌 사람이 캐나다에서 온 부유한 여행객인 줄 누가 짐작이나 하겠나? 만약 내가 그 살인범이라면, 프랑스나 벨기에로 잠깐 여행을 가서 죽은 남자의 여권을 기차나 트램에 버렸을 거야. 그래야 경찰이 엉뚱한 나라에서 수사를 벌일 테니까."

내가 무의식적으로 몸을 뒤척이자 푸아로의 눈길이 내게로 향했다.

"무슨 일인가?"

"전에 블랜드를 만났는데 최근에 불로뉴에 여행을 간 적이 있다고 했어요. 금발 머리 아가씨와요……."

"그렇다면 꽤 자연스러웠겠군. 분명 평소에도 그랬을 테니까."

"그래도 여전히 추측에 불과하잖습니까."

하드캐슬이 끼어들었다.

푸아로가 앞에 놓인 선반에서 호텔 메모지를 하나 꺼내 하드캐슬에게 건넸다.

"하지만 조사를 해 볼 수는 있지. S. W. 7 에니스모어 가든 10번지 엔더비 씨. 캐나다에서 조사를 해 주기로 약속했지. 유명한 국제법 변호사일세."

"그리고 시계는 어떻게 해야 합니까?"

푸아로가 씩 미소를 지었다.

"오! 그 시계들. 그 유명한 시계들! 그것 또한 마틴데일 양의 소행이라는 게 밝혀질 걸세. 내 누누이 말했듯이 이번 사건은 간단한 사건이라 공상적인 요소를 첨부해 위장을 했던 거야. 그 로즈메리 시계는 실라 웨브가 수리를 맡겼던 거지. 실라 웨브가 그 시계를 사무실에서 잃어버렸던 걸까? 마틴데일 양이 계획의 일환으로 그 시계를 가져갔고, 그 시계 때문에 시체를 발견할 사람을 실라로 선택한 걸까?"

하드캐슬이 느닷없이 웃음을 터트렸다.

"그런데도 이 여자가 상상력이 없다구요? 이 모든 일을 꾸며 냈는데도요?"

"하지만 마틴데일 양이 꾸며 낸 게 아니야. 그게 아주 흥미로운 점이지. 그저 모든 것이 그 자리에 놓여 있었던 것뿐이야. 처음부터 난 패턴을 감지했지……. 내가 아는 패턴이었어. 그런 패턴을 책에서 막 읽은 참이라 익숙했지. 아주 운이 좋았던 거야. 여기 콜린도 알겠지만 나는 이번 주에 작가들의 원고 특별 판매에 참가했다네. 그중에 게리 그레그슨의 원고도 몇 개 있었지. 기대도 안 했는데 운이 좋았어. 여기……."

푸아로는 마치 마술사처럼 책상 서랍에서 두 권의 낡은 노트를 휙 꺼냈다.

"……여기 다 들어 있다네! 게리 그레그슨이 앞으로 쓸 계획이었던 책의 플롯들이 말이야. 물론 그 책을 쓰지 못하고 죽었지만 말이야. 하지만 그의 비서였던 마틴데일 양은 모든 걸 알고 있었어. 자신의 목적에 맞게 가져다 쓴 거야."

"하지만 그레그슨의 플롯에는 시계들이 뭔가 의미하는 게 있었을 텐데요."

"오, 그럼. 그레그슨의 시계들은 5시 1분, 5시 4분, 5시 7분에 맞춰져 있었지. 그건 금고의 번호인 515457을 의미하는 거였다네. 모나리자 복제품 뒤쪽에 감춰져 있던 금고 말이야. 그리고 그 금고 안에는……."

푸아로가 혐오스럽다는 듯 이야기를 이어 나갔다.

"러시아 왕족의 보석들이 들어 있었지. 엉 타 드 베티즈(바보 같은 소리야), 전부! 물론 학대받은 소녀……. 뭐 그런 류의 스토리도 있긴 했어. 아, 그래. 마틴데일 양은 아주 편리했을 거야. 주변 사람들의 특징을 선택하고 그 안에 이야기를 끼워 맞추기만 하면 되니까. 화려한 실마리는 모두 어디로 이어지겠는가? 아무 데도 이어져 있지 않아! 아, 그래, 아주 똑똑한 여자야. 그레그슨이 마틴데일 양에게 유산을 남겼나. 아닌가? 그가 어떻게 죽었는지 궁금하군."

하드캐슬은 과거사에 더 이상 관심을 보이지 않았다. 그는 노트를 한데 모아 놓고 내 손에서 호텔 메모지를 가져갔다. 지난 2분 동안 난 뭐에 홀린 듯 멍하니 메모지를 바라보고만 있었던 것이다. 하드캐슬이 종이를 바로 세우지도 않고 엔더비의 주소를 휘갈겨 썼다. 왼쪽 아래 구석에 적힌 호텔 주소가 거꾸로 보였다.

그 종이를 뚫어지게 바라보며 내가 얼마나 멍청했는지를 깨달았다.

하드캐슬이 말했다.

"감사합니다, 무슈 푸아로. 확실히 저희에게 생각할 거리를 주셨군요. 뭐가 나올지 어떨지는……."

"제가 어떻게든 도움이 되었다니 정말 기쁘군요."

푸아로가 겸손한 척했다.

"이것저것 확인해 봐야 할 것 같습니다."

"물론이죠……. 물론입니다……."

하드캐슬은 작별 인사를 나눈 후 자리를 떴다.

푸아로는 다시 나를 바라보았다. 그의 눈썹이 추켜 올라갔다.

"에 비엥(자)……. 뭐가 고민인지 물어봐도 되겠나? 자네 꼭 유령을 본 사람 같구먼."

"제가 얼마나 바보인지를 깨달은 거죠."

"아하. 뭐, 많은 사람이 그런 경험을 한다네."

하지만 에르큘 푸아로는 아닐 것이다! 나는 공격을 감행했다.

"푸아로, 한 가지만 더 물어볼게요. 당신 말대로 런던에 있는 아파트 의자에 앉아 이 모든 것을 해결할 수 있고, 딕 하드캐슬과 절 그리로 부를 수도 있었을 텐데 왜……. 세상에, 왜 이곳까지 내려오신 거예요?"

"내 아파트가 재공사 중이라고 하지 않았나."

"재공사 기간에는 다른 아파트를 빌려 주기도 하잖아요. 아니면 리츠 호텔로 가시던가. 거기가 컬류 호텔보다 더 편할 텐데요."

에르퀼 푸아로가 대꾸했다.

"그야 당연하지. 여기 커피는, 몽 디외(하느님 맙소사), 이걸 커피라고!"

"그렇다면 왜요?"

에르퀼 푸아로가 벌컥 화를 냈다.

"에 비엥(이런), 자네가 영 머리가 안 돌아가는 것 같으니 내가 말해 주지. 나는 인간일세. 그렇지 않은가? 필요하다면 기계가 될 수 있지. 가만히 앉아 생각을 할 수 있어. 그렇게 사건을 해결할 수도 있고 말이야. 하지만 분명히 말하지만 난 인간일세. 그리고 사건들은 인간과 관련된 것들이지."

"그래서요?"

"이번 살인 사건만큼이나 간단해. 난 인간적인 호기심에 이끌려 이곳에 온 걸세."

에르퀼 푸아로가 점잔을 빼며 말했다.

29장

나는 다시 한 번 윌브러험 크레센트로 가 서쪽 방향으로 걸음을 옮겼다.

19번지 정문 앞에 멈춰 섰다. 이번에는 비명을 지르며 집밖으로 뛰쳐나오는 사람은 없었다. 깔끔하고 평화롭기만 했다.

나는 현관문으로 걸어 들어가 초인종을 눌렀다.

밀리센트 펩마시 양이 문을 열었다.

"콜린 램입니다. 잠시 들어가 이야기를 나눠도 될까요?"

"물론이에요."

그녀가 날 응접실로 안내했다.

"이곳에 꽤 오래 계시는 것 같군요, 램 씨. 경찰과 아무런 연관이 없는 걸로 알고 있는데요······."

"맞습니다. 절 처음 본 순간부터 제가 누군지 정확히 알고 계셨으리라 생각합니다."

"무슨 말인지 잘 모르겠군요."

"펩마시 양, 제가 그동안 너무 어리석었습니다. 제가 이곳에 온 것은 당신을 찾기 위해서였죠. 이곳에 온 첫날 당신을 찾았는데……. 그 사실을 모르고 있었던 겁니다!"

"살인 사건 일로 주의가 흐트러졌나 보군요."

"말씀하신 대로입니다. 종이를 거꾸로 볼 정도로 멍청하기도 했죠."

"그게 다 무슨 소리죠?"

"펩마시 양, 게임은 끝났습니다. 모든 계획이 이루어진 본부를 찾아냈으니까요. 관련 기록들은 분명 브라유 점자로 보관하고 계실 겁니다. 라킨이 포틀버리에서 받은 정보가 펩마시 양에게 전해졌습니다. 이곳에서는 램지를 통해 목적지까지 운반되었고요. 램지는 일이 있을 때면 밤에 정원을 통과해 이 집으로 왔습니다. 그러다 하루는 이 집 정원에 체코 동전을 떨어뜨렸죠……."

"그 사람이 실수를 했군요."

"우린 모두 실수를 할 때가 있죠. 펩마시 양의 위장은 아주 훌륭했습니다. 시각 장애인인 데다 장애아들을 위한 복지관에서 일하시니 브라유 점자로 된 아이들 책을 집에 보관하는 것은 아주 자연스럽죠. 당신은 보기 드문 두뇌와 성격을 지녔습니다. 당신의 원동력이 무엇인지 모르겠습니다……."

"원한다면 극좌파라고 불러도 좋아요."

"네. 그럴지도 모른다고 생각했습니다."

"그런데 왜 내게 이런 이야기를 하는 거죠? 이상하군요."

나는 손목시계를 내려다보았다.

"2시간의 여유가 있습니다, 펩마시 양. 2시간 후면 특수 요원들이 이리로 들이닥쳐……."

"당신을 이해 못하겠군요. 그렇다면 왜 먼저 날 찾아와서 마치 경고하듯……."

"경고입니다. 저는 이곳에 왔고 팀원들이 올 때까지 이곳에 남아 지킬 겁니다……. 단 한 가지만 제외하고요. 그건 바로 펩마시 양입니다. 떠나길 원하신다면 2시간의 여유가 있습니다."

"하지만 왜요? 왜요?"

나는 천천히 입을 열었다.

"희박하긴 하지만 조만간 펩마시 양께서 제 장모님이 될 가능성이 있다고 생각하기 때문입니다. 물론 제 생각이 틀릴 수도 있지만요."

침묵이 흘렀다. 밀리센트 펩마시 양은 자리에서 일어나 창가로 다가갔다. 나는 그녀에게서 눈을 떼지 않았다. 내게 밀리센트 펩마시에 대한 환상은 없었다. 나는 그녀를 눈곱만치도 믿지 않았다. 눈이 멀긴 했지만 방심하면 눈먼 여자에게도 당할 수 있다. 내 등에 자동 권총을 들이댄다면 눈이 멀었다는 것도 아무런 장애가 될 수 없을 것이다.

그녀가 조용히 입을 열었다.

"당신 말이 옳다거나 틀리다는 말은 하지 않겠어요. 그런데 어쩌다……. 그럴지도 모른다는 생각을 하게 된 거죠?"

"눈요."
"하지만 성격은 전혀 달라요."
"네."
"난 그 애에게 최선을 다했어요."
그녀가 단호하게 말했다.
"그건 펩마시 양 생각이시죠. 펩마시 양에게는 대의가 먼저였습니다."
"그래야 했어요."
"전 그렇게 생각하지 않습니다."
다시 침묵이 흘렀다. 그러다 내가 질문을 던졌다.
"실라가 누군지…… 그날 아셨습니까?"
"이름을 듣기 전까지는 몰랐어요……. 난 항상 그 아이의 소식을 듣지 않으려고 애썼으니까요."
"원하셨던 만큼 비인간적인 분은 절대 아니셨군요."
"허튼소리 말아요."
나는 다시 손목시계를 바라보았다.
"시간이 가고 있어요."
펩마시 양은 창가에서 물러나 책상으로 다가갔다.
"그 아이 사진이 있어요, 아기 때 찍은……."
그녀가 서랍을 열자 난 그 뒤에 가 섰다. 자동 권총이 아니었다. 작고 치명적인 칼이었다.
난 그녀의 손을 붙잡고 칼을 빼앗았다.

"제가 좀 순할지는 몰라도 바보는 아닙니다."

그러자 펩마시 양이 손으로 의자를 잡고 앉았다. 아무런 감정도 보이지 않았다.

"당신의 제안은 사양하겠어요. 그래 봐야 무슨 소용이 있겠어요? 난 여기 머물 거예요. 그들이 올 때까지. 기회란 항상 있는 법이죠……. 감옥에서도."

"교화 말씀인가요?"

"그렇게 표현하고 싶다면 마음대로 하세요."

우리는 서로를 경계하며, 동시에 서로를 이해하며 가만히 앉아 있었다.

내가 입을 열었다.

"저는 일을 그만뒀습니다. 원래 하던 일로 돌아가려고요……. 해양생물학요, 호주 대학에 자리가 나서요."

"현명한 선택 같군요. 당신에게는 이 직업에 필요한 자질이 없어요. 당신은 마치 로즈메리의 아빠 같아요. 그 사람은 '부드러움을 경계하라.'라는 레닌의 격언을 이해하지 못했어요."

나는 에르퀼 푸아로가 한 말을 떠올렸다.

"저는 인간이라는 데 만족합니다……."

우리는 서로의 의견이 다르다는 확신을 하며 가만히 앉아 있었다.

하드캐슬 경위가 무슈 에르퀼 푸아로에게 보내는 편지.

친애하는 무슈 푸아로에게

저희가 몇 가지 증거를 포착했는데, 무슈 푸아로께서 관심이 있을 것 같아 알려 드립니다.

퀘백 주에 살던 퀜틴 뒤 게클랭 씨는 대략 4주 전에 캐나다를 떠나 유럽으로 갔습니다. 가까운 친척도 없고 여행에서 돌아오는 시기도 불분명했습니다. 그의 여권은 불로뉴에서 작은 식당을 운영하는 사람이 발견해서 경찰에게 넘겼다고 합니다. 아직 여권의 주인이라고 나서는 사람은 없고요.

뒤 게클랭 씨는 같은 퀘백 주의 몽트레소 가문과 오랜 친분이 있었습니다. 가문의 수장인 앙리 몽트레소 씨는 18개월 전 사망하면서 상당한 유산을 유일하게 살아 있는 친척인 종손녀 발레리, 즉 영국 포틀버리에 사는 조슈아 블랜드의 아내에게 남겼습니다. 런던의 명망 높은 법률 회사가 캐나다 측 유언 집행인의 대리를 섰습니다. 블랜드 부인과 캐나다에 있는 가족 간의 연락은 그녀가 가족이 인정하지 않는 결혼을 감행한 시점에서 두절되었죠. 뒤 게클랭 씨는 친구 중 한 명에게 영국에 있는 동안 블랜드 부부를 만나 볼 작정이었다면서, 발레리를 아주 아꼈다고 했답니다.

이제까지 헨리 캐슬턴으로 알려졌던 그 시신은 퀜틴 뒤 게클랭이 확실하다는 게 밝혀졌습니다.

블랜드의 건축 현장 구석에서 몇 가지 증거품도 발견되었습니다. 서둘러 지우긴 했지만, 전문가의 복원으로 스노우플레이크 세탁소라는 글자가 선명히 드러났습니다.

시시한 세부적인 사항들로 무슈 푸아로를 괴롭혀 드리고 싶진 않지만, 검사가 조슈아 블랜드에 대한 체포 영장을 발부하려 하고 있습니다. 무슈 푸아로의 추측대로 마틴데일 양과 블랜드 부인은 자매였고, 마틴데일 양이 이 일에 연루되었다는 무슈 푸아로의 의견에는 저도 동의하지만 만족할 만한 증거는 입수하기 어려울 듯합니다. 아주 영리한 여자임이 틀림없습니다. 그래도 블랜드 부인에게는 희망을 걸고 있습니다. 쉽게 배반할 타입이니까요.

첫 번째 부인이 프랑스에서 적군의 공습으로 사망한 뒤, 블랜드는 힐다 마틴데일(당시 육해공군 후생 기관에서 일하던)과 두 번째 결혼식을 프랑스에서 올렸지만 당시의 기록은 전쟁으로 다 파괴되었을 겁니다.

그날 무슈 푸아로를 만나 뵙게 되어 영광이었고, 이 사건과 관련해 유용한 조언을 해 주셔서 정말 감사드립니다. 무슈 푸아로의 런던 아파트 재건축이 만족스럽길 바랍니다.

리처드 하드캐슬 올림

또다시 리처드 하드캐슬이 에르퀼 푸아로에게 보내는 편지.

좋은 소식입니다! 드디어 블랜드 부인이 사실대로 불었습니다! 모든 것을 다 인정했습니다! 모든 것을 여동생과 남편의 탓으로 돌리더군요. '일이 일어난 후에야 무슨 일인지 알았다.'라고 주장했습니다!

그저 그 남자에게 '약물을 먹여 자기가 다른 사람이라는 걸 알아채지 못하게 하려는 줄' 알았답니다! 그럴듯한 이야기죠! 그래도 그 여자가 주동자가 아닌 건 사실 같습니다.

포토벨로 마켓 사람들이 시계 두 개를 사 간 '미국' 여성이 마틴데일 양이었다고 확인했으니까요.

맥노턴 부인은 이제야 뒤 게클랭이 블랜드가 차고에 차를 주차시킬 때 그 차에 타고 있는 걸 봤다고 말하는군요. 그게 사실일까요?

우리의 친구 콜린이 그 아가씨와 결혼을 했습니다. 제가 보기에는 미친 짓이지만요. 그럼 안녕히 계십시오.

리처드 하드캐슬 올림

〈끝〉

옮긴이 | 원은주

충북대학교에서 고고미술사학을 전공했으며 영어강사로 활동했다. 옮긴 책으로는 『주스테라피』, 『멘토: 지식 경영 시대의 새로운 리더』, 『벙어리 목격자』, 『다섯 마리 아기 돼지』, 『할로 저택의 비극』, 『장례식을 마치고』, 『헤라클레스의 모험』, 『시계들』, 『비즈니스맨을 위한 아티스트 웨이』 등이 있다.

애거서 크리스티 전집
시계들

3판 1쇄 찍음 2022년 9월 30일
3판 1쇄 펴냄 2022년 10월 7일

지은이 | 애거서 크리스티
옮긴이 | 원은주
발행인 | 박근섭
편집인 | 김준혁
책임편집 | 정미리
펴낸곳 | 황금가지

출판등록 | 2009. 10. 8 (제2009-000273호)
주소 | 06027 서울 강남구 도산대로 1길 62 강남출판문화센터 5층
전화 | 영업부 515-2000 편집부 3446-8774 팩시밀리 515-2007
홈페이지 | www.goldenbough.co.kr

도서 파본 등의 이유로 반송이 필요할 경우에는 구매처에서 교환하시고
출판사 교환이 필요할 경우에는 아래 주소로 반송 사유를 적어 도서와 함께 보내주세요.
06027 서울 강남구 도산대로 1길 62 강남출판문화센터 6층 민음인 마케팅부

© ㈜민음인, 2022. Printed in Seoul, Korea
ISBN 978-89-8273-757-2 04840
ISBN 978-89-8273-700-8 04840(set)

㈜민음인은 민음사 출판 그룹의 자회사입니다.
황금가지는 ㈜민음인의 픽션 전문 출간 브랜드입니다.